放學後。

ほうかご

ひがしのけいご

東野圭吾

張秋明——譯

放學後

Contents

由不屈的堅持所淬煉出的奇蹟

總導讀——林依俐

如果你問我，東野圭吾是位什麼樣的作家？

我會回答你，他是位不幸的作家。

你一定會覺得奇怪，光是以《嫌疑犯X的獻身》（二〇〇五）一書，便幾乎囊括了二〇〇六年日本推理文學相關獎項，同書在日本的銷售量更是打破五十萬大關的「暢銷作家」東野圭吾，怎會有什麼不幸可言？

在說明之前，請讓我先簡單介紹一下東野圭吾這位作家。

東野圭吾一九五八年生於大阪，大學畢業後進入汽車零件製作公司擔任工程師。由於希望能在工作以外，也能在私生活之中有個較爲不同的目標，所以開始著手撰寫推理小說，投稿日本推理文學代表性的公開徵選長篇小說獎「江戶川亂步獎」。

這並不是東野第一次寫推理小說。早在他十六歲的時候，由於看了小峰元的作品《阿基米德借刀殺人》（一九七三，第十九屆江戶川亂步獎作品）大受感動，之後又讀了松本清張的《點與線》（一九五八）、《零的焦點》（一九五九）等作品。一頭推理熱的他便曾試著撰寫長篇推理小說，而且第一作還是以重大社會問題爲主題。然而由於完成於大學時期的第二作被周遭朋友嫌棄，「寫小說」這件事便從他的生活之中消失了好一陣子。

而獲得亂步獎的夢想讓東野重拾筆桿。在歷經兩次落選後，他的第三次挑戰——以發生在女子高中校園裡的連續殺人事件爲主軸展開的青春推理《放學後》（一九八五）——成功奪下了第三十一屆江戶川亂步獎。之後他很快地辭了工作，前往東京致力於寫作。自從一九八五年《放學後》出版以後，東野圭吾幾乎是每年都會有一到三部甚至更多的新作問世。他不但是個著作等身的多產作家，其筆下的內容也橫跨了推理、幽默、科幻、歷史、社會諷刺等，文字表現平實，但手法卻絲毫不拘泥於形式，多變多樣。

看到這裡，如果你對於近年的日本推理有一定程度的了解，或許你會聯想到宮部美幸——多采的文風、平實的敘述、充滿令人訝異的意外性；但是在兩者之間卻又有著決定性的不同。

那就是——相對於宮部美幸出道約二十年來，陸續囊括高達十項的日本各式文學獎，筆下著作本本暢銷；東野圭吾卻是一直與日本的各式文學獎項擦肩而過，且眞正開始被稱爲「暢銷作家」，也是出道後過了十多年的事。

實際上在《嫌疑犯X的獻身》同時獲得直木獎與本格推理大獎，並且達成日本推理小說三大排行榜——「這本推理小說了不起！」、「本格推理小說BEST10」、「週刊文春推理小說BEST10」——前所未有的三冠王之前，東野出道二十年來所寫下的六十本小說（包含短篇集）裡，除了在一九九九年以《祕密》（一九九八）一書獲得第五十二屆日本推理作家協會獎之外，其他作品雖然一再入圍直木獎、吉川英治文學新人獎等獎項，卻總是鎩羽而歸。

在銷售方面，他也不是那種只要出書就大賣的暢銷作家。在打著「江戶川亂步獎」招牌的出道作《放學後》創下十萬冊的銷售紀錄之後（江戶川亂步獎作品通常都能賣到十萬冊），整整歷經了十年，東野才終於以《名偵探的守則》（一九九六）打破這個紀錄，而眞正能跟「暢銷」兩字確實結緣，則是在《祕密》之後的事了。

或許是出道作《放學後》帶給文壇「青春校園推理能手」的印象過於深刻，東野圭吾本人雖然一直想剝下這個標籤，過程卻不太順利。書評家往往不是很關心他在寫作上的新挑戰。這也難怪，在東野出道後兩年，也就是一九八七年，以綾辻行人等年輕作家爲首，提倡復古新說推理小說的「新本格派」盛大興起。從文風與題材選擇看來，東野圭吾作品用字簡單，謎題不求華麗炫目，內容既不夠社會派又不像新本格，自然不會是書評家熱心關注的對象。

就這樣出道十餘年，雖然作品一再入圍文學獎項，卻總是未能拿到大獎；多少有機會再版，卻總是無法銷售長紅；傾注全力的自信之作，卻連在雜誌的書評欄都占不到個像樣的位置。

所以我才會說，東野圭吾是個不幸的作家。說眞話這何止是不幸，實在是坎坷，簡直像是不當的拷問。

在獲得江戶川亂步獎後，抱著成爲「靠寫作吃飯」之職業作家的決心，東野圭吾辭去了在大阪的穩定工作來到了東京。這個決定使得他沒有退路，不管遭遇什麼樣的挫折，都只能選擇前進。於是只要有機會寫，東野圭吾幾乎什麼都寫。

二〇〇五年初，個人有幸得以見到東野圭吾本人並進行訪談時，曾經談到關於他剛出道不久時，在推理小說的範疇內不斷挑戰各式題材時期之心境。他是這麼回答的：

「那時的我只是非常單純地覺得自己必須持續寫下去，必須持續出書而已。只要能夠持續出書，就算作品乏人問津，至少還有些版稅收入可以過活；只要能夠持續發表作品，至少就不會被出版界忘記。出道後的三、五年裡，我幾乎都是以這種態度在撰寫作品。」

不過畢竟是背負著亂步獎的招牌出道，畢竟是身處日本泡沫經濟蓬勃、推理小說新風潮再起的八〇年代後半至九〇年代，向其邀稿的出版社當然也都希望東野圭吾能夠以「推理」爲主題書寫。配合這樣的要求，以及企圖擺脫貼在自己身上那「青春校園推理」標籤的渴望，東野嘗試了許多新的切入點，使出渾身解數試著吸引讀者與文壇的注意。於是古典、趣味、科學、日常、幻想，在他筆下似乎沒有什麼題材不能入推理，似乎沒有題材不能成爲故事的要素。或許一開始只是爲了貫徹作家生活而進行的掙扎，但隨著作品數量日漸累積，曾幾何時也讓東野圭吾在日本文壇之中，確實具備了「作風多變多樣」這難以被輕易取代的獨特性。

是的，東野圭吾是位不幸的作家。但也因此我們才得以見到，那些誕生於他坎坷的作家路上，由歷經幾多挫折仍不屈的堅持所淬煉而成，在簡素之中卻有著數不清面貌的故事。以讀者的角度而言，能與這樣的作家共處同一個時代，還眞是宛如奇蹟一般的幸運。

在推理的範疇裡，東野圭吾從不吝惜挑戰現狀。從初期以詭計爲中心的作品，漸漸發展出許多具有獨創性，甚至是實驗性的方向。其中又以貫徹「解明動機」要素（WHYDUNIT）的《惡意》（一九九六）、貫徹「找尋凶手」要素（WHODUNIT）的《誰殺了她》（一九九六）、貫徹「分析手法」要素（HOWDUNIT）的《偵探伽利略》（一九九八）三作，可說是東野在踏襲傳統推理小說元素之下，卻又充分呈現了屬於現代風貌的鮮麗代表作。

而出身理工科系的背景，也讓東野在相較之下，比其他作家更擅長消化並駕馭以科技爲主軸的題材。像是利用運動科學的《鳥人計畫》（一九八九）、涉及腦科學的《宿命》（一九九〇）和《變身》（一九九一）、生物複製技術的《分身》（一九九三）、虛擬實境的《平行世界戀愛故事》（一九九五），還有之後以湯川學爲主角展開的「伽利略系列」裡，東野都確實地將自己熟悉的理工題材，在分解組合後以最簡明的方式呈現在讀者眼前。

另一方面，如同「處女作是作家的一切」這句俗語所述，高中第一次寫推理小說便企圖切入當時社會問題的東野圭吾，由《以前，我死去的家》（一九九四）中牽涉兒童虐待的副主題爲開端，對於社會人心的描寫，似乎也成了他作家生涯的重要課題。例如以核能發電廠爲舞臺的《天空之蜂》（一九九五）、試探日本升學教育問題的《湖邊凶殺案》（二〇〇二）、直指犯罪被害人及加害人家族問題的《信》（二〇〇三）和《徬徨之刃》（二〇〇四），都在在顯露出東野對於刻畫社會問題與人性的執著。

東野圭吾這種立足於推理，進而衍生至科技與人性主題上的寫作傾向，在發表於二〇〇五年的《嫌疑犯X的獻身》中，可說是達到了奇蹟似的調和，也因爲這部作品，在二〇〇六年贏得各種獎項，讓東野圭吾正式名列「家喻戶曉的暢銷作家」之列。加上這幾年來，東野作品紛紛電視電影化，他的不幸時代成爲過去，並站上前人未達之高峰。二十年來的作家生涯開花結果，創造了日本推理文壇近年來難得一見的奇蹟。

好了，別再看導讀了。快點翻開書頁，用你自己的眼睛與頭腦，去感受確認東野作品中理性與感性並存，而又如此引人入勝的獨特魅力吧！那將會勝於我在這裡所寫的千言萬語。

本文作者介紹

一九七六年生。嗜好動漫畫與文學的雜學者。曾於日本動畫公司GONZO任職，返國後創辦《挑戰者月刊》並擔任總編輯，現任全力出版社總編輯，另外也負責線上共享閱讀平台ComiComi（http://www.comibook.com/）的企畫與製作總指揮。

第一章

1

九月十日，星期二放學後。

頭上突然傳來一聲巨響。我自然地抬頭一望，看見從三樓窗口丟出一樣黑色物體，就在我的正上方。黑色物體掉落在我剛才走過的地方，摔成粉碎。

那是一盆天竺葵的植栽。

那是放學後，當我經過教室旁發生的事。不知從何處傳來了鋼琴聲。有好一陣子，我只是看著那個素燒陶的花盆發呆，一時之間無法理解究竟發生了什麼事。好不容易回過神來，腋下冒出的冷汗已經流到了手臂。

接下來的瞬間，我拔腿就跑，使盡全力衝上校舍樓梯。

氣急敗壞地站在三樓的走廊上，心臟劇烈跳動，並非只因爲快跑的關係，而是恐懼在此刻到達頂點。我想像著萬一被那花盆命中……腦海中頓時浮現一片天竺葵的鮮紅。

是從哪間教室丟出來的？根據那個窗戶的位置，我的腳步停在理化實驗教室前面。一股化學藥品味道從教室裡飄出來，猛一抬頭，我發現教室的門打開了約五公分的寬度。

我立刻拉開門，一陣涼風同時迎面撲來，前面的窗戶開著，白色的窗簾隨風飄蕩。

我再次回到走廊上。我不知道從花盆落地到我衝上來爲止，究竟經過了多少時間；但是我感覺那個故意丟下花盆的人，就躲在走廊兩側的某間教室裡。

整排教室在中間彎曲成L字型，經過轉角時，我的腳步又停了下來。因爲掛著二年C班名牌的教室裡傳出說話聲，我毫不猶豫地開門而入。

裡面有五名學生，集中坐在靠窗的座位寫東西。因爲突然有人闖進來，她們全都抬起頭看著我。

於是我不得不開口說話。

「妳們在幹什麼？」

坐在最前方的學生回答：

「這裡是文藝社社辦……我們在寫詩集。」

堅定的口吻中透露出「請不要打擾我們。」的意思。

「有沒有其他人來過這裡？」

五名學生彼此對看了一下後都搖搖頭。

「走廊上有沒有人跑過去？」

她們又互相對看，只聽見有人低聲說，「好像沒有吧。」最後還是那名學生彷彿代表大家似地回答，「我們沒有注意到。」

「是嗎……謝謝妳們。」

我環視教室一眼後將門拉上。

直到這時我又聽見了鋼琴聲。這麼說來，從剛才開始似乎就一直有這音樂聲。即使對古典音樂一竅不通的我而言，也聽過這曲子，看來彈鋼琴的人造詣應該不錯吧。

音樂教室在最後面，鋼琴聲是從裡面傳出來的。我一一拉開每間教室的門確認有沒有人躲在裡面，只剩下音樂教室還沒有檢查。

我粗魯地拉開門，發出如擾亂平靜水流、破壞優美建築的噪音，鋼琴聲也跟著應聲中斷。彈琴的學生滿臉驚嚇地看著我。我看過她，是二年A班的學生。一向令人印象深刻的白皙皮膚，此時顯得更加蒼白。我不禁開口道歉：

「不好意思打擾了……剛剛有沒有其他人來過這裡？」

我一邊巡視室內一邊詢問。教室裡並排著三張長椅，窗邊有兩架舊風琴。牆壁上掛著音樂史上留有豐功偉業的作曲家肖像。我立即判斷這裡應該沒辦法躲人。

彈琴的女學生不發一語地搖搖頭。她所彈奏的是架平台大鋼琴，看起來年代相當久遠了。

「是嗎……」

我繞到她的背後，往窗邊走去，看見校園裡有運動社團的學生在跑步。

走出音樂教室向左轉就是樓梯間，犯人大概是從那裡逃走的，我想時間上也足夠對方脫逃了，問題是對方究竟是誰……

突然間，我發現彈琴的女學生一臉不安目不轉睛地看著我。我立刻裝出笑臉說，「請繼續演奏，我還想多聽一點。」

她這才放鬆表情，瞄了一眼樂譜後，靈巧地活動手指。穩定中逐漸轉快的旋律……

對了，是蕭邦的曲子，連我也知道的有名樂曲。

一邊看著窗外一邊聆聽著蕭邦……一段出乎意料的優雅時光。可惜我的感覺不太對勁，心情依然很憂鬱。

我從五年前開始擔任老師。倒不是我對教育有興趣，也不是對身爲人師有所憧憬，簡單說來就是「順水推舟」地當了老師。

我從故鄉的國立大學工學院資訊工程學系畢業後，先是在某家家電公司上班。選擇該公司的理由之一即是其總公司設在故鄉，雖然被分派到位於信州的研究所，由於工作內容是光纖通訊系統的開發設計，還算符合自己的期望。我在那裡工作了三年。

到了第四個年頭，事情有了變化。由於新工廠蓋在東北，光纖通訊系統的開發人員大半都得轉移過去，我當然也不能例外。只是我很猶豫，畢竟我對東北只有偏遠的印象。有些老同事開玩笑說搞不好下半輩子會老死在深山裡，聽在耳裡很不是味道。

我也考慮過換個工作。問題是不管換家公司還是當公務員，都不是那麼容易。難道眞得看淡一切遠赴東北嗎？就在我死心斷念時，母親勸我考慮當個老師。我在大學就已經取得教師資格，所以母親認爲沒有好好運用未免可惜。當然站在母親的立場，肯定捨不得讓兒子跑到東北那麼遠的地方工作；而且實際上當老師的薪水，在當時來說也絕不遜於其他職業。

只是教師考試也沒那麼容易通過。當我這麼說時，母親立刻表示私立高中或許沒有那麼難考，而且先父在私立學校協會裡好像還有一點關係。

我對老師這份工作，既不喜歡卻也不討厭，何況也沒有其他想做的工作，可以讓我拒絕年邁老母的熱心建議。結果我接受了母親的建議，心想反正先做兩、三年再看看吧。

隔年三月我正式拿到聘書，私立清華女子高級中學——是我下一個工作的地點。

這所高中距離S車站約五分鐘路程，周遭盡是住宅區和田地，環境很特別。學生人數，一個學年有三百六十人，每班約四十五名，共八班。不僅擁有二十年以上的歷史，同時在升學率上，可說是該縣名列前茅的女子高中。事實上當我跟朋友提起「我要到清華女中任教」時，每個人都祝賀我說「那可是一間好學校呀。」

我向公司提出辭呈，從四月起開始教書。第一堂的上課情景，至今我仍記憶鮮明。那是一年級的課堂，由於自己也是新來乍到，自我介紹時我表示自己和她們一樣都是新生。

第一堂課結束時，我卻已經對老師這份職業失去信心。倒不是我搞砸了什麼，也不是我不懂得應付學生；而是我無法忍受她們的視線。上課的時候，總覺得有將近一百隻眼睛在監視我。

我不認爲自己特別引人注目，應該是習慣躲在人後的個性；偏偏在學校當老師卻不得不站在人前。學生會對我說的任何話做出反應，一舉手一投足都被盯著看。

直到兩年前我才好不容易適應她們的視線。不是我的神經變粗了，而是我發現學生其實對老師沒興趣。

只是我始終無法理解她們的想法。

總之她們帶給我的就是一連串的驚嚇。以爲她們都是大人了，卻常常表現得很孩子氣，動不動就搞出讓成人頭疼的問題，我完全無法預測她們的行動。這種狀況從我到校的第一年到第五年幾乎沒有改變。

不單學生，就連那些名爲學校老師的人種，也常常讓我這個來自不同環境的人覺得是另一種生物。爲了管教學生，不斷花費毫無意義的勞力，整天睜大眼睛檢查學生服裝儀容的行動，我無論如何都難以理解。

學校這地方充滿太多未知數——這是我五年來的感想。

不過最近我倒是弄清楚了一件事，那就是有人企圖殺害我。

我在三天前的早晨，初次感受到來自某人的殺意，地點是S車站的月台。正當我被電車中擁擠的乘客推擠出來，隨著人潮踏上月台邊緣時，冷不防有人從旁邊撞過來。因爲事出突然，我失去平衡，踉蹌地往月台外側移動了兩、三步。站直身子時，差點就要跌落在鐵軌上，大約只差個十公分。

好危險，究竟是誰？——回過神來如此一想，戰慄立刻竄過全身。就在我差點跌落的鐵軌上，快速列車剛剛呼嘯而過。

我的心簡直快凍結了。

我很相信剛剛有人故意想撞倒我。

對方已算準時間，想趁我不備的時候……但到底是誰？可惜在人群中，我根本不可能揪出凶手。

第二次感覺到殺意是在昨天。我很喜歡游泳，昨天游泳社暫停練習，我得以一個人享用整座游泳池。

五十公尺的距離來回游過三次後，我便上岸。因爲還得指導射箭社的練習，不能把自己搞得太累。

站在曬得發燙的游泳池畔做完暖身操後，我去沖澡。雖說時序已經進入九月，天候依然炎熱，沒有什麼比沖涼的水更舒爽的了。

就在我洗完澡、關掉水龍頭時，發現情況不太對勁。**那東西**掉落在我腳邊約一公尺的前方。不對，應該說那個拳頭大小的白色盒子，沉在深度高達腳踝的積水中。我彎下身子仔細觀察，接著趕緊跳出淋浴間。

那是一百伏特家庭用延長線的前端，看起來像是白色盒子的部分是插座。電線的另一頭則是連接在更衣室的插座上。

在我下水游泳之前當然沒有那東西。也就是說，有人趁著我在游泳的時候放進這東西。爲什麼？答案很明顯，是爲了想造成我觸電身亡。

可是爲什麼我會平安無事？我納悶地去檢查電源箱。果然不出所料，過載保護的開關跳掉了。因爲水中電流量太大，已超過電源負荷。若是過載保護的容量更大……想到這裡，眞教人不寒而慄。

第三次則是剛才的天竺葵花盆。

到目前爲此，三次我都幸運逃過，但是好運不見得永遠都跟著我。總有一天犯人會使出殺手鐧吧。在那之前我必須揪出凶手的眞面目。

嫌犯是學校這個集團，一個由來路不明的人群所形成的集團。

2

九月十一日，星期三。

第一堂是升學班三年C班的課。進入第二學期後，就業班的學生便顯得有些心情浮動，只有升學班的學生能夠認眞聽課。我一拉開教室的門，便聽見一陣椅子移動的噪音，幾秒鐘後所有學生都回到座位上。

「起立！」

班長的聲音響起，一整排白色的制服襯衫立正站好。「敬禮、坐下！」之後，教室裡又是一陣騷動。

我立刻翻開教科書。有些老師習慣在講課前先聊聊天，我卻完全學不來。按照既定的軌道說話已經讓我很痛苦了，又何必多說其他的廢話？在幾十個人的眼光注視下說話卻絲毫不覺痛苦，我認爲是一種才能。

「今天從第五十二頁開始。」

我聲音乾澀地宣布。

學生大概也終於開始了解我是什麼樣的老師，已經對我不抱任何期待。因爲除了數學以外，我絕不多說什麼——我知道她們幫我取了「機器」的外號，大概是「教學機器」的省略吧。

左手拿著教科書，右手抓起粉筆，我開始上課。三角函數、微分、積分……我很懷疑她們對於我的授課究竟能聽懂幾分？不是說上課猛點頭、拚命抄筆記就一定是理解授課內容。每一次考試她們總是讓我失望。

上課經過三分之一的時間，教室的後門突然開了。所有學生都往後看，我也停止寫黑板看著教室後門。

走進來的是高原陽子。她在全班的眾目睽睽之下慢慢走著。眼睛看著左側最後方的自己座位。當然，她連看都不看我一眼，寂靜中只聽見她的皮鞋聲發出清響。

「接下來是運用代換法來計算不定積分的方式……」

看著高原陽子就座完畢後，我才繼續講課。我也知道教室裡的空氣十分緊繃。

高原陽子應該是遭到停學三天的處分。聽說是因爲被抓到吸菸，詳細情形我就不知道了。不過聽三年C班的導師長谷說，今天是她第一天的上學日。就在剛才第一節上課之前，長谷跟我說：

「我剛才點過名了，高原沒有來。我想她可能會曠課，萬一她在上課中間遲到進教室，請前島老師好好地教訓她一番！」

「我最不會教訓學生了！」這是我的眞心話。

「千萬別這麼說，拜託了。前島老師不是當過高原二年級的導師嗎？」

「話是沒錯……」

「那就麻煩前島老師了。」

「眞是傷腦筋。」

我雖然嘴裡那麼說，其實並不想遵守和長谷的約定。理由之一是我所說的不擅長教訓學生，但實際上我更害怕應付這個叫高原陽子的學生。

她的確是我去年擔任導師的二年B班學生，只是當時她不像現在這樣是個問題，只能說她是在精神上和生理上都屬於比較「前衛」的學生。

今年三月結業式後發生了一件事。

「請老師來二年B班的教室一下。」

我回到座位準備回家，看到公事包上放著一張這樣的紙條。上面沒有署名，字跡很漂亮。我完全想不出來是誰找我，又有什麼目的，於是來到無人的走廊，打開了教室的門。

在教室裡等我的人是陽子。她斜靠在講桌邊，面對著我。

「陽子，是妳找我嗎？」

對於我的問話，她面無表情地點點頭。

「有什麼事？是對妳的數學成績不滿意嗎？」

我試圖開了一個不太熟練的玩笑。

然而陽子滿不在乎地說：

「有件事想麻煩老師。」

右手遞出了一個白色東西，是一個信封。

「這是什麼，寫給我的信嗎？」

「不是，老師打開來看嘛。」

我打開信封瞄了一眼，裡面好像是車票。拿出來一看，果然是三月二十五日九點發車的特快列車車票，目的地是長野。

「我要去信州，想請老師陪我去。」

「信州？其他還有誰要去？」

「沒有了，就只有我們兩人。」

陽子的語氣就像是閒話家常般輕鬆，但她的表情卻是令人緊張的嚴肅。

「我好驚訝。」

我故意作出誇張的表情問：

「爲什麼是我？」

「這個嘛……我也不知道。」

「爲什麼要去信州？」

「我只是……就是想去。重點是老師會陪我去吧？」

對於陽子的自作主張，我搖搖頭。「爲什麼？」陽子顯得很意外。

「不跟特定的學生做那種事，是我的原則。」
「那跟特定的女人呢？」
「嗄？」我錯愕地看著她。
「算了，反正三月二十五日我會在M車站等的。」
「不行，我不能去。」
「來嘛，我會等老師的。」
陽子不等我的回答就逕自走出教室，並在門口故意回過頭說：
「如果不來，我這一輩子都會恨你的。」
說完後她突然衝向走廊，留下我一個人拿著信封站在講台上發呆。
在三月二十五日之前，我眞的很猶豫。我當然完全沒有要和她一起旅行的念頭。我猶豫的是不知道當天該採取什麼行動。換句話說，是該徹底無視她的邀約讓她空等？還是到車站去說服她？只是考慮到陽子的脾氣，我不認爲當天她會乖乖聽話。所以我決定還是不要去車站，心想反正讓她等一個小時後，自然會死心回家吧。
到了當天，果然還是心神不寧。一早起來便不時看著手表。到了時針指向九點後，不知道爲什麼我竟嘆了一大口氣。好個漫長的一天。
那天晚上八點左右，電話鈴聲響了，是我接的。
「這裡是前島家。」

「……」

我直覺認爲電話那頭的人是陽子。

「是陽子嗎？」

「……」

「妳一直等到現在嗎？」

她還是默不作聲。我的腦海中浮現出她有話想說，卻咬住下唇忍耐的表情。

「沒事的話，我要掛電話了。」

因爲她仍然沒有回答，我便掛上了聽筒，只覺得心裡有某種重物不斷向下沉。

春假結束，她們升上三年級後，有段時間我刻意不和她碰面。如果在走廊上差點相遇時，我便趕緊避開；上課中也盡量避開她的眼光。近來雖然比較沒有那麼神經質地躲著她，但我之所以害怕應付她，就是因爲這個理由。

另外還有一點也讓我很在意，據說陽子最近開始因爲服裝、日常態度被當作問題學生看待。結果對於她的遲到，我什麼也沒說地上完了課。過去對於偶爾遲到的學生，我也從來沒有指責過，所以其他學生並不覺得奇怪。

回到辦公室跟長谷提起這事，他的眉毛馬上下垂成八字，開始抱怨，「眞是麻煩！停課結束的第一天上學就遲到，根本不把學校看在眼裡！這種時候就應該好好教訓她一頓才對……我知道了，午休時間我會把她找來，我親自跟她說。」

長谷拭去鼻頭上冒的油汗這麼說。他雖然只比我大兩、三歲，看起來卻顯得更蒼老。大概是因爲有少年白髮，加上人又長得胖吧。這時隔壁桌的村橋也湊過來，「高原陽子來上學了？」

這男人說話時總是意有所指，很惹人厭。我只點頭回答，「嗯。」

「眞是太不像話了。」他很不屑地繼續說，「她究竟是爲了什麼來上學？她應該很清楚學校不是她這種害蟲該來的地方。說起來三天的停學處分實在是太輕了，至少要一個星期，不，要停學一個月才夠。問題是停學也改變不了一個人吧！」他推推鼻樑上的金邊眼鏡一邊這麼說。

什麼害蟲、塵蟎、垃圾——我並不想當正義使者，但村橋的這些用詞總是令人很不愉快。

「她二年級的時候並沒有特別壞。」

「就是有這種會在重要時期變壞的學生，算是一種逃避現實吧。她的父母也不對，監督不周嘛。她父親是幹什麼的？」

「我記得是K糖果公司的高級主管。」

我看著長谷詢求確認，他也點頭說「沒錯。」於是村橋又皺著眉頭，自以爲是地說：

「常有的情形。父親因爲工作太忙無暇教育女兒，相對地又給了太多的零用錢。這是最容易墮落的家庭環境。」

「是這樣子嗎？」

村橋是生活輔導組的主任。看著他志得意滿地大放厥詞，我和長谷只能在一旁點頭稱是。

不過陽子的父親工作繁忙似乎也是事實。根據我的記憶，她母親在三年前過世，家事全都交由管家處理，我曾聽她提過家裡幾乎只有她和女管家兩人生活；然而她說這些事的時候，臉上完全不見陰鬱的神情。也許她的內心很難過，只是留在我印象中的表情是開朗的。

「那她母親呢？」

因爲村橋問起長谷才回答。長谷連她母親似乎是死於胃癌都知道。

「母親不在？那就慘了，根本沒法教了。」

村橋搖著頭起身時，上課鐘聲響了。第二節課開始，我和長谷回到各自座位準備好教材便走出辦公室。

在前往教室的走廊上，我和長谷繼續聊天。

「村橋老師還是那麼嚴厲。」

「誰教他是生活輔導組的主任。」我隨意敷衍兩句。

「話是沒錯……事實上關於高原的抽菸事件，好像就是村橋老師發現她在廁所裡鬼鬼祟祟的。」

「原來是村橋老師？」

這倒是頭一次聽到，難怪他會把陽子批評得體無完膚。

「當初決定停學三天的處罰時，只有他一個人主張一個星期，不過最後還是以校長的意見決定。」

「原來如此。」

「唉，高橋的確是問題學生，但她也有可憐的一面。我是聽其他學生說的，據說她是從今年的三月底才開始變壞的。」

「三月底？」

我聽了大吃一驚，那正是她約我去「信州旅行」的時候。

「前島老師應該也知道，自從那孩子的母親過世後，家事全都交給住在家裡的女管家處理，可是今年三月女管家辭職了，換了一個年輕的傭人。如果只是這樣也還好，但聽說眞相好像是高原的父親硬要之前的女管家辭職，好讓那個年輕女人住進家裡。我猜想大概是這個原因讓那孩子的行爲開始有所偏差吧？」

「——是嗎，原來有這麼一回事。」

和長谷分手後，我回想起陽子不認輸的表情。心性愈是純眞，絕望時的反作用力會愈大。我雖然不擅長輔導學生，卻也知道有不少學生是因爲那種理由變壞的。

我想起陽子約我去信州旅行的事。搞不好陽子是因爲那樣的家庭環境而煩惱不已，才想要出門旅行？當然，她有可能想在旅途中找我商量，希望從我這裡獲得一些建議吧？她或許只是想找一個能夠回答切身疑問的人。

然而我卻沒能回應她的需求。我不僅沒能回應，甚至是相應不理，轉頭離去。

我想起了陽子她們升上三年級的第一堂課。我心裡掛念不下，於是忍不住朝她的方向看過去，正好和抬起頭的她四目相對，至今我仍無法忘記當時她那簡直是噴火帶刺的眼神。

3

「怎麼了？你看起來臉色不太好耶。」

經過三年級教室附近時，有人從後面跟我說話。只有學生會用這種方式跟我打招呼，而且不是小惠就是加奈江。回過頭一看，果不其然小惠正往我這邊走過來。

「難不成跟師母吵架了？」

「妳倒是心情很好嘛。」

不料小惠聳聳肩說，「才不呢，我心情壞透了，又因為**這個**被時田唸了。」邊說邊抓起自己的頭髮。她有著很女人味的鬈髮，學校當然禁止學生燙髮。

「都說我這是自然捲了，時田就是不肯相信。」

時田是她們班的導師，是歷史老師。

「那還用說嗎？妳一年級的時候明明是清湯掛麵的。」

「你們就是那麼死腦筋，一點都不懂得變通！」

「看來妳不再化妝了？」

「是呀，因為太顯眼了。」

一整個暑假，小惠都是化妝來參加射箭社的練習，還說晒黑的肌膚最適合塗橘色口紅了。

小惠——本名杉田惠子，三年B班，射箭社社長，已經完全褪去少女的形貌，開始蛻變為成熟的女性。女孩一般到了高三便已經相當有大人味，小惠更是特別明顯。

這個小惠也是讓我頭痛的學生之一。尤其是從**上次**的共同集訓以來，我很自然地躲著她。不知道小惠心裡怎麼想，關於集訓的事她倒是提也沒提，彷彿沒發生過任何事情似的。或許對這個女孩而言，那根本算不了什麼？

「老師今天會來看我們練習吧？」小惠用責備的眼光看著我。

最近我都沒有去看射箭社的練習，因爲感覺有生命危險，放學後我都盡早回家，但是這又不能跟小惠明說。

「不好意思，今天老師有些不方便。練習就麻煩妳了。」

「不太好吧，最近一年大家的射擊姿勢都有些走樣了。那明天呢？」

「明天應該能去。」

「那就拜託嘍。」小惠一說完轉頭就走。

看著她的背影，我不禁認爲上次在集訓時發生的事或許眞的只是一場夢。

清華女子高中有十二個運動社團。基於教育方針，學校十分鼓勵學生加入社團，也慷慨補助經費。因此包含籃球社、排球社等運動社團都經營得有聲有色。每年總有兩、三個社團能夠打進縣際大賽前段名次。不過儘管社團活動表現得不錯，在去年以前，學校一直禁止社團的集訓活動。理由很簡單，就是不能讓青春期的女孩隨便在外住宿。因爲很難打破因循的慣例，儘管每年總有人提出不妨一試的意見，始終都無法實現。

於是有人提議乾脆讓所有社團一起舉行共同集訓。換句話說，個別社團的各自集訓如果有問題的話，不妨試試讓所有運動社團舉行共同集訓。如此一來，學校可以指定集訓和住宿的地點，帶領的老師一多也可以組團監督學生。而且團體人數較多，費用負擔也能相對減少。表示反對的聲浪雖然仍舊存在，但終於在去年舉辦了第一次共同集訓。我身爲射箭社的顧問也跟著去了，結果很成功，學生的反應也很好，學校決定繼續試辦下去。

於是今年夏天舉辦了第二次共同集訓，地點和上次一樣，在縣立運動休閒中心，開始爲期一星期的練習。

每天的時間安排是，早上六點半起床，七點早餐，八點到十二點練習。十二點起吃午餐，一點半到四點半繼續練習。晚餐從六點半開始，十點半熄燈就寢。雖然安排得很緊湊，但因爲休息時間是各社團自行設定，自由時間也不算少，所以幾乎沒有聽到學生的抱怨。她們似乎還特別期待晚餐到熄燈就寢前的時間。大概是可以感受到平常在學校無法體會的親密感和團體感吧。

我多半是利用看書、看電視來打發時間，但每天晚上也都會檢討練習內容，直到第三天的晚上。

集訓前半期的練習結束，爲了確認社員的進步程度和接下來的訓練方針，我坐在餐廳整理資料。距離熄燈就寢的時間已經過了半個小時，我想應該是十一點左右吧。

一次可容納一百人用餐的大餐廳，除了我之外沒有其他人。

射箭是一種成績直接表現在分數上的運動，因此要想知道各自的進步狀況，最快的方法就是查看當日的得分。我決定將社員這三天的各自得分作成圖表，好在隔天拿給全體社員看。

剛開始進行作業後不久，我感覺有人靠近而抬起了頭，小惠站在桌子的另一頭。

「老師好用功呀。」

這是她一貫沒大沒小的用詞，但不知為什麼語氣中缺少了調侃的味道。

「已經熄燈了，怎麼還不睡？」

「嗯，有點睡不著……」

小惠坐在我旁邊。背心加上運動褲的裝扮，對我的刺激實在有些強烈。

「哦……原來是在整理資料。」她一邊窺探我的筆記本一邊說，「那我的紀錄呢……啊，找到了，在這裡。有點差強人意，看來我最近的狀況非常不好。」

「因為妳的姿勢不太能保持平衡，不過時機倒是抓得很準，繼續練習就能改過來的。」

「加奈江和弘子還是跟以前一樣，雖然姿勢很漂亮。」

「與其說她們是在射箭，感覺上不如說是被弓箭射吧，簡單來說就是力道不夠。」

「結果還是要多練習嘍……」

「沒錯，就是這樣。」

我認為兩人之間的交談到此結束，又拿起鉛筆繼續面對著筆記本。可是小惠卻沒有要走的樣子，依然坐在旁邊托著臉頰，看著我的筆記本。

「怎麼還不去睡？」我問了跟剛才一樣的話，「小心睡眠不足到時撐不過暑熱。」

可是小惠沒有回應，而是起身問我，「要不要喝果汁？」

她直接走向附近的自動販賣機買了兩罐果汁回來，然後大膽地直接盤起從運動短褲伸出的大腿坐在椅子上。我避開目光，伸進褲子口袋摸索錢包。

「不用了，一罐果汁我還請得起。」

「那可不行，妳還在靠父母養呢！」

我從錢包裡掏出兩枚百圓硬幣，擺在她面前。她只是瞄了一眼，並沒有伸手拿回去的意思，反而問了毫不相關的問題，「老師擔不擔心師母呢？」

我才剛拉開罐蓋喝了一口果汁，聽了這話差點嗆到。

「妳在胡說些什麼！」

「我是說眞的，擔不擔心呢？」

「這問題很難回答呀。」

「不擔心，但是覺得寂寞？」

「有什麼寂寞的？我們又不是新婚夫婦。」

「雖然不寂寞，但是想到會心疼吧？」

「喂，妳在鬼扯些什麼！」

「說實話嘛，我說的沒錯吧？」

「妳怎麼好像喝醉了？酒是哪裡弄來的？這麼說來，好像眞有一股酒臭味。」

我假裝將鼻頭湊近小惠的臉聞味道，可是她卻笑也不笑地反瞪著我的眼睛。那認眞的眼神，讓我感到全身麻痺，一時之間動彈不得。

約有兩、三分鐘或是兩、三秒鐘吧，我們彼此對望。說得噁心一點，時間彷彿在我們之間靜止了。

我不記得是小惠先閉上眼睛，還是我先觸碰到她的肩膀。總之兩人很自然將臉靠近，很自然將嘴脣貼在一起。我自己都很驚訝自己居然十分鎭定，甚至還能豎起耳朵注意有沒有其他人過來。而小惠好像也不緊張，證據就是她的嘴脣十分溼潤。

「這種時候，我是不是應該道歉比較好？」

離開小惠的嘴脣後，手還放在她肩膀上時，我開口這麼問。裸露在背心外的肩膀，似乎在我的手心下更顯得汗溼。

「爲什麼要道歉？」小惠直視著我反問，「這又不是什麼壞事。」

「我不知道自己爲什麼會做這種事？」

「老師的意思是說明明不喜歡我嗎？」

「不……不是的……」我有些不知道該怎麼說。

「不然是什麼意思？」

「感覺好像違反了某種不成文的規定。」

「哪有那種事！」小惠的語氣強烈，依然直視著我的眼睛，「從小到大，我可不覺得有什麼規定綁著我。」

「妳眞行。」

我將手從小惠的肩膀移開，一口氣喝光果汁。不知從什麼時候起，喉嚨突然變得好乾。

這時走廊上傳來腳步聲，一種拖鞋在地上拖行的聲音。腳步聲有時會重疊，大概不止一個人吧。

我們兩人分開和餐廳門打開幾乎是同一時間，只見兩個男人走了進來。

「原來是前島老師？」

個子較高的男人先說話。他是擔任田徑社顧問的竹井，另外一個是村橋。村橋並非運動社團的顧問，他是負責監督才來的。

「杉田同學也在這裡，看來你們是在討論練習的事，眞是辛苦了。」

竹井看著我面前攤開的圖表和筆記本這麼說。

「巡房嗎？」

聽到我的問話，兩人彷彿回答「沒錯」地相視一笑，然後環視了餐廳各個角落後，又從剛剛的門走了出去。

小惠望著他們兩人走出去的門好一陣子後，才回過頭看著我說：

「氣氛都被破壞了。」

說完又露出熟悉的笑臉。

「要睡了嗎？」

「嗯。」

因爲小惠點點頭站了起來，我也開始整理桌面。我們在餐廳門口前道別時，小惠在我耳邊低語，「那就……下次繼續吧。」

「嗄？」我吃驚地看著她。

可是她已經若無其事地說聲，「老師，晚安嘍。」踏上走廊的另一邊離去。

第二天練習的時候，我盡可能避免和小惠面對面。一方面固然是因爲內疚，但其實我雖然年紀不小了，還是會覺得難爲情，不料小惠對我的態度卻和過去一樣，沒有任何變化。

「一年級的宮坂因爲身體不舒服缺席，其他人都到齊了。」

就連報告出席狀況時正經八百的語氣也跟從前一樣。

「身體不舒服？那可不行。感冒了嗎？」我問。

她卻露出耐人尋味的笑容說，「女孩子說身體不舒服，老師就應該知道是怎麼回事才對。」

沒大沒小的說話方式一如往常。

而且到今天爲止，小惠完全都沒有提到那天晚上的事。我不禁開始以爲搞不好只有我一個人在擔心，其實沒什麼大不了的。我只是被一個年紀小我十歲以上的女孩說句「那就……下次繼續吧。」給耍得團團轉。

我想起了小惠的臉孔。她有時候看起來很聰明，有時候又給人嬌嬌女的印象。我不禁想對自己說聲，你振作點吧！

4

第四堂課結束後的午休時間。

我一邊吃著老婆做的便當一邊看報紙，用完餐正在享用咖啡時，辦公室的門開了，走進來一名學生，是高原陽子。陽子環視了辦公室一下，一發現長谷的座位，便直接走了過去。半路上我們的視線相對，她卻毫無反應。

長谷一看到她，立刻拉下臉，嘴裡念念有詞。他就坐在隔著我四張桌子的前面，不但能看見他們的表情，也能斷斷續續聽見他們的對話。我假裝看報紙一邊偷瞄，看見面無表情的陽子目光低垂的側臉。

長谷念的不外乎解禁第一天就遲到，到底在想些什麼？應該沒有再抽菸了吧？不久就要畢業了，一定要堅持到最後，不可以鬆懈……等。長谷的訓話與其說是指導，聽起來更像是請求。陽子還是一副愛聽不聽的樣子，沒有任何反應，甚至連頭都沒點。

看著她的側臉時，我突然察覺有異，她剪短頭髮了。她過去就沒有留長髮，但也沒有剪這麼短過。以前頭髮似乎還有些鬈曲，現在不但沒有，劉海也修得很短。我猜她大概想換個造型，建立新形象吧。

就在我想著這件事時，忽然有人從背後拍我的肩膀。回過頭一看，只見松崎教務主任露出黃板牙對著我笑。
「報紙上有什麼好玩的新聞嗎？」
我最討厭他這種又淫又黏的說話方式。在說明來意之前，總是會像這樣先諂媚幾句。
「當今社會還不就那個樣子……請問有何貴幹？」
聽到我的催促，松崎一邊看著報紙上的文字，不太起勁地說，「噢，校長找你。」
我將報紙讓給松崎，趕緊走向校長室。
敲過校長室的門後，聽見一聲「進來。」我才走進去。栗原校長背對我坐著，看得出來他正在吞雲吐霧，聽說他幾次想戒菸都失敗了。
校長將椅子轉向我，開口第一句就問，「射箭社練得怎麼樣？今年應該可以進入全國大賽吧？」聲音不大卻聽得很清楚，果然是以前玩橄欖球練出來的。
「馬馬虎虎……還可以。」
「怎麼，這麼沒把握？」
他將夾在指間的香菸捺熄在菸灰缸裡，不料又馬上從盒子裡取出一根新的。
「你擔任顧問幾年了？」
「五年了。」
「嗯，是該好好表現，露兩手給我們瞧瞧的時候了。」
「我盡量。」

「那可不行，總得留下某種形式的成績才行。日本有射箭社的學校不多，要想奪得冠軍其實不難，當初說這話的人不是你嗎？」

「這個事實，至今還是不變。」

「那就拜託你了。三年級的……是叫杉田惠子嗎，這個選手怎麼樣？」

「很有才華，可以說我們學校進軍全國大賽就靠她了吧。」

「很好，那就重點訓練她，其他人就看著辦吧。臉色不要那麼難看。我沒有干預你的指導方針意思，只是希望得到該有的結果。」

「我會努力的。」我只能這麼回答。我並不反對學校想將運動社團的成績，作爲招生宣傳手法。既然是以「經營」爲大前提，就該在宣傳方面下工夫。只是栗原校長說得如此露骨，我實在有點跟不上。

「對了，我找你來是有其他的事。」

看到校長的表情有了變化，我有些訝異，但他的神情馬上又恢復正常。

「來，先坐下再說。」說完，他指著沙發椅。

我有些猶豫地坐下，栗原校長也跟著坐在我對面。

「其實也不是什麼大事，是關於貴和的事。你知道貴和吧？」

「我知道。」

他是校長的兒子。我們曾見過一次面。據說是一流國立大學畢業，任職於地方企業，走的是精英路線；可是給我的印象，卻不是很有幹勁的樣子，甚至顯得柔弱、消極。當然印象和事實有可能未必一致。

校長接著說，「貴和也已經二十八歲了，我想該是幫他找個好對象的時候，可惜就是找不到。就算我這個父親看中意了，他看到照片也只是猛搖頭呀。」

我在心裡諷刺地說，應該先掂掂一下自己的長相吧。

「可是這次他卻搖白旗了……你想對方會是誰？」

「這個嘛……」是誰我都無所謂。

「是麻生恭子老師。」

「噢！」

校長似乎很滿意我的反應。

「你很驚訝吧？」

「的確是，她的年齡應該是……」

「二十六了，我想找個穩重的媳婦會比較好，結果貴和看了照片似乎也很中意，於是八月的返校日我便和麻生老師提起這事，她說需要一些時間考慮看看。我也給她貴和的照片和履歷了。」

「原來如此，然後呢？」順著話鋒，我居然催促校長繼續往下說。

「問題就出在這裡。在那之後都已經過了三個星期，麻生老師始終沒有回覆。我稍微試探一下，她總是回答請再等待一段時間。不喜歡就直說，彼此也落得輕鬆；摸不清楚她的想法，反而令人困擾，所以我才找你過來。」

聽到一半我就已經知道校長的目的，總之就是要我去探問麻生恭子的心意吧。聽完我的想法，校長滿意地點頭說，「你眞是善解人意，你說的沒錯。但我並非只是要你幫忙跑腿而已，還希望你順便徹底調查她的男女關係。當然她都已經二十六歲了，難免會有一、兩段傳聞吧。我也不是那麼死腦筋，問題是現在。」

「我知道了。可是如果她對這門婚事沒有興趣的話，就沒有調查的必要吧？」

「你是說我兒子的婚事沒指望了嗎？」校長的語氣顯得不太高興。

「不，我只是說也有那種可能性吧。」

「好吧，假如是那樣，就搞清楚她的理由何在，原則上我願意接受她的任何條件。」

「我知道了。」

假如麻生老師不喜歡貴和，我倒想問問她打算怎麼辦。

「校長找我來就是爲了這件事嗎？」我故意以較嚴肅的口吻詢問。

「話是沒錯，不過你那邊是不是出了什麼狀況？」

校長的口氣變得很愼重，大概是觀察到我的神情有異吧。

「我又被盯上了。」

「什麼？」

「有人想暗算我。昨天我經過教室大樓，有花盆從天而降。」
「……該不會是湊巧吧？」彷彿臨時才想出的說法，校長笑得很不自然。
「湊巧會一連發生三次嗎？」
在月台上被人推了一把、差點在游泳池淋浴間裡觸電而死的事，我都告訴過校長。
「然後呢？」
我按捺下想反問校長「什麼然後呢？」的衝動，語氣平靜地回答，「我打算去報警。」
結果校長聽了將香菸靠在菸灰缸上，雙手抱胸，表情一如遇到什麼難題似地閉上雙眼。我直覺認爲他大概不會給我好的回應，果不其然他說，「等一陣子再說吧！」
我沒有點頭，但是校長仍然閉著眼睛開口，「這算是學生的一種惡作劇。其他學校，尤其是男子高中甚至會有牽涉流氓的暴力事件。讓警方介入這種事不太好，畢竟從頭到尾都是學生和老師之間的對話問題。」
說到這裡，校長睜開了眼睛，露出討好、安慰我的眼神。
「那是惡作劇啦，不過只是單純的惡作劇，不是眞心想殺死你的。假如你當眞，找來警察調查，最後恐怕會鬧出笑話。」
「可是兇手的做法，只會讓我覺得是玩眞的！」
校長突然臉色一變，雙手往桌上一拍。
「難道你不相信學生嗎？」

我嚇了一跳，沒想到這種話會出自這個男人的嘴裡。要不是今天這種場面，我大概早已捧腹大笑了，而且這種理由本身就已經令人驚訝不已了。

「我說……前島老師，」校長的語氣又恢復平靜了，彷彿正在實踐「糖果與鞭子」的教誨。「再一次吧。等下一次，我們看看情況再說。到時候我絕對不會阻止你，好吧？」

萬一下一次我就眞死了，那該怎麼辦？我心中這麼想卻沒有說出口。不是答應校長的要求，而是不得不死心。

「就只能再一次嘍？」我不放心地確認。

校長聽了如同得救般地放鬆表情，開始談論起學校教育、身爲教師應有的態度、作爲學生應盡的本分……我才不想聽他那些空泛的理論，於是說聲「我還有課。」準備起身離去。就在打開門要走出去時，聽見校長說「我兒子的事就麻煩你了。」但我連回話都懶了。

一走出校長室，下午的上課鐘聲正好響起。夾雜在快步行走的學生群裡，我回到了辦公室。

栗原校長不單只是校長，也是清華女子高中的理事長，是個名副其實的獨裁者。只要他不高興，就能隨便砍一、兩個老師的腦袋；學校的教育方針也任憑他說改就改，然而他在學生之間的風評倒也不壞。小惠就曾說過，「他很直接地表現出自己的慾望，這點很有人性，還算不錯。」

事實上，栗原校長是我父親的戰友。在戰後那段青黃不接的時期，兩人似乎幹了不少虧心事。之後父親企圖成爲企業家、栗原校長想要設立學校，兩人分道揚鑣。結果成功的只有校長，父親最後留下年邁的妻子和一些債務過世了。如今大我三歲的哥哥夫婦在老家經營鐘表行，負責照顧母親的生活。

母親建議我當老師時，似乎私下聯絡了栗原校長，之後我便立刻收到清華女中的聘書。因爲有這層關係，校長對我也有頗爲推心置腹的一面。相對地，我也必須在工作以外的部分爲校長效勞，例如剛才他所交代的任務就是其一。

一踏進辦公室就聽見年輕女孩高八度的說話聲。抬頭一看，只見村橋面對著一名學生站著。

「總之妳先回教室，有什麼事放學後再說！」村橋指著門口說話，聲調有些高亢。

「在那之前，請先把問題給搞清楚。村橋老師的意思是說自己一點都沒有錯嗎？」

村橋的個子矮我一些，應該不到一百七十公分。而學生的個子和村橋不相上下，肩膀倒是很寬，從背影就能看出來是北条雅美。

「我不認爲自己做錯了什麼。」

村橋直視著雅美，我想她應該也是用同樣堅定的眼神回瞪村橋吧，接著她說，「好，我知道了。放學後我會再來找老師的。」

她說完對村橋行個禮，氣勢洶洶地走出了辦公室。包含我在內的其他老師，全都目瞪口呆地看著這一場景好一陣子。

「那是怎麼回事？」我問正在準備第五節課教材的長谷。他稍微瞄了一下後方的村橋，壓低聲音說，「好像是上課時，村橋老師罵了學生。當時他用了『妳們這些傢伙』的字眼，北条是來抗議這件事情，說這句話用的字眼帶有侮辱的意味。」

「怎麼會……」

「不過是點小事罷了。北条也是故意找碴的，一半是爲了耍個性吧。」

「原來如此。」我理解後回到自己的座位。

北条雅美是三年A班的班長。入學以來成績始終保持第一名，說她是清華女中創校以來的第一才女也不爲過。據說她的志願是東京大學，如果她眞能考上，那可眞是創校以來最值得慶賀的壯舉。她還是劍道社的社長，也是本縣屈指可數的女劍士。甚至有人爲她不是生爲男兒身感到遺憾，可見得她文武雙全的實力有多強。

然而，她從三月起開始有了些奇妙的舉動。我這個形容，萬一被她聽到，搞不好又會遭她教訓一頓。根據她的說法，她這麼做完全是爲了「打破因襲陳規、無視學生人性、毫無理念可言的管理教育。」儘管如此，她也不會因此蹺課或忽視學校有關服裝儀容、髮型等規定。因爲她很清楚那些作法沒有意義。她首先動員一、二年級學生組成服裝規定放寬檢討會，透過學生會向學校表達意見。之所以動員一、二年級學生，是因爲考慮到三年級各方面比較忙以外，同時畢業在即，無暇將心思放在抗爭活動上。目前只有該服裝會開始活動，據說下一步就是成立頭髮會等其他組織。

北条雅美將病灶指向生活輔導組，尤其是最爲嚴厲取締的村橋老師。每當村橋上完三年A班的課回辦公室時，就會看見北条追上來疾言厲色抗議村橋上課時的不當用詞與態度。

因爲如此，校方將她視爲問題學生，但是對於如何制止她的行動卻毫無對策。畢竟她的做法正當，一切按照制度走，而且抗議的內容也幾乎都是合理的。加上她的成績優秀，甚至有老師說，「反正只要等到北条雅美畢業就沒事，這段期間就先忍耐吧。」

「稍微對她好一點，馬上就神氣起來了。」村橋邊坐下，火藥味十足地自言自語起來。

進入新學期，北条雅美的奇妙舉止有變本加厲的現象。

第五堂課的上課鐘聲響起，老師紛紛發出起身的聲響。一看見麻生恭子離席，我也跟著站了起來。

走出辦公室約十公尺處，終於趕上了她。她束起長髮，冷淡地看了我一眼，一副「有何貴幹」的眼神。

「剛剛校長找我去。」她顯然有所反應，腳步稍微放慢了下來。

「他要我來問問妳的心意。」

校長交代這件事時，我就打算以這種直截了當的方式開口。她在樓梯前停了下來，我也跟著停下腳步。

「為什麼我必須向前島老師說明？」她的語氣十分冷靜。

我搖了搖頭說，「只要校長知道妳的心意就行，妳也可以直接跟他說。」

「好，我會跟他說。」

她開始爬上樓梯，從頭到尾都沒有正眼看過我。讓我忍不住不懷好意地抬頭看著樓梯對她說，「校長要我調查妳的經歷。至於是什麼經歷，我想妳也很清楚吧？」

她的腳步聲停下時，我已經下樓梯了，一股焦慮的沉默在我上方蔓延開來。

5

這天的第六堂課是一年A班。我教的幾乎都是三年級的課，只有這一班是一年級學生。這群小毛頭進入新的學期總算適應了高中生活，心性感覺稍微安定一些。如果跟國中生一樣整天毛毛躁躁，我的精神恐怕承受不了。

「接下來的練習題要讓同學到講台上來解。」我話還沒說完，底下的學生已開始畏畏縮縮，幾乎所有的學生數學都不好。

「問題一山本，問題二宮坂。上來解題！」

我看著學生名冊，點人上台解題。山本由香一臉沮喪地站了起來，同時教室裡各角落傳來安心的嘆氣聲。說來眞是丟臉，這讓我想起自己的高中時代。

宮坂惠美面無表情地面對著黑板，她是個成績優異的好學生，果不其然，只見她左手拿著課本，右手拿著粉筆，迅速寫出了解答。字體是現在年輕女孩間最流行的圓體字，而且是正確答案。

我注意到她的左手，至今仍纏著白色繃帶。她是射箭社社員，**據說**今年夏天的集訓活動中挫傷了左手腕。我之所以這麼說，是她剛受傷時因爲怕我責罵，謊稱生理期來了沒有參加訓練。換言之，她有些膽小怕事。

「左手還好吧？」見她解題完回到座位上時，我輕聲詢問，她則發出蚊子般的聲音「嗯」了一聲。

當我準備就黑板上的解答進行說明時，突然傳來一陣連肚皮也跟著震動的引擎聲。由於教室大樓是沿著圍牆蓋的，經常會聽見外面汽車經過的噪音，現在的聲音卻不一樣。照理說應該是呼嘯而過，但引擎聲卻始終響著。

我從窗戶往外看，看見三輛機車在馬路上盤桓。駕駛是身穿鮮豔襯衫、頭戴安全帽的年輕人，脖子上的圍巾胡亂飄動著，以前沒看過這些人。

「是飛車黨的人嗎？」

「一定是想吸引我們的注意。」

「好討厭。」

坐在窗邊的學生七嘴八舌地談論著。因爲教室位於二樓，所以看得很清楚。其他學生也跟著伸長身子想一窺究竟。上課的氣氛完全被破壞了。

我回到黑板前準備重新上課，但學生的心思早都飄向窗外。

「妳們看！居然有個笨蛋在揮手耶。」

她們又紛紛往外看，我正打算制止時，其中有一名學生大叫，「啊！有老師出去了。」

聽到這句話，我不禁也往外看，有兩名男子往那群騎機車的年輕人靠近。從背影就能看得出來是誰，是村橋和小田老師。兩人手上拿著水桶，起初好像在勸告對方，但年輕人並沒有離去的意思，於是兩位老師將水潑向機車，其中一輛頓時成了落湯雞。接下來教體育的小田老師還打算抓下騎著那輛車的年輕人，那群不良分子只好謾罵著迅速離去。

「好厲害呀！」

「不愧是生活輔導組的老師！」

教室裡揚起了歡呼聲，這下更沒有上課的氣氛了。結果我說明完黑板上的練習題，已經是第六堂課快結束的時候。

一回到辦公室，不出所料村橋在一群人圍繞下，自以爲是英雄，顯得意氣風發。

「很棒的驅逐法。」畢竟我坐在他隔壁，總得說些好聽的客氣話。

村橋的心情很好地說，「這種方法其他學校也常用，幸好效果不錯。」

「希望他們不要再來了。」一位姓堀的中年女老師開口。

村橋聽了，恢復嚴肅的神情說，「他們究竟是誰？肯定是哪裡來的不良少年。」

「搞不好是我們學校學生認識的人。」

聽我這麼一說，周遭的兩、三位老師都笑著否認，「怎麼會呢。」

只有村橋一臉嚴肅，「不，這種想法也不是沒有可能。」接著又說，「萬一眞是那樣，那種學生就該立即退學。」語氣一如往常地冷酷。

今天放學後我還是決定趕緊回家，因爲昨天的花盆事件仍然盤旋在我腦海中。校外雖然不見得就安全，但總比在校內擔心害怕來得好。只是我已經一連三天都沒有出席社團訓練，明天總得露一下臉了。

看到我準備回家，麻生恭子走了過來，但我故意無視她。對她而言，這樁婚事無疑是飛上枝頭成爲鳳凰的機會，所以她當然很在意我剛剛說的話。

我混進放學回家的學生群中穿越校門，那一瞬間特別感覺到一天終於結束了。我覺得今天的精神耗損得特別厲害，實在發生太多事情了。

從校門口走到S車站大約是五分鐘，一路上都能看見三三兩兩穿著藍裙白上衣的學生。不過我只能和她們走到一半，因爲突然想起得上體育用品店一趟，便轉進小巷。

穿過社區，沿著車流量較大的馬路往前走，就會抵達那家店。那裡是本縣少數幾家販賣射箭用具的體育用品店。

「清女的射箭社有沒有進步一點？」老闆一看見我便這麼問。

我們的交情從我來這裡任教時便開始了，老闆的年紀大概長我三、四歲。以前好像也玩過曲棍球，所以身材雖然不高，體格倒是很勻稱健壯。

「始終無法更進一步，大概是教練太差勁了吧？」我苦笑地回答。

「杉田同學怎麼樣？聽說她進步得很快。」

他竟然和校長說一樣的話，看來小惠的名聲傳得很廣。

「也還好，只是不知道能精進到什麼程度，要是能再多訓練一年就好了。」

「說的也是，她都已經三年級了。所以說這是她最後的機會嘍？」

「可以這麼說。」

閒聊之際，我也買齊了東西離開那裡。看了一下手表，大約花費了二十分鐘。

九月的秋老虎天氣，熱得我一邊鬆開領帶一邊循著原路往回走。卡車經過揚起的塵土黏在身上，讓人更不舒服。

快到轉角時，我停下腳步，因爲我看見那輛停在路邊的機車。不，說得更明確些，我還記得那個跨坐在機車上的年輕人。黃襯衫、紅色安全帽。沒錯，就是白天那三個年輕人中的一人。而且站在那名年輕人身旁說話的，居然是清華女中的學生。我瞄了一下那名學生的臉，爲了改變形象而剪短的髮型令人印象深刻。

那學生是高原陽子。

對方似乎也發現我正在看著他們，陽子露出有點吃驚的表情，接著立刻假裝不認識我轉過身去。

我並不喜歡在校外告誡或命令學生，不過遇到眼前這種狀況，總不能佯裝沒事一走了之。我慢慢走上前。陽子還是背對著我，騎車的年輕人似乎在安全帽下睜大眼睛瞪著我。

「你們認識嗎？」我對著陽子的背部問。

她毫無反應，反倒是年輕人問陽子說，「這傢伙想幹嘛？」聲音聽起來意外很孩子氣，大約是高中生的年紀吧。

陽子背對著我，冷冷回答，「我們學校的老師。」聽到這句話，安全帽裡的表情似乎也跟著一變。

「原來是老師！所以跟白天那些傢伙是同夥嘍？」

白天那些傢伙應該是指村橋他們，看來年輕人餘恨未消，語氣充滿了火藥味。

「說話不要那麼沒水準，會害我被誤會跟你一樣沒水準。」陽子說話的語氣像是責備對方，高亢尖銳的聲音一下子便壓下年輕人的盛氣。

「可是……」之後的話消失在安全帽中。

「好了，你可以走了，你要說的我都知道了。」

「那妳肯考慮看看嘍？」

「我會考慮的。」

兩人說完意義不明的對話後，年輕人用力踩下油門。然後看了我一眼怒吼，「你警告白天那些傢伙，給我記住！」

他發出巨大的噪音和廢氣飛馳而去。

「他是妳的朋友嗎？」

陽子看著揚長離去的機車背影回答，「他是我的機車車友，腦袋不好就是了。」

「機車？妳也騎機車嗎？」我驚訝地反問。

校規當然禁止騎車，但她卻毫不在意地回答，「騎呀。今年夏天考上駕照後，就讓我那個笨蛋爸爸買車給我到處騎了。」

充滿挑釁的口吻，嘴角還浮現冷笑。

「妳不是討厭沒水準的說話方式嗎？」這句話又讓她的嘴角咧開了，而且還冷冷表示，「我無所謂，你去跟村橋他們報告好了。」

「我不會跟他們說。只是萬一被發現，妳會被退學的。」

「也許那樣更好。反正我們常在這附近走動，總有一天會被看見吧。」

她那種自暴自棄的態度讓我不知如何是好，結果只能說出這樣的話，「畢業之前，妳就忍一下吧。畢竟只需要再忍耐一段時間，不是嗎？畢業之後，妳愛怎麼騎都行。對了，到時候也讓我騎騎看，感覺肯定很棒吧！」

然而陽子的表情依然沒變，甚至還杏眼圓睜地瞪著我說，「這不是老師該說的話吧。」

「高原……」

「算了，不要管我。」說完後，她便快步離去。走了幾十公尺後又停下腳步，回過頭對著我說，「老師明明不關心我！」

那一瞬間，我的心頭深深往下沉，沉重得連腳步也移動不了，只能茫然地看著陽子奔跑離去的背影。

「老師明明不關心我。」

這句話不斷在我腦海中浮現又消失。

不知不覺之間，夕陽已開始西下。

第二章

1

九月十二日星期四，第六堂課，三年B班教室。

微積分是高中數學最後的難關。微積分學不好，數學就無法成爲考大學時的得分武器。不知道是不是我的教法有問題，到現在她們的微積分考試，全班平均從未超過五十分。

在黑板上寫下複雜的解題算式時，偶爾我會回頭看看學生，只見一個個臉上都是虛無飄渺的神情。一年級、二年級多少還會抱怨「爲什麼非得學這種東西？」、「數學根本一點用處都沒有。」表達反抗的態度；可是升上三年級，似乎也知道那些都是毫無意義的疑問，於是臉上都掛著「算了，老師你高興怎麼上就上吧。」的表情，彷彿已經看開了。

我看著她們那種表情，視線飄到最左邊那排第四個座位的小惠身上。小惠托著臉頰望著窗外的景色，不知道她是在看別的班級上體育課，還是眺望對面的住宅區？總之很少看見她這個樣子，因爲在我的班上她算是認眞聽講的學生。

總結完今天的上課內容後，下課鈴響了。學生的表情瞬間亮了起來，充滿活力。我是個絕對不會延長上課時間的老師，於是說聲「今天就上到這裡。」便闔上課本。

「起立、敬禮。」班長喊口令的聲音也顯得很有精神。

走出教室沒幾步，小惠便追了上來。

「老師，你今天會來吧？」語氣和昨天不一樣，有點質問的味道。

「我是有那個打算。」

「打算……還不確定嗎？」

「不，確定。」

「那就說定了。」

說完後小惠便轉身快步走回教室。我隔著窗玻璃追隨她的身影，只見她走近朝倉加奈江身邊說話。加奈江是射箭社的副社長，所以兩人大概是在討論訓練事宜吧。

一回到辦公室，就看見隔壁的村橋抓著年輕的藤本老師說話。我無意偷聽，但他說話的內容還是會飄進耳朵裡。原來是他剛才臨時舉辦小考，結果慘不忍睹，不免抱怨連連。

村橋很喜歡抱怨，也常常抓我當他的聽眾。抱怨的內容各式各樣，學生的成績不好、校長的不明事理、薪水太少等不一而足。唯一的共通點就是，他總不忘說後悔當了女子高中的老師。

村橋畢業於故鄉的國立大學理學院研究所，跟我一樣是數學老師。年紀大我兩歲，不同的是他一畢業就當老師，教學經歷很長。只不過任教期間他好幾次想回大學，據說他原先想成爲大學老師，因爲沒當上才來當高中老師，看來應該是無法放棄曾有的夢想吧。然而他的野心一再受挫的今天，對於回到大學這件事似乎也已經死心了吧。

在數學老師聯誼會上，他曾經跟我提起此事。

「我呢，壓根兒就沒想讓學生聽懂我的課。」

村橋有些醉了，帶著酒臭味的氣息在我耳畔飄蕩。

「我剛當老師的時候，當然也很有幹勁，很想讓所有學生都能理解難懂的數學。可是沒用呀，沒用。不管我再怎麼用心解說，她們連十分之一都沒法聽懂。或者應該說她們根本就不想聽懂，打從一開始就什麼也沒有聽進去。起初我以爲問題出在學生缺乏學習意願，只要她們有意願的話就能學好，但我實在太天眞了。」

「不是學習意願的問題嗎？」

「不是不是，當然不是。她們的頭腦只有那種程度，根本就沒有理解高中數學的記憶體。就算想搞懂，也還是學不會。對她們而言，聽我的課就像是聽外國老師上課一樣，所以想搞懂的戰鬥意識自然也跟著薄弱了。仔細想想也眞是可憐，聽得一頭霧水，卻還得乖乖坐在位子上五十分鐘。」

「可是她們之中也有聽得懂的學生吧？就我所知有兩、三個學得很好。」

「當然是有，但三分之二的人都是垃圾，或許應該說她們根本不具備理解數學的頭腦。我倒是覺得從高二起就該將所有的科目改爲選修制，硬要訓練雞在天空飛是不可能的事嘛！如果學生有實力、有意願選修數學，我們就可以針對她們好好調教，這樣不是很好嗎？高尙的數學教給那群笨蛋，只會降低了數學的水準，你不覺得嗎？」

「這個嘛……」我苦笑著拿起酒杯。

我既不覺得數學很高尙，也從來沒想過村橋說的那種教育制度。因爲教學對我來說，不過只是一種賺錢的手段罷了。

村橋扶正金框眼鏡，又繼續說，「打從我擔任女子高中老師就是失敗的開始。就算人家再怎麼說這是職業女性的時代，大部分的女性還是一結婚就走進家庭。我們學校能有幾個學生將來會想進入一流企業、培養超越男人的實力出人頭地呢？幾乎所有的學生都想進入可以玩到畢業的短期大學或女子大學，當個粉領族上幾年班，一旦找到好對象就趕緊結婚。對這種學生來說，她們上高中不過只是來玩的。我卻認眞教她們學問……只要想到自己爲了什麼讀到研究所畢業……就愈怨恨自己的人生！」

說到一半他變得有些激動，說完後像是借酒澆愁般一飲而盡。他平常雖然很愛抱怨，可也沒有如此失態過。

「我一說要臨時小考，她們就叫個不停；可是遇到期中考、期末考，她們又認眞準備過嗎？根本是群無可救藥的傢伙，我連跟她們生氣都懶了。」

村橋留意著自己梳得整齊的旁分頭有無凌亂，一邊喋喋不休地跟藤本說話。趁著還沒被逮到之前，我趕緊拿著運動服走出了辦公室。

我一向都在體育館後面的教師更衣室換衣服。那是水泥磚蓋的五坪大小房間。室內同樣以水泥磚做成隔牆，分爲男用和女用更衣室。因爲是倉庫改造而成的，所以女用更衣室的進出口設在小屋後面，原先大概是窗戶之類的開口。

雖說是教師用，但因爲體育老師有體育老師專用的更衣室，只有體育老師以外的運動社團顧問會用到這裡，而且也幾乎沒有顧問會實際參與社團練習，結果會利用這個更衣室的，男女加起來僅有幾位老師而已。因爲練習日錯開，常常一天之內只有我會用到這裡。

我一換好衣服，藤本隨後也進來了，一邊嘆氣一邊露出苦笑。他是網球社的顧問，今天只有我和他使用這間男更衣室。

「村橋老師的訓話又臭又長，眞是受不了！」

「他可是靠抱怨來解除壓力的。」

「眞不健康，他爲什麼不運動，釋放壓力？」

「因爲他是知識分子（intelligentsia）啊。」

「我看是歇斯底里（hysteria）吧？」

聽完藤本說的玩笑，我笑著走出了更衣室。

射箭靶場位於沿著教室大樓外圍的運動場那頭，通常我習慣經由教室大樓後面走過去，因爲日前發生的花盆事件，所以今天刻意避開那條路。

清華女子高中成立射箭社是在距今剛好十年前，起初只是引進爲體育課程。它不像日本弓道的中規中矩，射箭帶有遊戲的性質，比較容易爲現代學生接受，兩、三年後便升格爲社團，引進的老師也成爲社團顧問。之後因爲色彩繽紛的運動服、優雅的動作，加上不像網球、排球等運動耗費體力，每年都吸引了許多新生加入。目前已經成爲清女屈指可數的大型社團了。

我一到任就被命令擔任射箭社的顧問。固然是因爲我在大學四年參加射箭社的成績獲得肯定；對我個人而言，正好也想再次接觸射箭，當然也就順水推舟地答應了。

自從我擔任顧問以來，總算也把射箭社調教出一點氣候，能夠公開參加比賽。目前戰績還算差強人意，但因爲擁有小惠、加奈江等資質不錯的選手，假以時日肯定能夠嶄露頭角。

一到弓箭練習場，社員已經做完準備運動，圍成一個圈圈。社長小惠正在指示事情，大概是今天的練習內容吧。

解散後，她們立刻從五十公尺的距離開始練習射箭，跟往常的練習沒什麼兩樣。

「老師總算來了。」小惠走上前來，「前幾天蹺班，今天可得好好補回來才行。」

「我哪有蹺班！」

「眞的嗎？」

「眞的，倒是妳們練習得怎麼樣？」

「還是老樣子，沒什麼突破。」小惠誇張地擺出臭臉說，「照這樣子下去，今年肯定還是沒指望。」

她指的是一個月後的縣際大賽的個人項目，成績優秀者可以代表縣參加全國大賽。可惜清華女子高中的實力不夠，社團成立以來還沒有人完成這項壯舉。八字還沒一撇的成績，只能讓人感覺距離全國大賽的路途還很遙遠。

「妳怎麼說這種話？這可是妳的最後機會了。」我想起了昨天和校長的談話，還有和運動器材店老闆的閒聊。

「我也很想突破呀。」小惠以老成的口吻說完這句話後，回到了五十公尺射程的發射線位置。看來在預賽之前，她們打算只練習半場的比賽項目。

射箭比賽項目分爲全場和半場。所謂的全場，男子須進行九十公尺、七十公尺、五十公尺、三十公尺；女子須進行七十公尺、六十公尺、五十公尺、三十公尺各三十六射，合計一百四十四射，根據總分高下排名次。半場則是男女根據五十公尺、三十公尺各三十六射，合計七十二射的總分進行比賽。靶面結構是中心爲十分的圓，外面是九分的範圍，然後更外面是八分的範圍，一直到一分。換句話說，全場比賽的滿分是一千四百四十分，半場比賽的滿分是七百二十分。

全國大賽是全場賽，縣際大賽則是半場賽。因爲考慮到參賽人數較多，舉行全場比賽恐怕會花太久的時間。所以清女的射箭社暫時以縣際大賽爲目標，徹底練習五十公尺和三十公尺的射箭。

我站在一字排開練習射箭的學生背後，觀察每個人的射箭動作、進步程度等。有的人射法充滿爆發力，有的人則是中規中矩，既有男性化的射法，也有女性化的射法。我教給她們的明明都是同樣內容，給予同樣的指導，不知不覺之間她們的射法卻都各具特色或毛病。本來這也不是什麼壞事，偏偏清女射箭社的特徵是，那些獨具個性或毛病的射箭方式很少能往好的方向發揮作用。

不論就技術面還是力道來看，小惠的狀況還算比較穩定。副社長加奈江雖然也進步不少，但要拚上全國大賽仍有困難。

一年級生每個都差不多，只知道拿起弓箭就射。要她們思考過後再射箭，似乎是強人所難的要求。

其中宮坂惠美的眼神卻又顯得考慮太多。從把箭架在弓弦上爲止都還好，就是遲遲不敢放箭。一旦瞄準目標，她的身體就會發抖，就算我離得這麼遠也看得出來。

「怎麼了，害怕嗎？」

我一開口，惠美就彷彿受到驚嚇一般地抬起頭。看得出來她剛剛屏住了呼吸，直到吐出一口氣後，才說，「一直到最後……我還是很猶豫。」

我能理解這種狀況，畢竟每個人都有過類似經驗。

「不過就是一種運動，不要想得太嚴重。害怕的話，就閉上眼睛再射出也可以。」

於是她小聲地回答「是。」慢慢又拉起了弓箭。瞄準、拉弓，她閉上眼睛後放箭。射出去的箭偏離中心點，刺在箭靶上。

「很好。」我說。

小惠神情凝重地點點頭。

練習完五十公尺和三十公尺的射程後，有十分鐘的休息時間，我走到小惠身邊。

「妳不是說大家的程度差強人意嗎？」

「我就是不太滿意嘛。」小惠臭著一張臉說。

「其實比我想的還要好些，妳不必太失望。」

「那我呢？」

「還不錯，比集訓時進步。」我才說完，站在一旁的加奈江立刻冷言冷語說，「小惠因爲有老師送的護身符，所以才會進步神速呀。」

「護身符？」

「討厭！加奈江，不要亂說！」

「什麼？我不記得給過妳那種東西。」

「其實也不是什麼東西啦，是這個。」小惠從繫在腰部的箭袋取出一枝箭。

她給我看的是一枝特別訂製的黑色羽毛個人用箭。我有印象……不對，那明明是我之前愛用的箭。

弓箭手每個人都有自己愛用的箭。長度、粗細、手感、羽毛的角度等，可根據個人的射法、體力加以選擇。甚至連箭桿的顏色、羽毛形狀、色彩和花紋都能配合個人喜好訂做。根本不可能會有選手同時擁有形狀、設計相同的箭。

我因爲過去用的箭已經耗損嚴重，前陣子訂製了新箭。當時小惠說要我用過的舊箭，就順手給了她一枝。幾年前開始射箭選手之間流行在個人用箭中放置一枝不同的箭作爲裝飾，當成幸運箭。

「噢，妳是說有了那枝箭，成績變得比較好嗎？」

「湊巧啦，我只是最近運氣好一點吧。」

小惠將幸運箭放回箭袋。她的箭長是二十三公分，我的箭長是二十八點五公分，所以只有一枝箭顯得特別突出。

「眞好！人家也想要一枝帶來好運的箭。」由於加奈江一臉羨慕，我只好回應，「好。我就放在社辦裡，妳自己挑一枝喜歡的吧。」

原本只有十分鐘的休息時間延長到十五分鐘後，才又重新開始練習。我看了一下手表，時間是五點十五分。

下半段的訓練內容是重量訓練、柔軟體操和跑步。好久沒有陪她們練到最後，跟著跑四百公尺的操場五圈後，胸口還眞是難受。跑到一半網球社也來加入，擔任顧問的藤本陪著一起跑。只不過感覺上是他拖著球員在跑。

「眞是難得，前島老師也跟著跑步。」他說話的聲音聽起來不像是正在跑步，呼吸節奏十分穩定。

「偶爾而已……只不過……還眞是累人呀。」我則是上氣不接下氣。

「我先走了。」只見藤本說完後就直往前進的背影，我感覺他根本和我是不同種生物。

跑完步回到靶場，立刻開始收心操。然後大家圍成一圈，公布各人得分，並由社長、副社長發表感想與自我反省。小惠的發言中規中矩，下達風格一點都不像她的指示。畢竟她總不能像平常一樣在眾人面前耍嘴皮子吧。

結束練習後，我看了一下手表，六點剛過一點。近來白天似乎變短了些，但這會兒天色還有些亮，還能看見遠方的網球場。網球社的練習時間倒是一直都比我們長。

「今天辛苦了。」

回更衣室途中，小惠從後面追上來跟我說話，腰上還繫著箭袋。

「我也沒做什麼，不會辛苦。」

「只要有老師在旁邊就夠了。」

小惠的這句話聽得我心頭一驚。一向活潑的語氣籠上了一層陰影，更增添幾許眞實的況味。

「是嗎？」我故意裝出輕鬆的口吻。

聊了一下練習的話題，感覺小惠有點心不在焉，不久我們便抵達更衣室前面。

「老師明天也會來吧？」

「我盡量。」

小惠對我的回答露出不滿的表情，隨即轉身離去。說不定是想趁著天色還亮，多練習一下。

聽著她箭袋裡的箭配合腳步發出咔啦咔啦的聲響，我推開了更衣室的門。

咦？有點奇怪。照理說應該順勢而開的門卻動也不動。我更加用力了，情況依然沒變。

「怎麼了？」

或許是看到我站在門口遲遲沒進去，小惠又折回來了。

「門打不開，大概是被什麼卡住了？」

「那就怪了。」小惠側著頭繞到更衣室後面。我不斷地敲打門板、拉高門板，門板還是文風不動。不久小惠急匆匆地回來報告，「老師，門後面頂著一根棍子。我從後面的通風口看到的。」

「頂著棍子？」我納悶地跟著小惠來到更衣室後面。通風口是個三十公分見方的小窗，上面釘有鉸鏈，對外張開約有三十度。在小惠的指揮下，我湊上前窺探。裡面有些陰暗，必須仔細觀察才看得清楚。

「果然沒錯。問題是誰會做這種事？」我從通風口移開臉，這麼問道。小惠聽了，直直盯著我說，「還會有誰，不就是裡面的人嗎？」

「裡面的人？」

我正準備反問小惠什麼意思時，立即恍然大悟地大叫一聲「啊。」小惠說的沒錯，要想用棍子頂住門，當然只能從裡面。

女更衣室的門上了鎖，我們再一次回到男更衣室門口，用力敲門。

「誰在裡面？」不管怎麼喊叫，就是沒有人回答。

我和小惠對看一眼，感覺情況不太對勁。

「看來只能破門而入了。」小惠也點頭贊同我的提議。

我們開始一起撞門。撞了五、六次後，門板上方發出破裂的聲音，開始往房間內倒下。隨著砰然巨響，塵埃漫天揚起，我們跟著跌倒，小惠的箭也散落一地。

「老師，裡面有人……」

聽見小惠大叫，我看見房間角落，倒著一個身穿灰色西裝的男人身影。因爲就在通風口下，所以剛才無法看見。我對那件灰色西裝有印象。

「小惠……快去打電話！」我吞了一口口水，這麼交代小惠，她則是緊緊抓住我的手臂。

「打電話……打去哪裡？」

「醫院，不，還是先報警吧……」

「人死了嗎？」

「應該吧。」

於是小惠放開我的手，從壞掉的門走出去，不過幾秒鐘後她又一臉蒼白回來詢問：

「那是誰？」

我用舌頭溼潤了一下嘴唇回答，「村橋老師。」

小惠睜大眼睛，一語不發地跑了出去。

2

都已經過了下課時間，還是很多學生留在學校。儘管校方不斷廣播要大家早點回家，她們還是不肯離去。更衣室附近擠滿了看熱鬧的人。

小惠去打電話報警時，我站在更衣室被破壞的門口。我當然沒有膽量看著更衣室內，而是朝著門外站著。不久藤本一臉笑容地出現了，印象中他好像說過「流了很舒服的汗。」之類的話，我記得不是很清楚，或許應該說我沒有聽見。

我結結巴巴地跟他說明情況。第一次說不清楚，第二次還是重複同樣的句子，最後我乾脆讓有聽沒有懂的藤本直接看更衣室內。

藤本發出無聲的尖叫，我還看到他的手指顫抖。奇妙的是，看到他那種驚嚇的表情，我反而平靜下來。

於是我留下他在現場，趕緊去通知校長和教務主任，那是距離現在約三十分鐘前的事了。眼前有許多調查人員來來回回走動。瞧他們仔細翻遍更衣室的每一個角落，不禁令人懷疑這麼狹小的建築物有什麼好調查的？他們之間不時低聲交談，我無法聽見。站在一旁觀察的我只能緊張兮兮地想像他們談話的內容。

終於有一名調查人員向我走來。那個男人年齡約三十五、六歲，身材高大、體格壯碩。

除了我之外，一旁還有小惠、藤本和堀老師。堀老師是教國語的中年女老師，也是排球社的顧問。她是少數會用到這間女更衣室的老師之一。根據警方訊問，今天用到女更衣室的只有堀老師一人。

「我想請教一些事情……」那名刑警說，語氣平穩但眼光銳利，充滿警戒心。他的眼神令人聯想到聰明的獵犬。

訊問在學校的會客室裡進行，好像是要分別訊問我、小惠、藤本和堀老師。第一個被點名的人是我，或許因爲是我發現屍體的，倒也理所當然。

走進會客室後，我坐在刑警對面的沙發椅上，那名刑警自我介紹姓大谷。在他旁邊還坐著一名負責記錄的年輕刑警，對方則沒有報上姓名。

「你是什麼時候發現屍體的？」這是第一個問題。

大谷刑警用探索的眼光看著我，當時我並沒有想到今後還會多次見到這個男人。

「因爲是社團練習結束，我想是六點半左右吧。」

「噢，什麼社團？」

「射箭社，又叫作洋弓。」回答時，我心想這有關係嗎？

「原來如此，其實我也學過弓道……這無關緊要。可不可以詳細描述一下發現屍體的情況？」

我盡可能正確說明結束社團練習後發現屍體到通知各方面的經過，尤其是有關更衣室門被棍子頂住的情況，更是描述得很清楚。

大谷聽完我的說明後，雙手抱胸陷入沉思。

「那扇門是否很用力也推不動？」大谷問。

「是的，我也用力敲打過。」

「因爲還是打不開，所以你決定撞開嗎？」

「沒錯。」

大谷不太愉快似地在記事本上寫字，接著又不太愉快地訊問我，「村橋老師用過那間更衣室嗎？」

「倒是沒有，因爲村橋老師沒有擔任運動社團的顧問。」

「所以平常不會使用那間更衣室的村橋老師，卻在今天進入了更衣室……這是怎麼一回事？前島老師，你有什麼看法？」

「關於這一點，我也覺得很奇怪。」我很老實地說出自己的感想。

之後大谷問我是否注意到最近村橋比較不太一樣的地方，我先說明，村橋自視甚高的性格和身爲生活輔導組主任的嚴厲舉動後，才用「我不覺得他最近有什麼特別不同。」作爲總結。

大谷露出有些失望的神情，但他似乎一開始也不抱太高的期待，所以只是點頭說了聲，「這樣啊。」

「對了，也許跟這個案件沒有什麼關聯……」他接著如此改變話題問，「看過更衣室後，我有些疑問，可否請教你？不是很嚴重的問題，只是一些細節。」

大谷向旁邊的年輕刑警拿了一張白紙，放在我面前，然後隨意畫下應該是更衣室示意圖（見70頁）的長方形。

「我們到達的時候，現場是這個樣子。當然頂門的棍子已經拿下來了。」

我看著那張圖點點頭。

「我的問題是女更衣室上了鎖，那男更衣室呢？平常沒有上鎖嗎？」

這一點我和藤本倒是有點難回答了，因爲答案只會顯示我們平常很懶散。

「原則上是要上鎖的。」我故意回答得很含糊。

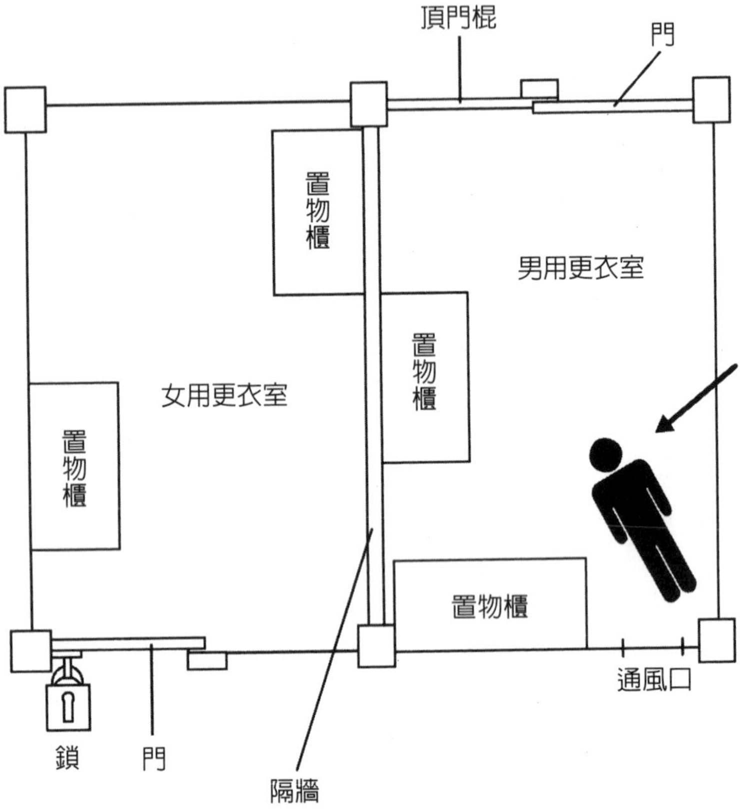
頂門棍
門
置物櫃
男用更衣室
被害人
置物櫃
女用更衣室
置物櫃
置物櫃
通風口
鎖
門
隔牆

更衣室示意圖

「你說原則上……是什麼意思？」

「其實我們沒有習慣上鎖，因爲到工友室拿鑰匙來開門再送回去很麻煩，而且到目前爲止也沒有掉過東西。」後面那句話的語氣聽起來像是在辯解，我自己也很清楚。

「原來如此，所以村橋老師也可以自由進出嘍。」

大谷的語氣很輕鬆，但言下之意好像在怪罪出事原因跟門戶不嚴有關，我不以爲然地聳聳肩膀。

「可是男更衣室沒上鎖，就算女更衣室鎖得再緊也毫無意義，不是嗎？」大谷的質疑倒也合理。

前面提過，更衣室中央有一道水泥磚牆，將室內分爲男用和女用兩個空間。但那道牆並非是從地板連接到天花板上，上面有五十公分縫隙作爲通風用。換句話說，只要有心就能從男更衣室翻牆侵入女更衣室。

「事實上，從前女老師就曾要求男更衣室也要上鎖，但就是很難徹底實行……趁這次的事情，我們是該留意了。」沒想到在這種情況下，我不得不說出正經八百的答案。

「對了，那根頂門的木棍，以前就在裡面嗎？」

「沒有。」我搖搖頭，「從來沒看過。」

「所以說是有人帶進去的？」

這句話讓我睜大眼睛看著大谷。

「有人」這句話是什麼意思？除了村橋還會有誰？但大谷一派自然的神情，彷彿對自己的說法不以爲意，而且還像是突然想到什麼事似地抬頭問我，「不好意思，我要換個話題。村橋老師好像還是單身？」

「嗯……是的。」

「他有沒有意中人？你知道嗎？」

大概是提起這種話題時的習慣，大谷臉上露出諂媚的笑。我感覺不太舒服但還是臭著臉回答，「這我倒是沒有聽說過。」

「那他有沒有較常往來的女性朋友？」

「我不知道。」

「是嗎？」不知何時起他臉上諂媚的笑容不見了，取而代之的是不滿意的眼神。他的眼神彷彿在說，我不認爲你說謊，但我也不認爲村橋沒有情人。

「請問村橋老師的死因是什麼？」趁著我們之間的沉默，我提出了疑問。

大谷似乎有點措手不及，立刻簡單回答，「氰酸鉀中毒。」

聽完之後，我不發一語。畢竟那是常聽到的毒藥名稱。刑警接著說，「屍體附近有一個紙杯，好像是餐廳自動販賣機裝果汁的紙杯。我們認爲可能是裡面混有氰酸鉀。」

「會是自殺嗎？」我提出從剛才就很想提出的疑問，大谷的臉色變得很嚴肅。

「這是很有力的假設，但現階段我什麼都不敢說。當然我也希望他是自殺。」

照他這說法，我直覺認爲這名刑警認定是他殺。至於有何根據，就算我現在問他，他也不會回答吧。

大谷對我最後的問題是，最近有沒有發生什麼奇怪的事？

「就算跟村橋老師沒有關係的事也可以。」

我不知道該不該跟這名刑警說出自己遭人暗算的事，事實上第一眼看到村橋的屍體時，我腦海中浮現的可怕念頭竟是，他該不會是我的替死鬼吧？

「我的生命也遭到威脅。」這句話湧上喉嚨，但一看到大谷那雙令人聯想到獵犬的眼睛，我又吞了回去。因爲我想要避免讓這個嗅覺敏銳的男人在我身邊聞東聞西，而且我也答應了校長。

我只回答說，「如果想到什麼，我會通知警方的。」

擺脫刑警走出會客室時，不知道爲什麼我竟大大鬆了一口氣。感覺肩膀繃得很緊，也許是因爲緊張吧。

小惠和藤本他們坐在隔壁房間等著。一看到我，三個人彷彿安下一顆心地迎了上來。

「好久哦，都問了些什麼？」小惠擔心地詢問，不知道她什麼時候換上了制服。

「問了很多，我只有據實以答。」

還想繼續問下去的三人，表情突然變得僵硬，原來是剛剛在大谷身邊負責記錄的年輕刑警出現在我身後。

「麻煩杉田惠子小姐進來。」

方。

小惠不安地看著我，我默默地對她點點頭，她也點點頭後，堅定地說出一聲「好。」回應對方。

小惠在會客室裡時，我向藤本和堀老師大致說明刑警的訊問內容。聽我說明之際，兩人臉上不安的神情漸漸消失，大概是認爲案情不會牽涉到他們吧。

不久之後小惠回來了，她緊張的表情也緩和了不少。接下來是藤本，最後被叫進去的是堀老師。

堀老師出來時已經是八點過後。因爲確定今晚警方不會再找我們問話，四個人便一起回家，根據路上彼此的交談整理出他們三人接受訊問的內容。

小惠也是發現屍體的人之一。她所描述發現屍體時的情況，和我幾乎一致，只不過她還負責聯絡警方。

藤本被叫去的理由是因爲他是最後使用更衣室的人。刑警訊問的重點在於他更衣時是否注意到更衣室內有什麼異狀？他的回答是，「我沒有注意。」

警方對於堀老師的詢問，九成都跟門鎖有關。什麼時候開鎖進去？什麼時候上鎖離開？鑰匙放在哪裡保管？等等。堀老師的回答是，「我放學後立刻到工友室借鑰匙，三點四十五分開鎖進入更衣室，四點左右又上鎖。鑰匙一直都在我身上。」

當然這段期間沒有任何人出入，也沒聽到男更衣室有發出什麼聲音。因爲藤本離開更衣室是在三點半左右，她說的應該沒有問題。

另外堀老師還提供證詞，「女更衣室的部分置物櫃是溼的。」那是在入口附近的置物櫃，警方似乎已經也發現這一點。

除了這些之外，三人也被問到兩則相同的問題。一是對於村橋的死，有沒有想到什麼不尋常的地方？一是村橋有沒有情人？三個人都回答「沒有，也沒有留意到他是不是有情人。」我無法理解的是，大谷爲什麼那麼在意「情人」這個問題？

「應該是辦案時的常用手法吧？」藤本的語氣聽來很輕鬆。

「或許吧，但我就是覺得他過於在意。」

沒有人能回答我的疑問。四個人沉默地往校門口走去。那些看熱鬧的學生，不知從何時起也都消失了。

突然間，堀老師冒出一句，「那個刑警該不會認爲村橋老師是被殺的吧？」

我不禁停下腳步看著堀老師的側臉，藤本和小惠也跟著停下。

「爲什麼這麼說？」

「我不知道……我只是那麼覺得。」

這時藤本冷不防地大聲說，「如果眞是那樣，那就是密室殺人了，這下可就充滿戲劇性了。」

他故意說得很誇張，其實不想認眞考慮他殺可能性的心情和我是一樣的。來到校門口，藤本和堀老師便和我們分道揚鑣，因爲他們都是騎腳踏車通勤。我和小惠對望一眼，深深嘆一口氣後，慢慢繼續往前走。

「好像作夢一樣。」小惠邊走邊說，聲音顯得無精打采。

「我也有同感，感覺不像現實生活發生的事。」

「村橋老師眞的是自殺嗎？」

「這個嘛……」

儘管我曖昧地含糊其詞，內心卻認爲他應該不是自殺。村橋不是會自殺的人。怎麼說他也是屬於那種寧可傷害別人而堅持活下去的類型，所以說應該只有他殺的可能。

我想起剛才藤本提到的「密室」一詞。的確，更衣室成了一間密室，但是否眞如前人創作的種種「密室殺人」，這次的案件也隱藏了某種詭計？這麼說來，大谷刑警對於密室這一點似乎也顯得有些大意。

「可是眞的有頂住門的棍子吧？」

「的確有，妳不是也知道嗎？」

「話是沒錯。」小惠還是一副若有所思的樣子。

走著走著我們來到了車站，她必須搭上和我反方向的電車回家。我們過了剪票口後便各自前往月台搭車。

我抓著電車上的吊環，看著流過車窗外的夜景，仍然思索著村橋的死。前不久還在我身邊毒舌抱怨的男人，如今已不在人世。說起來人的一生就是這樣子吧，生命的結局的確說來就來，完全不留一絲存活過的餘韻。

但爲什麼村橋會死在更衣室？就算是自殺，也不像是他會選擇的地點。萬一是他殺的話，又該怎麼解釋？對凶手而言，更衣室比較方便嗎？還是有什麼原因讓凶手必須在更衣室犯案？

想著這些疑問時，電車已經到站了，我移動著不穩的步伐踏上月台。經由這雙腳的重量，我才發現自己是多麼疲倦。

從車站走回家大約有十分鐘的距離。公寓是搬來這裡時才住進來的，兩廳兩房，因爲還沒有小孩，倒也算是寬敞。

我拖著沉重的腳步爬上樓梯，按下門鈴，好久沒有這麼晚回家了。

聽見門閂拆下、門鎖開啓的聲音後，大門才打開。

「你回來了。」裕美子的語氣和平常沒有兩樣，屋子裡面傳來電視的聲音。換好衣服坐在過了正常時間的晚餐前，心情多少平靜了下來。我將案件說給裕美子聽，她吃驚地放下筷子問，

「是自殺嗎？」

「這個嘛……詳情還不知道。」

「那看明天的報紙就會知道吧？」

「應該是吧。」我雖然這麼回答，心裡卻想誰知道？警方也無法立即判斷是自殺還是他殺吧？大谷刑警銳利的眼神浮現在我腦海裡。

「他家人……應該很難過吧？」

「或許吧，還好他是單身。」

我在考慮是不是應該將自己的生命也遭人暗算的事告訴裕美子，卻還是說不出口。說出來只會嚇著她，一點好處也沒有。

那一晚我根本難以成眠。不只是腦海中隨時浮現村橋的屍體，想到他的死究竟有何意義，也讓我神志愈來愈清醒。

村橋眞的是被殺的嗎？

殺死他的凶手到底是誰？

凶手和覬覦我生命的會是同一人嗎？如果是同一人，動機何在？

裕美子在我身旁發出規律的鼻息，從來都沒見過的丈夫同事之死，對她而言不過只是社會新聞上的一篇報導吧？

我和裕美子是在之前的公司認識的。她是個不愛化妝、不愛說話的純樸女孩。和她同期進公司的女性員工都熱中和單身男職員打網球、兜風，她卻幾乎連上司以外的男同事都沒有說過話。和我也只有在端茶給我時，聊過一、兩句話而已。

「那個女孩不行，找她也不出來，就算來了也不好玩吧。」

久了之後大家都開始這麼批評她，她也沒有機會參加年輕人的聚會。在那種狀況之下，我開口約她「下班後一起喝個咖啡吧。」本以爲她一定會拒絕，不料她卻答應了，毫不猶豫的樣子讓我很吃驚。

在咖啡廳裡我們幾乎沒有話說。頂多只是我偶爾說幾句，她點點頭而已，至少她從來沒有主動說過話。然而這時我才發現自己追求的就是這樣的伴侶，能夠一起度過平靜的時間。

於是我們開始交往。所謂的交往也只是兩人坐在一起罷了，但我認爲那已經是能夠讓兩人彼此認識的交往了。

有一次，我問她，「我當初約妳出來喝咖啡，妳爲什麼會答應？」

她想了一下回答，「就跟你約我出來的理由一樣吧。」

或許不起眼的人彼此會互相吸引吧。我辭去上班族的工作擔任老師之後，兩人仍繼續交往。除了和我之間的對話變多了之外，裕美子跟剛開始時幾乎沒什麼改變。三年前我們舉行了簡單的婚禮。

三年來，我自認爲兩人過著平凡的日子，但實際上卻出了一次狀況，大概是在結婚半年後，她懷孕了。

「妳會拿掉吧？」面對眼神發亮前來報告喜訊的她，我不帶任何感情地反問。一時之間她似乎無法理解我這句話的意思，喜悅的表情頓時僵掉了。

「我們現在沒辦法養孩子。我就是想到這點，一直都很小心的，怎麼會失敗呢？」

也許是我掃興的說話方式令她難過，還是「失敗」這字眼傷了她的心，我不知道，只見大顆的淚水成串滑過她的臉頰。

「因爲最近經期不太順……可是既然都有了小寶寶……」

一聽到「小寶寶」三個字更讓我歇斯底里了起來。

「不行就是不行。必須等有了養兒育女的自信以後才行，現在還言之過早。」那一晚她整夜啜泣到天明，隔天兩人便一起去醫院。不管醫生如何勸說，我仍堅決消滅那個小生命。

表面上的理由是經濟生活不允許，但老實說不想當父親才是我的眞心話。想到一個人出生後的人格形成會受到「自己」的影響有多大時，我對於成爲父親的重責大任不禁產生一種近乎恐懼的感覺。

我不得不承認這件事使我們之間產生了明顯的變化。她老是哭個不停，搞得那一段期間我也很不高興。之後的一、兩年，裕美子常常一個人在廚房一角發呆沉思，直到最近似乎才變得開朗一些。對於這件事，可能到現在她都沒有原諒我，而我也認爲那是沒有辦法的事。

不能再讓妻子過分操心——這是我目前的想法。

想著這些事情，終於到了半夜三更我才開始昏昏欲睡。偏偏還做了夢，讓精神無法好好休息。夢中的我被一雙白手追趕，愈是想看清楚那雙手是誰的，畫面就愈模糊。

3

九月十三日。

「今天是十三號星期五耶。」出門時，裕美子看著月曆說，於是我也跟著看向月曆。

「眞的。那放學後還是早點回家比較好吧。」大概是我的語氣太過正經，裕美子的表情有些奇怪。

在開往學校的電車中，我抓著吊環擠在人群時，突然從背後聽到有人談論「村橋……」好不容易轉過頭一看，看見了熟悉的學校制服。三名學生，我認識其中一人，應該是二年級的學生。對方應該也認識我，只是沒有發覺我的存在。

她們說話的聲音愈來愈大。

「老實說，妳們不覺得這樣最好嗎？從此可以清靜了。」

「無所謂，那種人我從一開始就當做沒看見。」

「眞的嗎？像我就被村橋念過三次，要我修改裙子的長度。」

「那是妳自己的技術太爛了。」

「是嗎……」

「不過話說回來，光是少了那雙色瞇瞇的眼睛，妳們不覺得很好嗎？」

「嗯，那倒也是眞的。」

「擺出一副高級知識分子的樣子，其實骨子裡愛得很呢！」

「就是說嘛，明明就是**很想要**的樣子。我有個學姊，剛好胸部很豐滿，他上課時不停地偷瞄，害得學姊不得不拿書擋著。村橋那傢伙這才把眼光避開。」

「好討厭哦！」

三個女孩無視周遭的眼光高聲大笑。

電車一到站，我便跟在她們後面下車。稍微偷瞄了一下她們的側臉，每個都天眞無邪得不得了。萬一我死了，不知道會被她們說成怎樣？我不禁害怕起少女的天眞無邪。

有關昨晚的案件，報上只有簡單的報導。

標題是「女子高中老師自殺？」

加上了問號，表示警方還沒有做出結論吧。報導只是簡單說明狀況，並沒有要大作文章的跡象，當然也沒有提到密室。感覺上就像是報上常見的死亡案件。

到了學校肯定會被問東問西吧……一想到這裡，不知道爲什麼心情就很沉重，腳步也慢了下來。

一打開辦公室的門，就看見藤本聚集了幾個人窸窸窣窣說悄悄話的樣子。聽他說話的人有長谷、堀老師等人。連麻生恭子也湊上去聽，我覺得有些奇怪。

藤本一看到我坐好便離開長谷他們走上前來。

「昨天辛苦了。」他小聲地和我打招呼。臉上不見平日的笑容，但也未受昨天的驚嚇影響。

「那個姓大谷的刑警，現在又來了。」

「大谷刑警嗎？」

「是啊，說是要看一下工友室，應該是昨天的那名刑警吧。」

「噢……」

不用想也知道大谷調查工友室的目的何在，大概是要問女更衣室上鎖的事吧。看來那名幹練的刑警已經動作迅速地準備解決密室之謎了，這也意味著警方比較傾向他殺的說法嗎？

上課之前，教務主任表示有話要說，說話方式還是嘮嘮叨叨，不得要領。簡單歸納一下，就是昨天的事件已全權交由警方處理，對媒體的發言則由校長和教務主任負責，其他人不要亂發表意見。另外爲了不影響學生的心情，大家要表現出身爲老師的剛毅態度。

教職員朝會結束後，各班導師立刻前往教室，因爲在第一堂課之前還有所謂的早自習時間。我今年沒有擔任導師，但還是跟著他們一起出去。走出辦公室時，眼角正好瞥見麻生恭子彷彿迫不及待地站了起來，門扉關上前，我看到她去跟藤本說話。從她認眞的表情，我直覺認爲應該跟昨天的事情有關。

我急著出辦公室，是想先去工友室。我想知道大谷問了些什麼問題。

工友室裡「老板」正在準備除草。頭戴草帽，腰間繫著毛巾的打扮，看起來很怪異卻很適合他。

「老板，早呀。今天好熱。」我一打招呼，老板黝黑的臉頰便笑開地回應，「是呀，好熱。」

說話時還邊用毛巾拭去鼻頭的汗水。

老板在這所學校當工友已經十幾年了。他本姓板東，但幾乎沒有學生知道吧。他自稱年紀四十九歲，根據他臉上密布的皺紋判斷，我想少說也將近六十了吧。

「昨晚眞是不得了呀。」

「是呀，頭一次遇到那種事。歲數活得長，果然能遇上很多事。對了，聽說是前島老師發現的？」

「就是說呀，還被刑警問了一大堆問題呢。」

我故意裝作不知道的樣子，企圖套他話。

老板果然開口說，「早上刑警也來這裡了。」

沒想到還眞是容易上鉤。我故意裝得很驚訝反問，「是嗎，都問了些什麼？」

「也沒什麼大不了的，就是有關鑰匙的保管。外人可不可以不說一聲就拿去用之類的。我就回答，這是我的工作，我當然會好好管理。」

老板工作認眞是眾所皆知的事。鑰匙保管也是一樣。通常都收在工友室後面的鑰匙保管箱裡，外面還加上堅固的鎖頭，老板隨身攜帶鎖頭鑰匙。要借用更衣室鑰匙時，得先在出借登記簿上簽名，老板確認過名字和本人是同一人後才肯拿出鑰匙，執行得很嚴格。

「其他還問了什麼嗎？」

「就是問說有沒有備分鑰匙。」

「備分鑰匙？」我問，心中已經恍然大悟。

「就是更衣室上的鎖嘛，問我有沒有備分鑰匙。」

「結果？」

「當然有備分鑰匙呀。不然鑰匙掉了，不是很麻煩嗎？於是刑警就問在哪裡……實在有夠囉唻，刑警就是刑警。」

老板拿舊報紙當扇子往臉上搧風，容易流汗的他夏天總是穿著一件汗衫。

「那你怎麼回答？」

「我回答放在備分鑰匙該在的地方呀。我還問他是不是想知道保管的地點，那傢伙居然微微一笑說，只要你保證絕對沒有人拿得到，不說也無所謂。眞是狡猾的傢伙，那個男人！」

的確很狡猾，我心想。

「刑警就只問了這些嗎？」

「還有問了哪些人借過更衣室的鑰匙，我查了一下本子，只有堀老師和山下老師兩個人。其實連查都不用查的。」

堀老師和山下老師——使用女更衣室的兩位老師。

「刑警問的就是這些了。前島老師，你很關心這事件嘛？」

「沒有，也不是……」

大概是我問太多的關係吧，老板的眼神顯得有些狐疑，要是讓他起疑心胡思亂想可就不妙了。

「因爲是我發現的，當然會想知道警方如何辦案了。」說完我便趕緊離去。

第一堂課是三年B班。就連平常不讀報紙的她們也知道昨天的事情了，或許是聽小惠說的。我知道她們正等著我談這件事，但我決定比平常更認眞上課。我可一點都不想拿村橋的事當話題。

上課時，我偷偷瞄了一下小惠。昨晚分開時她的臉色很差，但今天早上似乎還好。雖然臉是朝著我，視線卻遠遠超過黑板看著遠方，令我有些擔心。

我出了些應用題，讓那些期待我脫稿演出的學生上黑板做，我站在窗邊眺望操場。操場上有班級秩序井然地上著體育課。在女學生面前示範跳高標準動作的是竹井老師。他剛從體育大學畢業沒多久，目前也還是標槍選手，平常頗受學生的喜愛，還被取了「希臘人」的外號。因爲他投擲標槍時的嚴肅表情、隆起的筋肉等就像是希臘雕刻一樣精采。

當我正準備將視線由體育課轉回教室內時，眼角看到了一個熟悉的男人身影。一個高大的男人，走路姿勢有點刻意，是大谷刑警。

大谷走進了隔壁的教室大樓後面，更衣室就在那個方向。

我想他是要挑戰密室之謎吧。

大谷問了老板許多有關鑰匙管理的問題，換句話說，他認爲堀老師上的鎖被凶手以某種方法打開，然後又鎖上。至於是什麼方法，他還沒有搞清楚吧。

「老師……」就在這時，坐在旁邊的學生開口叫我。原來是黑板上的作答已經完成了，因爲我始終看著窗外發呆，她才忍不住提醒我一聲。

「好，接下來開始解說！」我故意大聲說，並走上講台。但其實腦子裡的思緒還無法完全轉換過來。

大谷目前在更衣室裡調查什麼？我的心思始終很在意這一點。

上完課，我的腳步自然往更衣室的方向移動，一方面也是因爲我想再親眼看一次案發現場。更衣室裡沒有人，外面拉起繩索，貼著「請勿進入」的紙條。我站在男更衣室門口往內看，滿是塵埃的空氣和汗臭味，還是跟以前一樣。室內有粉筆描繪出村橋倒臥的輪廓。明明只是一個形狀，但一看到手臂的姿勢，當時的衝擊卻又立刻湧現。

我轉往女更衣室的入口。原本掛在門上的鎖已經不見了，大概是警方拿走了。門有沒有被動手腳？我這麼想著將門開開關關、抬高又放下。意外地，堅固的門似乎沒有任何異樣。

「沒有被動手腳吧？」突然背後有人說話，洪亮的聲音似乎連我的肚皮也會產生共鳴。就像惡作劇的小朋友被抓到一樣，我不禁縮了一下脖子。

「我們也到處調查過了，雖然沒什麼能力就是了。」大谷摸著門說，「男更衣室的門從內側被棍子頂住了。女更衣室的門上了鎖。到底凶手是如何進去、又出去的？簡直就像是推理小說，眞是有趣。只是你不應該對這種事感到有趣吧。」

大谷露出了笑臉。令人驚訝的是他的眼裡也充滿了笑意，眞不知道他是說眞的還是假的。

「你提到凶手……也就是說是他殺，不是自殺？」我一問，他依然笑著回答，「是他殺，絕對錯不了。」

因爲他說得很有自信，我於是又問，「查到什麼了嗎？」

大谷回答，「找不到村橋老師自殺的動機。如果是自殺，也不知道選擇這個地點的理由何在。就算要自殺，也沒有必要搞成密室。以上這些理由就是不是自殺的第一證據。」

我剛剛就這麼想，眞不知道這男人說的話可以認眞幾分？

「那第二證據呢？」

「就是那個。」大谷指著更衣室裡面。說得更正確點，他指著男更衣室和女更衣室之間的隔牆。

「牆上有人爬過去的痕跡。上面本來都是塵埃的，但有一處塵埃被身體擦過掉落了。我們認爲凶手是從男更衣室翻牆到女更衣室。」

「原來如此……可是爲什麼要那麼做？」

「應該是爲了逃脫吧。」大谷說得一派輕鬆，「也就是說，凶手先用某種方法打開女更衣室門口的鎖，然後在男更衣室和村橋見面。趁村橋不注意下毒殺死他後，在門後頂木棍，再翻越隔牆到女更衣室逃跑。逃出之後當然又將門給鎖好。」

我聽著大谷說話的同時，在腦海中描繪凶手的行動。那的確是可行的作法，問題是凶手如何開鎖？

「沒錯，那就是讓我們頭痛的問題。」

儘管大谷那麼說，臉上卻看不出煩惱的表情。

「當時鑰匙在堀老師手上。於是我們想到會不會有備分鑰匙？首先如果是凶手自己打的，就

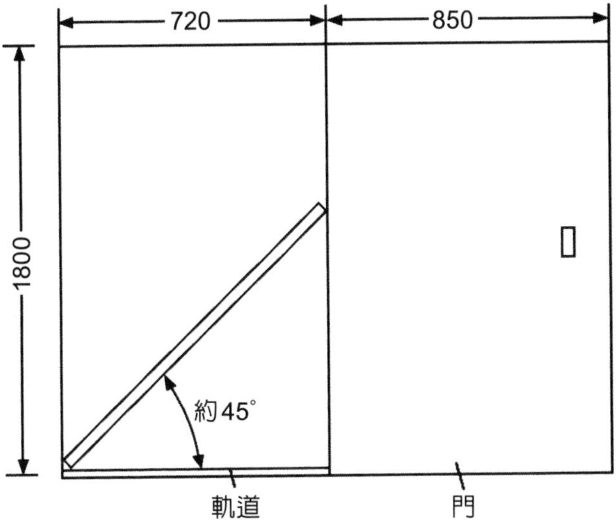

必須先要有原來的鑰匙才行。因此我們調查了凶手是否有可能從工友室拿出鑰匙……」

這時大谷好像想起什麼，苦笑了一下，搔搔頭說，「那一位是板東先生吧？他一句話就推翻這種可能性。」

我在心中點頭，老板說的果然沒錯。

「難道不能利用鎖頭做出備分鑰匙嗎？」

「有的可以有的不行，不是有將蠟之類的東西融進去的製作法嗎？但那種鎖頭並不適用。詳細理由我就不多說了。」

大谷從口袋掏出一根香菸叼在嘴上，立刻又慌張地收了回去，大概是想起這裡是學校吧。

「接下來我們想到工友室保管的備分鑰匙箱，但板東先生堅持那不可能被帶出去。這麼一來就只有以前借過鑰匙的人有嫌疑了。可是我們調查之後發現除了堀老師和山下老師之外，就沒有其他人了。而且那副鎖還是第二學期後剛換的，因此凶手不可能太早做好備分鑰匙。」

「所以說堀老師她們有嫌疑嗎？」我這麼一問，大谷趕緊搖手說，「怎麼會，不管怎麼說，也不能這樣子草率推理！現在我們正在調查兩位老師借出後，有沒有將鑰匙交給別人過？同時也正在盤查附近的鎖店。」

大谷的表情還是充滿了自信，於是我隨口說出心中想到的可能性，「但也不能只調查女更衣室的門鎖吧？比方說凶手或許是從男更衣室逃跑的。」

大谷臉部肌肉一動也不動，露出銳利的眼光說，「你是說那根木棍是從外面頂進去的嗎？」

「不行嗎？」

「不行。」

「比方說用線綁住棍子，然後從門縫拉過去什麼的……」我才說到一半，大谷就已經開始搖頭。

「那是古典推理小說中才有的方法，可惜不行。請問那要如何取出綁在棍子上的線？還有，用來頂住門的棍子是很普通的木材，上面根本沒有纏過線的痕跡。更重要的是，用**那種長度**的棍子頂住門，就算是從內側頂起都很費力，更別說是利用針線之類的遠距離操作，那是不可能的。」

「你說那種長度的棍子……跟長度有關係嗎？」

「太有關係了，超過必要長度的棍子頂住門後也很容易脫落。長度剛好的棍子最穩固，而且操作時也絲毫不費力氣。這次的棍子是以45度角頂著門，應該需要相當大的力氣。事實上，棍子的前端和門都凹陷了，也證明了這一點。」

「是這樣子嗎……」

警方畢竟是專家，所以這點程度的事早就調查清楚了吧。

「從指紋方面不能解決一些問題嗎？」我想起了電視的推理劇又開口問。

但大谷搖頭說，「鎖上面只有堀老師的指紋。門上面倒是有很多人的指紋，但最新的指紋就是前島老師和藤本老師的。女更衣室的門上也只採集到堀老師，還有另一位姓山下的女老師。棍子是老木頭了，聽說也取不到指紋。」

「這麼說來，是凶手擦掉了？」

「大概是戴著手套犯案吧，或者是手指頭事先塗上了膠水之類的東西吧。因爲凶手費盡心思，這點工夫當然得做到。」

「那紙杯也調查了嗎？」

「你怎麼跟個記者一樣呢。」

大谷的嘴角浮現諷刺的笑容。

「紙杯、氰酸鉀和目擊者，我們都在調查中。老實說，目前一點線索都沒有，就看以後了，接下來一定會有的！只不過……」他故弄玄虛地話說到一半，「昨天鑑識人員在更衣室後面發現這個奇怪的東西，跟案件有沒有關係，目前還不清楚，但我覺得很可疑。」

他從西裝口袋掏出筆記本大小的黑白照片給我看，上頭是一個串著直徑約三公厘小鐵圈的廉價鎖頭。

「尺寸幾乎跟原物一樣，所以是個長度幾公分大的鎖。上面沾了一點泥巴，但幾乎沒有汙垢或生鏽，可見得掉落的時間並不長。」

「會是凶手掉的嗎？」

「我認爲有可能。這東西你有印象嗎？」

我搖搖頭。大谷將照片收起來，並表示警方也正在調查那個鎖頭。然後他又說，「對了，我們另外在被害人的口袋裡也找到可疑的東西。」

「可疑的東西？」

「就是這個。」大谷用食指和拇指圍成一個圓圈，臉上露出邪惡的笑容。

「就是這種橡膠製品呀，男性專用的。」

「你不會是說……」那可是我眞正的感想，因爲跟村橋的形象完全連不上。

「村橋老師也是男人，只是既然身上帶著那種東西，就表示他有特定的對象。因此我昨天才會提出那方面的問題，但大家共通的答案都是不清楚。唉，我也不知道從這一點是否能直逼問題的核心……」

「你們還是會繼續調査他的女性關係吧？」

「嗯，只是從發現的保險套上面檢驗不出任何人的指紋，我覺得有點奇怪。」大谷說這話時的表情嚴肅，露出難得一見的低落。

4

警方的正式調查是從下午開始。大谷要求生活輔導組接受訊問，我能理解他的目的。因爲村橋對學生十分嚴厲，怨恨他的人肯定很多。大谷大概是想要那些學生的名單吧？然後根據名單進行徹底調查。

身爲警察，那是理所當然的調查方法，可是這麼一來，不就等於學校出賣了學生？生活輔導組會對刑警怎麼說？我一邊喝茶一邊思索這個問題時，松崎教務主任過來通知校長要找我。松崎本來就很瘦了，今天肩膀垮了下來更顯得憔悴。一走進校長室，只見桌上的菸灰缸裡滿是菸蒂，校長雙手盤胸、閉上眼睛，像在沉思一樣。

「看來……」校長慢慢地睜開眼睛並直視我說，「情況有些不太妙。」

「校長是說生活輔導組接受訊問的事嗎？」我問。

校長微微點頭說，「那些傢伙似乎認爲村橋是被殺的，我眞不知道有什麼根據！」語氣焦躁不安。

校園內發生殺人案會讓學校的信用掃地。對他而言，在校內到處調查的刑警說有多討厭就有多討厭。

我回想著剛剛和大谷談話的內容，整理出他殺的根據，不料校長聽了反應很平淡。

「什麼，就只有那些根據嗎？那不表示也有自殺的可能性？」

「當然也有可能……」

「應該是吧，肯定是自殺沒錯。警方不是說沒有動機嗎？其實別看村橋那個樣子，他也有很神經質的一面，對於教育他好像也有很多煩惱。」校長試圖說服自己，然後好像想起了什麼地看著我說，「對了，上次你不是說有人盯上你嗎？你應該還沒跟刑警說吧？」

校長的神情有些不安。

「是的，我還沒說。」

「嗯，還是再觀察一陣子比較好，現在就說出來，那些傢伙肯定樂得把它跟村橋的死連在一塊吧，這麼一來，情況就更加複雜了。」

但也不保證兩者就毫無關係。栗原校長似乎完全不考慮其中的可能性，不對，應該說他根本故意忽視其中的可能性。

「我要說的就是這些。如果還知道什麼，就跟我報告。」

「是。」我打開校長室的門走出一步，然後回頭說，「關於麻生老師的事……」

校長立刻舉起右手在臉頰前方揮動。

「那件事先不提了，我現在實在無心考慮兒子的婚事。」

「那我告退了。」

我走出校長室。

回到辦公室準備第五堂課的教材時，藤本立刻靠了過來。他人是不錯就是好奇心太強，令人受不了。

「你跟校長說了些什麼？是不是跟殺人案有關？」

「才不是，你好像很關心那件事？」

「那當然，因爲有生以來第一次身邊發生這種事。」看他一派輕鬆的樣子，眞教人羨慕。看著藤本，我突然想起一件事。環視周遭一下後，壓低聲音問，「對了，早上麻生老師好像問了你一些事。」

「麻生老師？啊，你是說第一堂課上課之前嗎？她只是針對那個案子問了一些奇怪的問題，但也沒什麼大不了的。」

「什麼問題？」我再度環視一下四周，沒看到麻生恭子的身影。

「她只是問村橋老師的東西有沒有被偷，我說沒聽說有那麼一回事。畢竟這個事件跟偷竊沒關係吧？」

藤本尋求我的同意，所以我回答，「是。」

但爲什麼她會提出那種疑問？我反問他。

藤本側著頭說，「這個嘛，可能麻生老師推測是小偷下手的吧？」

藤本離去後，堀老師迫不及待似地走過來。她比我剛才還更謹愼地環視周遭，目光四處遊移。

「有沒有什麼新的情報？」她上前低聲詢問。看到這個中年婦女毫不掩飾的好奇心，感覺很不愉快，於是我故作驚訝地回答，「沒有。」

她又接著問，「刑警好像認爲村橋老師有情人，這一點你怎麼看？」

「這個嘛……警方應該沒有什麼確切的根據吧。」

「是嗎？」堀老師壓低聲音說，「不過我知道。」

「什麼？」我看著她反問，「妳知道……知道什麼？」

「上次我去了畢業生的同學會，我聽到有人說村橋老師跟年輕女性在T町的……該怎麼說，就是有很多不入流飯店開在一起的區域……」

「賓館街嗎？」

「沒錯，有一個畢業生說看到他們在那附近走著。」

「眞的嗎？」

這件事如果是眞的，表示村橋身邊果然有特定女性存在，我不禁忐忑不安起來。

「至於對方的身分呢……」

「嗯。」不知不覺間我已被堀老師的話吸引，整個身體都前傾了。

「根據那個畢業生的說法，她不知道對方的名字，但確定是清華女中的老師。結果我一問對方的年紀，似乎就是……」她斜眼瞄了一下旁邊，視線就對著麻生恭子的桌子。

「騙人的吧？」

「錯不了的，那個年紀的人除了她沒有別人。」

「那妳爲什麼沒有跟刑警說？」不料堀老師板著臉回答，「搞不好他們只是湊巧走在一起啊。而且如果兩人眞的交往，應該會有傳聞吧？她自己也應該跳出來承認。總之這種事不該由第三者公開。萬一這件事有重大意義的話，我當然還是得說出來……關於這一點我想請其他人幫忙判斷……所以才跟你說。」

「原來是這麼一回事。」總而言之，她是不想自己說的話引發不必要的麻煩。

話又說回來，村橋和麻生恭子——倒是令人意外的組合。

因爲話題女主角回來了，我們結束了交談。但是在第五堂課上課鈴響之前，我始終注視著她白皙端正的側臉。她大概也有所察覺吧？因爲她一次都沒有轉頭看我，反而顯得不太自然。

麻生恭子是在三年前來到這所學校，身材高眺，穿著得體的兩片裙，全身上下瀰漫著一股剛從女子大學畢業的氣息。

正經規矩的女性——這是我對她一開始的印象。她的確沉默寡言，也沒有那年紀的女性特有的青春美艷，我想除了我以外，其他人也是同樣的看法；然而那是我們的眼睛給矇蔽了。她完全超乎我們的想像，是個危險的女人。換種說法，就是喜歡玩火的女人！

我認識麻生恭子的本性是在她任教後的一年。記得那是教職員的春季旅遊，住在伊豆一個晚上，很普通的行程。

旅遊行程雖然平淡無奇，但眾人都沒有怨言。因爲大家期待的是晚上的活動。舉辦過盛大的宴會後，就是自由玩樂的夜晚。有的人會繼續飲酒作樂，有人自動消失在夜晚的風化街上，也有人帶著珍藏的錄影帶在房中享受。

恭子開口邀約了我。晚宴席上，她坐在我旁邊，並在我耳畔低語，「晚宴結束後，可不可以一起出去？」

我覺得無妨，但提出一個條件。我提議順便邀請同事K老師，因爲我知道K老師對恭子素有好感，爲了幫助內向的他解決心中的煩惱，我主動替他們牽線。

她也答應了。於是我們三人一起到距離旅館幾百公尺遠的小酒館喝酒，因爲她說不想在旅館附近碰到熟面孔。

在小酒館裡，她變得很健談，K老師和我也興致高昂，三人聊得很高興。

大約過了一個小時吧，我決定先行離席，當然是爲了讓他們兩人獨處。我想內向的K老師應該了解我的目的，不會錯過這麼好的機會。

K老師回到房間已經半夜，儘管他努力不發出聲音，鑽進我旁邊的被窩裡，但從他的鼻息不難察覺其內心的興奮。果不其然，隔天在遊覽車上他便向我報告戰果。

「我們有了意外的進展。」他有些驕傲，卻又很難爲情地訴說詳情。簡單歸納一下，昨晚他們倆離開小酒館後，就到無人的小路上散步。不久女方說有點累了，於是兩人坐在路邊的草地上。

「因爲氣氛很好，加上有些醉意。」K老師心虛地自我辯解，聲音也愈來愈小。最後彷彿自言自語地宣布，「差一點就要攻上本壘了。」

如果只是這樣，我只會對K老師的勇氣和麻生恭子出人意表的大膽表示驚訝，但眞正令人吃驚的還在那次旅行之後，K老師好像向她求婚了。

單純的K老師會採取那種行動也不足爲奇。可是女方拒絕了，而且還不是委婉地拒絕。根據來到我家喝悶酒哭訴的K老師說法，她是「一邊冷笑一邊拒絕的。」

「她居然說當初不是說好玩玩的嗎？你這樣假戲眞作，我很困擾……還一副覺得很麻煩的表情！」

「可是……她不是對你有好感嗎？」

我的這句話讓他停下了正要往嘴裡送的酒杯，然後一臉悲傷地看著我說，「她說當時跟誰在一起都無所謂，本來她覺得最方便的就是已婚的你，但是我也可以勉強湊合。」

所以她一開始先約我。

結果K老師因爲家裡的關係辭去教職，我到車站送行時，他從火車窗口對我說，「她是個可憐的女人。」

從此我對麻生恭子就沒有好感，甚至爲了朋友而覺得她很可恨。她應該也察覺到我的想法，在那之後我們就不太交談了。

而她現在可能會跟校長的兒子結婚，校長卻又拜託我調查她的男性關係。怎麼會有如此諷刺的事情？她能否釣到金龜婿的命運，居然掌握在我的手中。

第三章

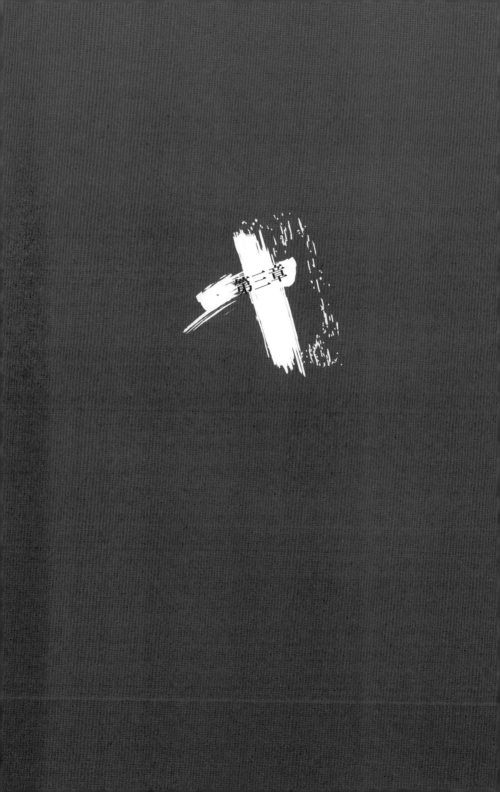

1

十三號星期五的課總算是平安結束。我其實很想下課後直接回家；但因爲答應了小惠，再加上離縣際大賽沒有多少時間，我也不好意思蹺掉社團練習。

出事的更衣室目前仍然禁止使用，不過短期之內我也不想進去，所以只好跟體育老師商量改用他們專用的更衣室。

在裡面更衣到一半時，滿身大汗的竹井走了進來。他擦去健壯肌肉上的汗水，脫去背心換上運動衫。

「今天的訓練結束了嗎？」我問。竹井是田徑社的顧問。通常都是穿著運動背心和短褲在操場上跑步，直到太陽下山才結束。

「沒有，因爲待會兒要開會，討論秋天的比賽行程和運動會。」

「運動會……」這麼說來倒是有這麼一回事。最近因爲發生太多事情，這種可有可無的活動難免會被忘記。

「運動會的重頭戲是社團對抗的表演賽，今天也要討論。」

「那今年的表演賽內容是什麼？」

我聽說過但沒有印象，記得去年表演的是「搞笑時裝秀」。

「今年是化妝遊行，連我們顧問也得粉墨登場，眞是要命。」

究竟是誰提議的？

「對了，竹井老師的社團要扮演什麼？」

他搔著頭回答，「實在有夠胡鬧，聽說是要扮演丐幫。臉上塗抹泥巴，穿著破衣服，走路一擺一擺的，活像嬉皮之類。」

「竹井老師也要扮演嗎？」

「是呀……我還是丐幫幫主呢。換句話說，就是裝扮得比其他乞丐還要骯髒的樣子。」

「那眞是……」本來打算取笑地說「辛苦你了。」最後還是含糊其詞。因爲擔心射箭社會搞出什麼更誇張的名堂，小惠什麼都沒告訴我。

到了靶場我問小惠，她語氣乾脆地回答，「就是馬戲團呀。」

「馬戲團？」

「我們要扮演馬戲團，有馴獸師、魔術師之類的。」

「是嗎？那我扮演什麼？該不會要我穿上獅子的道具吧？」

「這個主意不錯！不過我們給你的角色更好，是小丑啦。」

「小丑……」

要我整個臉塗成白色，裝上紅鼻子……嗎？看來我哪有資格取笑竹井。

「而且還不是普通的小丑喲，而是拿著酒瓶，喝醉酒的小丑。」

「喝醉酒的小丑……」

我眞是不敢恭維她們的創意，同時也更能體會竹井說的沒錯。

社團練習準時開始。只是在開始射箭之前，先根據小惠的分配兩兩一組。一年級生必須和跟二、三年級配對，除了這個條件外，大家可憑喜好各自配對。

之前我就聽過小惠如此安排的目的。她說這是爲了因應一個月後的縣際大賽所設計的特訓配對。

「過去個人的得分都是自己計算的，可是這樣子很容易出現問題。有些人成績不好，但因爲是自己看分別人不知道，遇到箭頭射在十分和九分的界線時，自然就會選較高的得分。爲了改正這種問題，我才決定用配對的方式，讓搭檔的人負責計算看分數，這樣大家才會認眞練習，而且還可以糾正彼此的姿勢，不是嗎？同時，學姊也能一對一指導不習慣上場比賽的一年級生。」

小惠自認爲是好主意，說得眉飛色舞、眼睛發亮。我一向都認爲「勝敗完全看個人。」所以不是很贊同她的作法，但又覺得社員的自主性最重要，因此便不特別反對。

各組立刻開始練習。小惠的搭檔是一年級的宮坂惠美，惠美在暑假期間挫傷的左手腕仍纏著繃帶還未復原，但她還是很努力練習希望能夠參加縣際大賽。對於箭靶的恐懼，似乎也已經克服了。

縣際大賽名次好的人也能參加全國大賽。站在後面看大家努力練習的樣子，不禁很想讓大家都能參加比賽，只是我心裡也很清楚，幾乎所有人的實力都還不夠。

「老師的臉色看起來很憂鬱耶。」

我正在梳理幸運箭的羽毛時，小惠走了過來。
「因爲太過期待了，難免產生悲觀的心情。」
「老師覺得悲觀，我也沒辦法。倒不如表演一下射箭？好讓我們見識學習。」
這麼說來，最近因爲沒有心情，的確很少握弓。或許這種時候，更需要轉換心情吧。
「也好，我好久沒有射箭了，就讓妳們瞧瞧什麼是藝術的射擊姿勢。」
我回到室內拿來弓箭。
一站上五十公尺的發射線上，所有學生都停下動作看著我。光是瞄準箭靶，我就心跳加速，壓力好大。
「假如射歪了，妳們可別笑我。」一句謙虛話也說得舌頭打結。
瞄準器對好靶心，慢慢拉緊弓弦。右肩膀稍微會向上抬高，是我學生時起就有的壞習慣。一旦瞄準靶心後，背部肌肉自然緊繃，日本弓道稱這種情況是「會」。搭弓弦拉到定點後會發出類似金屬片落地的「喀啦」聲，箭應聲射出。
在眾目睽睽之下，弓箭發出穿越空氣的咻咻聲，朝向箭靶飛去。砰的一聲，箭頭射進了中心的黃色部分。Gold，也就是所謂金色靶心部分。
「射得好！」周圍響起了喝采聲。
我的心情立刻變得輕鬆，剩下五枝箭也都成功射出。計算得分，分別是十、九、九、八、八、七，共是五十一分。好久沒練習，成績算是馬馬虎虎。

「老師，教教我們即使緊張也不會出錯的祕訣嘛！」小惠說。

其他人也很有興趣地看著我。

「哪有什麼祕訣。從前在亞運獲勝的末田選手曾說過，『只要瞄準靶心後射出，弓箭只會往那個方向前進。』我想那是因爲他是射箭高手，所以能那麼說吧。」

這是我在學生時代聽說的，我一直都沒有達到那種境界，現在聽我這麼說的學生也都一臉茫然。

「不過有一點我倒是敢說的。我們一般人在拚勝負時，都必須要有所**依靠**。問題是比賽中，每個人都是孤獨的，無法依靠任何人。那我們該依靠什麼？我想只有自己曾經努力過的事實。因爲曾經忍住想玩的心情努力練習，所以相信自己一定能表現出完美的結果。」

「眞的可以這麼相信嗎？」有個二年級生提出質疑，加奈江立即看著她說，「當然得努力練習，直到自己能相信！」說完用徵求同意的眼神看著我。

「沒錯。只要閉上眼睛，慢慢回想過去所做的努力，自信心自然會浮現上來。」

我一說完，全體社員都鞠躬說「謝謝老師。」

雖然比在教室裡說話要輕鬆許多，但我的腋下已經都汗溼了。

那一天的練習直到最後都是分組進行。同組都是二年級的學生，有很明顯的串通作假之嫌，但小惠似乎對今天的練習很滿意，結束集合時還說明天要繼續這種練習方式。

練習完我到體育老師更衣室換好衣服，便到校門口等小惠，還以爲她會跟加奈江等人一起回去，不料竟是跟宮坂惠美走出校門。看來她連平日也打算和搭檔一起行動。

「好感動，老師居然在等我啊？」小惠故意做出誇張的表情。我不禁擔心有些驚訝的惠美會怎麼想。

「那是因爲我有話要跟妳說。」

我配合她們的腳步一起走。

我們先從配對練習談起，但也只是確認小惠分組的目的而已。最後我說原則上讓她們自主練習，所以不會加以干涉，事前準備好要說的話也到此爲止。

「對了，小惠班上的副導師是麻生老師吧？」我試圖若無其事地轉變話題，但不知道成功與否。

小惠倒是不以爲意地點頭說，「沒錯。」

「妳們常聊天嗎？」

「會呀，都是女生嘛。」

「也會聊異性的話題嗎？」我一說完，小惠邊走邊噗嗤地笑了出來。

「好古板喲，什麼異性？你是說男人的話題嗎？會呀，有時候。多半是老師學生時代的往事。偷偷跟你說，麻生老師年輕時談過不少戀愛，當然都是柏拉圖式的，這是她說的。」

我心中反嗆，眞的嗎？

「她現在有交往的人嗎？有沒有聽她說過？」

「交往的人？這個嘛……」小惠邊走邊側著頭想。因爲她的側臉看起來很認眞，我反而有些驚訝。

「我想是沒有，老師幹嘛問這個？」

「其實，我是想幫她介紹相親的對象。」我編了一個理由。

小惠聽了十分興奮，「哇，這個好玩，可是這種事爲什麼不直接去問本人呢？」

「話是沒錯，但總是不太好開口問。」

隨便拿話敷衍後，不禁有些後悔，這種事問小惠根本沒用。像麻生恭子那麼陰險的女人，怎麼可能對學生說出自己的隱私。

之前我做出了一個假設，這個假設源起於堀老師從畢業生那裡聽到了傳聞。

村橋和可能是麻生恭子的女性一起走在賓館街上。我打算找那個畢業生問清楚，於是詢問堀老師對方的聯絡方式。可是那個畢業生目前在九州讀大學，一時之間無法聯絡得上。不得已我只好根據假設繼續調查下去。

我的假設是麻生恭子和村橋之間有特殊關係，然而這個假設是否太過唐突？年過三十依然單身的村橋和二十六歲的她，我覺得很有可能。問題是兩人的想法，尤其是我很懷疑麻生恭子是否眞心，我猜他們之間只是逢場作戲。

假如兩人之間的關係非比尋常的話？雖然這個假設有點跳躍，但如此一來她就有殺死村橋的動機了，同時這一點也變得十分重要，因爲她也必須殺我滅口才行。

今年夏天栗原校長向她提出嫁給他兒子的請求，栗原家是以經營學校累積財富的有錢人家，她應該很想馬上答應；可是她卻延遲了回覆。如此折磨對方有何意義？因此我認爲最主要的原因就是她必須處理好身邊的事，也就是說她需要時間封住所有知道她男性經歷的人的嘴。其中一人恐怕就是我吧？我和K老師是唯一知道她本性的人，自然成了她的眼中釘。沒想到我的運氣太好，不但沒被害死反而對這看不見的殺人凶手起了戒心，於是她便找第二目標下手。

第二目標就是村橋嗎？

根據藤本的說法，麻生恭子似乎對這個案子很有興趣。就我所知，她不像是會注意這類案件的女人，我對自己的推理愈來愈有信心了。

「對了，關於昨天的案件……」快到車站時，小惠彷彿讀出我的心事，提起這個話題，「大家都說應該不是自殺吧，眞相到底是什麼呢？」

大概認爲自己也是發現者之一，小惠故意壓低了聲音。

「大家？妳是從哪裡聽來這種說法的？」

「好像是藤本老師先說的，A班同學告訴我的。」

腦海中浮現藤本悠哉的表情，眞羨慕他這麼無憂無慮。

「原來如此，可是我也不知道。唯一能確定的是，警方也還沒有做出自殺的結論。」

「是嗎，那密室的問題解決了嗎？」

小惠拿著看起來很沉重的書包，自然地提出疑問。她能如此隨口發問，表示她一直很在意案發現場難以理解的狀況。

「密室嗎？警方好像認爲是用備分鑰匙開的，因爲找過工友老板問話。」

「備分鑰匙……」

「目前好像正在調查凶手有沒有製作備分鑰匙的機會。」

小惠陷入沉思，我有點後悔說太多。

到達車站穿過剪票口後，我們依往例分道揚鑣。宮坂惠美也跟小惠同方向，分開時她輕聲地說了一句「再見。」我突然發覺這好像是她今天說的第一句話。

來到月台後，爲了方便轉乘，我沿著行駛方向往最前面的等車位置前進。油漆斑駁的長椅是博愛座，我選擇坐在最右邊的長椅上等車。

我看見小惠和惠美站在對面月台上聊天，小惠搖晃著書包，面對惠美說話。惠美則是從頭到尾都低著頭，偶爾才回應一、兩句。心想不知道她們在聊什麼時，對面的電車來了。電車離去時，小惠還隔著車窗對我揮手，我也輕輕地向她揮揮手。

之後我聽見機車聲。我很自然地往聲音的方向看過去，看見兩輛機車停在鐵軌旁的馬路上。我心想該不會是……仔細一看果然不出所料。就是前些天和陽子說話、戴紅色安全帽的年輕人。我對他的紅色安全帽還記憶猶新，問題是另一輛的機車，似乎跟上次到學校附近的幾輛不太一樣。黑色安全帽、黑色機車外套的一身黑打扮，身形不像男性……

我確定那人是高原陽子。這麼一想，我就想起她挑釁地說過自己常在這一帶出沒。沿著鐵軌的馬路上，很容易被人看見。

兩個騎士在路邊聊了一下，然後陽子先行離去。她說今年夏天剛考到駕照，技術還眞不錯，一轉眼便看不見蹤影了。

之後紅色安全帽也跟著離去，照例發出震動肚皮的排氣管噪音，我身邊有些人皺起了眉頭。就在那個時候，有個景象令我有些在意。一輛白色轎車彷彿緊跟在紅色安全帽之後開過。也許只是湊巧，但是那輛車的速度和經過的時間點，都讓我覺得不太對勁，有種不好的預感。

2

隔天，九月十四日星期六的第三堂課結束，預感果然成眞了。

上完課回到辦公室，就看到松崎教務主任和長谷站著聊天。兩人都雙手盤胸、若有所思的樣子。正當我經過他們時，松崎叫住了我。

「前島老師，等一下。」

「有什麼事嗎？」

我交互看著兩人，感覺他們臉色不太妙。

松崎有些躊躇地說，「事實上，今天刑警又來了……」

「噢……」

我早就知道了，因爲校門口旁的停車場停了一部灰色轎車。大谷刑警每次都是開那輛轎車出現的。

「警方提出了一個有點麻煩的要求。」

「什麼要求?」

「說是要跟學生談話，而且沒有老師在場……」

我不禁看著長谷，「哪個學生?」

長谷瞄了一下周遭，小聲回答，「高原。」

我下意識地嘆了一口氣，心想果然是她。

「為什麼刑警要找高原?」我問。

松崎撥弄著稀疏的頭髮回答，「好像是昨天在生活輔導組訊問時提到她的名字，至於內容是什麼，我就不知道了。」

我可以想像得到，一定是警方問「有沒有怨恨村橋老師的學生」吧。於是生活輔導組就提出了名單，陽子也名列其中。

「那跟我有什麼關係?」我看著松崎。

「基本上我認為應該要協助警方辦案。可是學生接受調查，事關學校的信譽。而且一旦知道自己遭到懷疑，恐怕會傷了高原的心。」

「我了解。」我點點頭，雖然他先提到學校信譽，讓人不太愉快。

「於是我就跟校長商量該如何進行，校長指示說首先要問清楚警方的意圖，再判斷是否讓學生接受訊問。」

「原來如此。」

「問題是找誰去跟刑警接觸？因爲高原的導師是長谷老師，我就去拜託他……」

「可是我自知條件不足。」松崎話說到一半，長谷插進來表示意見：

「一方面我對案子的情況不是很清楚，而且我當高原的導師，也是從第二學期開始的，我還在摸索那孩子的個性。」

他的語氣熱切，我很清楚他想說些什麼。

「因此我推薦前島老師。一方面是前島老師是發現者，跟這個案子並非毫無關係。而且也是高原二年級時的導師，再適合也不過了。」

我想的果然沒錯，松崎在一旁露出「可以嗎？」的表情。

換作是平常的我，大概會用「這樣不太好吧。」來拒絕對方吧。

因爲一旦答應了，今後我都得擔任警方和學校之間的傳聲筒，說有多麻煩就有多麻煩。可是這次的事情跟我並非毫無關係，說不定比松崎和長谷想像的更糟，我根本就是「當事人」。

我答應了。松崎和長谷趕緊道謝，臉上明顯浮現安心的神色。

我將第四堂課改成自習，前往會客室。有種身負重任的感覺，同時又想著數學課改成自習，學生肯定很高興吧？

看見我打開會客室的門探頭進去，大谷露出驚訝的表情。他應該是在等高原陽子出現吧？我先陳述校長所代表的學校意見，傳達校方想知道大谷意圖的要求。大谷難得正經八百地穿上西裝、繫上領帶，聽我說話時的認眞態度也跟平常判若兩人。

「我了解了。」大谷聽完我說的話，從西裝口袋掏出一張白色紙片。

「這是昨天生活輔導組小田老師給我的資料。上面列出了這三年來遭到退學、停課等處分的學生名單。」

「也就是黑名單嘍。」我看了一下紙張，上面列了十九個人的名字，有一半以上都是畢業的學生。

「基本上只是用來當作參考，其實我也不想採取這種方式……」

也就是說若不用這份資料，就會有損身爲刑警的資格？這一點我無法反駁，但也難以認同，只好保持沉默。

「我們也想按一般的方法進行調查。我們也調查過被害人的行蹤、尋找目擊者，可是就是查不到任何線索。兇手一定是這個學校裡的人，警方卻束手無策，眞的很令人懊惱。」大谷的語氣流露出難得的焦躁，可能是調查行動停滯不前的焦慮，再加上想趕緊訊問高原陽子的心情吧。

「女性的方向調查得怎樣？」我想起昨天大谷的話後追問，「就是要找出村橋老師情人的調查。」

「那件事啊。」大谷語氣和緩地回答，「我們還在調查當中。目前已經問過跟村橋老師有關的所有女性，就是找不到那名女性的線索。」

「也查過女老師嗎？」說完後，我有些後悔，似乎說得太具體了。果然大谷「噢」了一聲，很有興趣地看著我問，「你有什麼線索嗎？」

「完全沒有，我只是想老師跟老師結婚的情形也很多。」

好差勁的回答。麻生恭子的事，完全只是我的假設，還不到說出來的時候。

「原來如此。如果說是年輕女老師，倒也有幾個人。昨天都問過了，每個人也都否認了。」

「也許本人在說謊。」

「當然也有那種可能，但那些人跟案件毫無關係。」

「怎麼說？」

「因爲她們在推測的犯案時間，都有很明確的行動。有人在常去的咖啡廳，有人在指導英文會話社的練習，其他人也都有人證。」

原來如此……

我忘了麻生恭子是英文會話社的顧問，聽說那個社團很認眞，常常練習到很晚。所以說她不可能犯案了？我的推理這麼快就被推翻了。

大谷接著說，「今後我們還是會調查村橋老師的女性關係，只是太專注那個方向恐怕容易遭到誤導，也必須調查其他方向。」

「所以你們才找上了高原？」我的口吻有點諷刺，但大谷不以爲意地說：

「高原同學是最近才接受處分的學生，而且理由是因爲抽菸，當場逮到她的人就是村橋老師。」

「話是沒錯。不過就只有那麼一點小事，有可能……」我話還沒說完，大谷已經一臉驚訝地看著我，嘴角還浮現出一貫莫名其妙的笑容。

「看來前島老師還不知道，村橋老師發現她抽菸後，對高原同學做了某種懲罰。」

「懲罰？」這還是頭一回聽說，更何況學校禁止懲罰學生。

「就是這個呀。」大谷抓起一把自己油亮的頭髮說，「他把高原同學帶到保健室，剪掉了她最寶貝的一頭黑髮。這比停學處分更讓學生怨恨，她甚至還說出『我要殺了你』。」

我不禁驚叫出來。這麼說來，停學結束後回來上課的陽子剪了一頭短髮，不是爲了改變形象，而是被村橋剪的。

話又說回來，這個刑警是什麼時候從哪裡得到這個情報？聽他的語氣好像是從陽子的朋友那裡知道吧。在這麼短的時間就問出連我都不知道的事……我不禁害怕起這個男人。

「就算是這樣也不用……」

「不只是那樣而已。」

大谷靠在沙發椅背上，叼著一根菸。

「你知道川村洋一嗎？」

「川村？」

看著大谷嘴上隨著說話上下晃動的香菸，我搖搖頭。

「他是高原同學的朋友，一起騎機車的。」

「啊……」昨天在月台上看到的情景浮現腦海。陽子和年輕人，還有白色轎車……大谷似乎樂於欣賞我的反應，點著菸等待適當的說話時機。

「川村是R鎮修車廠的兒子，整天不上學到處鬼混。據說他就是在機車行裡跟她認識的，至於誰先開口就不得而知了。」

「你想說些什麼？」我企圖讓語氣強硬一點，卻也知道氣勢很薄弱。

這時大谷起身，黝黑的臉探過來。

「修車廠有氰酸鉀。」

「那又……」我想說那又怎樣卻說不出口。

「當然保管得很嚴密。只是川村想拿出一點，也是輕而易舉的。」

「你是說高原拜託他的嗎？」

「這只是一種假設。我說的不過是事實，至於跟案件如何連結，就看今後的判斷了。」

從大谷口中吐出一股乳白色的煙霧。

「所以我可以和高原陽子見面了吧？」

我看著大谷，他的目光銳利，像獵犬的眼睛。

「你要問她什麼問題？」這句話意味我接受了刑警的要求。大谷的目光稍微柔和了一些。

「問她的不在場證明，還有兩、三個問題。」

「不在場……」說到一半才有眞實的感受。我沒想到會從眞正的刑警口中聽到這個字眼。沒錯，我可不是在作夢。

「條件有兩個。」我說，好不容易發出平穩的聲音，「第一是我必須在場，我不會插嘴。第二是她騎車的事，暫時不能讓學校知道。除非確定她是凶手，那就沒辦法了。」

大谷彷彿沒有聽見我說的話，茫然看著自己吐出來的煙飄散的方向。不久之後，他才開口，「我還以爲前島老師是很冷酷的人。」

「什麼？」看著不解的我，他說，「好吧，我接受你的條件。」

回到辦公室，我跟松崎、長谷說明整個經過後，也和他們一起進去校長室。栗原校長板著一張臉聽我報告完後，還是低喃說，「沒辦法了。」

那時是第四堂課的上課時間，長谷去叫高原陽子過來。我不知道他會用什麼說詞，光是想像就令我心情沉重。

五、六分鐘後，長谷帶著陽子走進辦公室。陽子目光低垂地看著地板，嘴唇緊閉，來到我和松崎面前也是面無表情。

從長谷那裡接過她後，我們立即離開辦公室前往會客室。她走在我後面兩、三公尺遠。在會客室前，我跟她說，「妳只要照實回答就好了。」她連頭都沒點一下。

坐在大谷對面，她仍然擺出冰冷的表情。背挺得直直的，平視對方的胸口。倒是大谷好像知道她會有如此反應，還是提出準備好的問題。

「廢話不多說，可不可以告訴我前天放學後妳做了些什麼？」大谷訊問的口吻宛如閒話家常。相對地，陽子回答的語氣卻很沉重，而且連看都不看我一眼。

根據她的回答，前天一下課，她便直接回家了。

「回到家是幾點呢？」

「應該是四點吧。」

陽子的家距離S車站有四個站。上課和課外活動結束是三點半，所以四點到家是很合理的。

「有誰和妳一起走嗎？還是……」

「我一個人。」

大谷似乎是想確認有沒有人能證明她的行動。電車裡面有沒有遇到誰？車站呢？家門口前？好不容易從她嘴裡說出了兩個名字，好像是住在隔壁的老夫婦。回家時他們彼此打過招呼。

「回到家之後呢？」

「沒做什麼，就在自己的房間裡。」

「一直嗎？」

「是的。」

「騙人的吧？」

什麼？我抬起了頭，同時也看到陽子臉色大變。大谷的表情還是一樣，語氣也跟前面一模一樣。

「有人五點左右看見妳在校內。是某個社團的學生，對方很肯定就是妳。問題是她看見妳的地方，就是在那間更衣室附近。」

我驚訝得說不出話來。大谷剛才沒有沒跟我說這一點，看來他是祭出了「殺手鐧」；而且居然還有目擊者，究竟是怎麼回事……

「怎麼樣？妳是不是回家後又回到了學校？」

大谷的語氣柔和，大概是想製造容易交談的氣氛吧。可是他的目光可就不是那麼柔和了，就像獵犬的眼睛，也是刑警的眼睛。我看著陽子，她睜大眼睛，凝視著桌上的一個點，渾身像人偶一樣緊繃，好不容易才掀動嘴脣說話，「我回到家……發現東西忘了，又回學校去拿。」

「噢……忘了東西呀，什麼東西呢？」

「學生證，放在桌子裡……」陽子的聲音微弱而紊亂。我無法幫助她，只能在一旁看著。

大谷突然盛氣凌人地反問，「學生證？那種東西有必要特別折回來找嗎？」

只差一步就能捕獲獵物了。他肯定是這麼想吧？然而陽子反倒像是豁出去的樣子，調整坐姿後慢慢回答，「因爲學生證裡夾著我的駕照。我想趁著還沒被人發現之前，趕快到學校拿回來。」

如果這是她臨時想到的謊言，那也只能讓我對陽子反應之快瞠目結舌。她的回答足以解釋爲什麼隱瞞回家後又回到學校的質問，十分合理。

就連大谷一下子也說不出話來，不過他立刻又改變矛頭問，「原來如此，畢竟騎機車違反校規。那我問妳，妳出現在更衣室附近的理由是什麼？」

「更衣室……我只是經過而已。」

「經過嗎，好吧，這麼說也行。那之後呢？」

「我就回家了。」

「幾點走，幾點到家？」

「離開學校是五點過後，應該是五點半到家。」

「有人可以證明嗎？」

「沒有。」

換句話說，陽子沒有確實的不在場證明。大谷似乎覺得自己的猜測沒錯，很滿意地在記事本寫東西。

之後的問話幾乎都和川村洋一有關，兩人交往的程度、去過川村家嗎？之類的，顯然是想找到陽子取得氰酸鉀的證明。

陽子說她和川村洋一並不是很熟，最近才剛認識，她只是隨便敷衍一下對方。不過大谷演戲般地猛點頭，我覺得他根本就不相信。

「謝謝妳的合作，很值得參考。」大谷誇張地鞠躬致意，然後看著我，露出「沒事了，可以離開了。」的眼神，於是我跟在陽子後面起身。

「啊，等一下！」就在陽子握住門把時，大谷高聲喚她。等到陽子回頭，便一臉笑容地問，「對於村橋老師的過世，妳怎麼想？」

面對突如其來的詢問，陽子一時之間難以回答。正當她試圖張開嘴脣時，大谷又說：

「算了，沒關係，不用了。我只是隨便問問。」

搞什麼！我簡直想罵人了。

出了會客室，陽子一言不發地回到自己的教室，她的背影像是在對我抗議，結果我也沒能跟她說任何話。

我到校長室向校長、松崎和長谷報告訊問的內容。我只提到她有騎機車的朋友，並沒說出她自己也騎的事實，他們三人似乎也沒想到那裡。

「所以說，她的不在場證明有些曖昧嘍？」長谷嘆了一口氣說。

「能夠有明確不在場證明的人，反而是少數吧。」這是我的真心話，但聽起來像是安慰他們的場面話，也沒有人表示贊同。

「總之只能順其自然了。」沉默一陣子後，校長說。這句話便成了今天的結論。

松崎和長谷離開後，校長要我繼續留下來，指著沙發要我坐下。

「你覺得呢？」粟原校長一邊將菸灰缸拉近自己一邊問。

「我覺得……該怎麼說呢？」

「高原是凶手嗎？」

「不知道。」

「你不是說有人要算計你的生命嗎？高原有怨恨你的理由嗎？」

「我也不敢說完全沒有。」

「是呀，當老師就是這樣。」校長理解似地不斷點頭，點燃了香菸。

「你跟警方提過被盯上的事嗎？」

「沒有。因爲最近沒有再發生那種事了，我想看看情形再說。」

「嗯，也許是你多慮了。」

「我想不至於。」我敷衍校長，想著要是我現在說要跟警方報案，不知道他會有什麼反應。不管是用威脅還是哄騙，他都想制止我吧。因爲到目前爲止，村橋的事情可能只是殺人案，而我的事情可就不一樣了。

走出校長室時，課外活動時間也結束了，可以看到許多放學回家的學生。心情雖然不好，這種日子卻也不想太早回家，於是決定參加社團練習。通常星期六我是不出席的。

由於沒帶便當，我只好到學校外面吃飯。車站前面有很多餐廳。就在我走出校門約五十公尺的地方，從左邊小巷衝出一道人影。我最先看到他深色的墨鏡，對方來到我身邊，壓低聲音說，「跟我來，陽子找你。」

我一聽就知道是那群飛車黨的。本來我想說「有事情就在這邊解決。」但想到在路邊爭吵不好看，只好先跟著過去。路上我問對方「你是川村洋一嗎？」他稍微停了一下，但仍頭也不回地繼續往前走。我每次都是隔著安全帽看他的臉，但是對他的聲音還有點印象。

從學校旁的小路轉入約幾百公尺遠，來到一個十公尺見方的小空地。旁邊大概有工廠，可以聽見切割機、壓縮機的操作聲，看來這個空地是工廠用來堆放廢棄物的地方。

我看見三輛機車像忠實的馬一樣並排停在一起，旁邊有兩名年輕人坐在廢棄的木製台車上抽菸。

「人帶來了。」

川村說完，兩人立刻站起來。一個將頭髮染成了紅色，另一個則是沒有眉毛，兩人身高和我不相上下。

「怎麼沒看見高原？」我環視一下周遭後，這麼問，但其實一點也不驚訝。我不認爲她會用這種方式找我，我是對這群年輕人有興趣才跟過來。

「陽子不會來的。」說完川村抓住我的衣領。

他的身高比我矮十公分，所以是由下往上抓的姿勢。

「你的作法眞是有夠骯髒的！」

「我做了什麼？」我用有些吃力的姿勢反問，同時看見紅髮男站在我右邊，無眉男繞到左邊。

「少裝蒜了，明明是你跟條子說陽子殺死了那傢伙！」

「我沒有。」

「騙人！」

川村放開我的衣領，但同一瞬間我的右腳被絆倒，頓時摔成狗吃屎。接下來左側腹又被踢一腳，整個人往上仰，這一腳的衝擊害我差點喘不過氣來。

「條子來找我了。除了你以外還會有誰知道我，你說呀！」

「你……」

我想說「你搞錯了。」可是胸口被無眉男踢得說不出話來。抱著肚子蹲在地上時，川村又用靴跟踩我的後腦杓。

「誰跟你說兇手是陽子！你們只要有什麼不對的，全都推給不良學生，就想了事了嗎？」

「說話呀，你！」

無眉男和紅髮男一邊搥打我的頭和腹部一邊咆哮。工廠機器聲和他們的聲音混在一起，衝進我的腦子裡，變成了耳鳴。

就在這時，我微微聽見女孩的聲音，但不知道說了些什麼，只知道他們的攻擊隨著那聲音停止了。

「陽子……」川村的聲音讓我抬起了頭，我看見高原陽子一臉憤怒地走了過來。

「這算什麼？誰要你們做這種事的？」

「可是這傢伙將陽子出賣給條子！」

「不是我！」我忍著渾身傷痛，站了起來。只覺得脖子好重，平衡感不太正常。

「警方追查了高原，然後也發現了她騎機車的朋友。」

「少胡說八道了。」

「眞的，昨天你是不是跟高原在車站附近待過？之後我看見有輛白色轎車跟蹤你們。」

川村和陽子對看了一下，似乎發覺我說的是眞的。

「可是難道不是你將陽子的事告訴條子，他們才來跟蹤的嗎？」

「將我的事告訴刑警的是生活輔導組，跟他沒有關係。」

我知道川村沒話可說了。雖然戴著墨鏡，還是難掩狼狽的臉色。

「什麼嘛！原來是洋一搞錯了。」無眉男說。

紅髮男也覺得無趣，在一旁踢石子，兩人都不敢看我。

「拜託你們也不要那麼容易相信，好嗎？有事我會直接拜託你們的。」

陽子一說，無眉男和紅髮男都目瞪口呆，訕訕騎上自己的機車離去。轟隆的排氣噪音讓傷口更加疼痛。

「洋一，你也走吧！剩下的是我的問題。」

「可是……」

「我最討厭人家婆婆媽媽的。」

陽子這麼一說，川村只好放棄地嘆了一口氣，走向自己的機車，然後自暴自棄地發動引擎，從我和陽子之間穿過。

工廠的廢棄物堆放空地只剩下我和陽子。

「妳怎麼知道我在這裡？他們不是背著妳偷偷帶我來這裡的嗎？」我一邊揉著脖子一邊問，被踢過的地方還在發燙。

「車站附近有人在議論紛紛，說前島老師被不良少年帶走了。我一聽就知道是這裡，因爲洋一他們常在這裡鬼混。」回答後，陽子依然不看我地繼續說下去，「我爲朋友做的事向老師道歉，對不起。」

「算了，倒是妳打算跟那些人來往到什麼時候？早點離開他們比較好。」

不料陽子一副不想聽我教訓的樣子，拚命搖頭說，「不要管我，我跟老師一點關係都沒有，不是嗎？」

說完，就跟上次一樣跑開。

我也只能跟上次一樣，目送著她的背影離去。

3

九月十七日星期二，一早起便開始下雨。

我平常很討厭撐傘走路，但今天卻覺得求之不得，因爲可以不用和其他人打照面。在電車裡我始終保持低頭的姿勢。

「你的臉怎麼了？」在辦公室最早碰到的是藤本。他天生就是大嗓門，搞得好多人都看著我。

「騎腳踏車摔的，眞是倒楣呀。」我按著顴骨一帶貼的ＯＫ繃說，「這就是週末的後遺症，昨天星期一是敬老日（＊）的補假，我的臉還腫得更大呢！」

藤本看來不太相信，還好只說了聲「保重。」沒再追問下去。

每個星期的第一個小時是班會時間。對沒有擔任導師的我而言算是空檔。我皺著眉頭忍著傷痛，準備下一堂課的內容。不對，應該說我假裝備課，內心則在想著村橋被殺的事。

大谷似乎認爲學生之中有人是凶手，頭號嫌犯就是高原陽子。她的確很恨村橋，恨得想殺掉他，也有機會拿到氰酸鉀，不在場證明又很曖昧；尤其是有目擊者在更衣室附近看見她等不利的狀況證據。一旦大谷解開密室之謎，而且跟陽子連結上的話，她瞬間就會成爲重要關係人，不對，是成爲嫌犯吧。

我不能理解的是，她一向給人乖巧的印象。她當然有可能做出那種事的悲愴感，但也有下不了手的稚嫩感，也許性格和可能性一結合就會跌破眾人的眼鏡吧……

說到嫌疑，我反而覺得麻生恭子的可能性更高。只是還不知道她和村橋是否有特殊關係，而且她又有不在場證明，大谷似乎已經排除她。

想著這些問題時，突然有人開門，嚇了我一跳。抬頭一看，有學生探頭進來東張西望，是三年A班的北条雅美。她好像要找人，一和我的視線相對便直接走過來。

「妳要找誰嗎？」問的時候，我心想第一堂課應該還沒結束才對。

「就是老師，我有事找前島老師。」她的聲質有著跟年齡不協調的低沉，但洪亮的聲勢壓倒了我。

「找我？」

「事實上，我對前些日子那件事的處理方式有些不能接受。問了森山老師後，他說前島老師最清楚這件事，所以在森山老師的允許下前來請教老師。」

北条雅美就像背誦文章似地滔滔不絕說完一大段話，假如不聽內容，簡直就像軍人一樣，讓我想起來她是劍道社的社長。

儘管如此，其他老師似乎已打算把那件事的爛攤子推給我，算了，這也沒辦法。

「我不是什麼事都知道。不過只要我能回答的，妳儘管問吧。什麼問題？」

我指著旁邊的椅子讓她坐，但她不肯坐。

「星期六放學後，我看到了警察。」她開門見山地說。我猜想其他學生絕對學不來她這種說話方式。

「警方那天來學校……那又怎麼樣？」

「聽說是來調查高原同學的。」

*九月十五日是敬老日，放假一天。

「是……不過只是問話，不是調查。」我提出修正，但她根本不理會。

「是學校說高原同學有嫌疑的嗎？」她用強烈的語氣質問。

「沒有人說她有嫌疑。是因爲警方要求過去被學校退學、停學的學生名單，學校才讓他們看的。這一點生活輔導組的小田老師最清楚。」

「好，關於這一點我會去問小田老師的。」

「最好是這樣。」

我完全被她的氣勢壓倒。

「對了，聽說前島老師在高原同學接受訊問時也在場，有什麼實質證據證明她涉案嗎？」

「那倒是沒有。」

「所以在事情沒搞清楚的狀況下，老師就讓刑警和高原同學見面嗎？」

我能理解她這種挑釁的態度，於是回答，「當時我們也很猶豫該不該讓他們見面，但是刑警的推理原則上很合理，而且只是詢問不在場證明，所以就讓他們見面了。」

「可是她沒有不在場證明……」

「妳倒是很清楚。」

「我可以想像。星期六放學後，老師知道刑警在校園內徘徊嗎？」

當時我應該正在被飛車黨的人圍毆，我搖頭表示不知道。

「聽說刑警去看過排球社和籃球社，還到處問人『有沒有人看過高原陽子借用教職員用的女更衣室鑰匙。』。」

果然不出我所料，大谷忙著解開密室之謎的關鍵。假如陽子借過鑰匙，她就能夠製作備分鑰匙了。

「那他到處問話的結果是什麼？」我有些戰戰兢兢地問。

「社團的顧問老師和同學都說沒有看過她借過鑰匙。是我在排球社的朋友告訴我的……」

「是嗎？」老實說，我覺得鬆了一口氣。

然而眼前的北条雅美卻一臉不快，或者應該說是表情陰暗。我疑惑地抬頭看她，她立刻用清晰的口吻、壓抑情感的聲音說，「刑警的行動使得大家看高原同學的眼光都變成了看待犯罪者的眼光。今後就算她的嫌疑洗清了，要想改變大家看她的眼光還是很困難吧？因此我要來抗議，爲什麼不限制刑警的行動？爲什麼輕易讓高原同學和刑警見面？爲什麼學校要將退學停學學生的名單給外人看？這麼一來不是破壞了學校相信學生的前提嗎？我覺得很遺憾。」

北条雅美的一字一句都像利針一樣刺痛我的心。我很想辯解，但說什麼聽起來都像是痛苦的呻吟，所以我選擇沉默。

「我要說的就是這些。」說完她微微一鞠躬，轉身往門口走了兩三步後，突然又停住，臉上難得泛紅地說，「我和陽子從國中以來就是好朋友，我一定要證明她的清白！」

「噢，原來發生過這種事。」

小惠拿著量尺在我身上比畫。動作很熟練。因爲要做化妝遊行的小丑衣服，她說要幫我量尺寸，叫我午休時間到社辦找她。

「北条的指責很嚴厲。雖然她說的也沒錯……」

「不過我還是頭一次聽說北条同學和高原同學曾經是好朋友。」

「她們好像住得很近，國中也是讀同一所學校。據說高原變壞後，才跟她疏遠的……」

「但北条還是感覺兩人友情常在。」

小惠正在量我的胸圍。我忍住怕癢，站成稻草人的姿勢。

「可是爲什麼要扮演小丑呢？難道是我適合搞笑嗎？」

運動會是下個星期日，該是開始炒熱氣氛的時候了。這一次的重頭戲是化妝遊行，聽說各社團都卯足勁籌備。

「不要抱怨了。根據現有的劇本，聽說藤本老師得扮女裝呢！你覺得哪一個比較好？」

「兩個我都不喜歡。」

「就看的人而言，我覺得小丑比較好。」小惠說出奇怪的安慰，也結束了量身的工作。

「我們會準備化妝品，當天老師只要別遲到就行了。」

「我什麼都不用準備嗎？」

「你只要做好心理準備就可以了。」小惠將我的尺寸記錄在本子上，開玩笑地答話。

穿好上衣準備走出去時，撞上了正要進來的社員，是一年級的宮坂惠美。看見她手上拿著酒瓶，我問，「怎麼大白天的喝酒，妳們要舉辦宴會嗎？」

惠美沒有回答，而是微笑地縮了一下脖子。反倒是裡面的小惠大聲說，「那是老師的道具啦。不是說你要扮演拿著酒瓶、喝醉酒的小丑嗎？」

「我得拿這個嗎？」

「是呀，不高興嗎？」

小惠走出來從惠美手上接過酒瓶，做出了喝酒的動作。

「大家一定會喜歡的！」

「會嗎？」

我拿起那個酒瓶，上面還貼著「越乃寒梅」的標籤，那可是新潟的名酒。一想到自己打扮成小丑，拿起酒瓶猛灌的樣子，到時候還得走路東倒西歪吧？我不禁對小惠說，「請幫我化妝到沒有人能認得出來！」

小惠聽了用力點頭。

4

九月十九日星期四。

星期二、星期三難得連續兩天平安無事。沒有看到刑警的身影，校內也陸陸續續擺出運動會的吉祥物玩偶，清華女中似乎恢復了該有的秩序。

村橋負責的鐘點也已分配完畢。我接收了三年A班的課，工作比以前更忙，但那是沒辦法的事。生活輔導組的新主任是小田。

對於村橋的不在，師生的反應都一樣平淡。只不過幾天的工夫，就好像村橋從來不存在。這件事不禁讓人檢討起自己的存在價值。

不過，我倒是發現有一個人在村橋死後有所變化。也許是因爲我抱持那樣的眼光仔細觀察，所以看得分外清楚，總之那個人的變化一目了然。

那個人就是麻生恭子。

她變得常常一個人在位子上發呆，而且也常常犯些小錯。像是忘了去上課、找不到考卷放在哪裡等等，那是過去的她不會犯的過失。一向自信得近乎傲慢的眼神，最近也顯得柔弱徬徨。

變化是在村橋死了之後，肯定有什麼內情——我十分確信。只是爲什麼會變成這樣，讓我百思不解，因爲任何假設都會有破綻。

最善意的想法就是她和村橋是情侶，村橋的死讓她大受刺激。在這種情形下，麻生恭子對村橋付出多少眞心便成爲重點。可是從她的性格看來，我無論如何都不認爲她會眞心考慮和村橋結婚。尤其在栗原校長提出和他兒子貴和相親的這個時間點上，她的心境應該是希望村橋能夠從此消失，不是嗎？

這麼一來，等於又回到凶手是麻生恭子的假設了。對我而言，這是最合理的解釋。可是她並不是凶手，因爲有明確的不在場證明，所以沒有嫌疑。

等等，我從辦公桌抬起頭來看著她，她還是一副茫然若失的樣子在改考卷。

難道不可能有共犯嗎？假如還有其他人也怨恨村橋，不就很有可能了嗎？

不，不對，我微微搖頭。一旦有了共犯，那麻生恭子的凶手「功能」也就消失了。

村橋被殺害時，她只是出現在英語會話社裡而已。就算她的「功能」是取得毒藥、叫村橋到更衣室來，站在主嫌的立場，還是會覺得這是一筆不太划算的交易吧。

共犯說要成立，首先必須有一個人肯聽麻生恭子命令行事——這是我唯一做出的結論。

問題是眞有那種人嗎？遺憾的是，關於這一點我完全沒有概念。當我感到自己的推理已達極限時，第四節課的上課鐘聲響起。隨著麻生恭子起身，我也跟著站起來。

這一堂是三年A班的課。因爲頭一次上村橋的課，走在走廊時不免有些緊張。我深深覺得自己實在不適合吃老師這行飯。

上課鐘聲都響完了，大概老師還沒到吧，經過三年B班和C班的教室門口時聽見吵雜聲。苦笑了一下，心想就算大考在即，她們跟一、二年級也沒有太大差別。走到轉角後，突然變得很安靜，門上面掛著三年A班的吊牌，不愧是升學班的龍頭。

開始上課後，我對A班的印象依然不變。對於我所說的話，她們的反應就是不一樣，學習能力強，消化速度快；解題時很有耐心，出手也很準確。看到她們這麼認眞，也不得不承認村橋的影響力確實驚人。

單就今天來說，倒是北条雅美顯得有些不太對勁。聽我上課時的表情顯然注意力不夠集中，丟給她的變化題也解得差強人意。

可能對手不是村橋，就少了鬥志吧——我暗自如此解讀，但我錯了，直到課程上到後半段，我不小心瞄到她的筆記本，才知道我的想法錯誤。

我看見一個長方形的圖。平常大概看過就算了，但今天我很敏銳地意識到那張圖的意義。那是更衣室的簡圖，上面還寫著男更衣室和女更衣室的入口等文字。北条雅美無視我的數學課，試圖解開密室之謎。簡圖旁邊隨手寫下一些文字，似乎頗有意思。當我看到其中「鑰匙有二」的文字時，她似乎察覺到我的視線，迅速將筆記本給闔上了。

鑰匙有二——

這是什麼意思？會是解開密室之謎的關鍵之一嗎？還是毫無意義的文字？因爲寫的人是北条雅美，更讓我不敢小覷。害得我之後的課上得比她還不專心。

午休時間吃便當時也是一樣，甚至嘴裡還不斷著「鑰匙有二、鑰匙有二」。動不動就停下筷子思索，吃完一個便當竟然比平常多花了一倍的時間。

待會兒再去問她本人吧——用完午餐時我做出這樣的決定。年輕人柔軟的頭腦，有時會超乎成人的想像。

然而我的如意算盤卻被打亂了。飯後和平常一樣看報紙時，松崎理所當然似地來告訴我，大谷又來了，希望我立刻到會客室去。

「他今天要做什麼？」

「這個嘛……我也不清楚。」看來松崎根本不關心這件事。

到了會客室，看見大谷站在窗邊眺望操場。他的背影少了以往的氣勢，我不禁有些驚訝。

「眞是不錯呀，窗外的風景。」大谷邊說邊坐下，看來很沒有精神。是發生了什麼事才讓他如此無精打采嗎？

「查出什麼了嗎？」我有點催促般地先開口。果不其然，大谷臉上浮現苦笑。

「要說查出什麼，是也查出一些……」不明不白地說完後，他反問，「今天高原陽子來上學了嗎？」

「來了，你要找她嗎？」

「其實也沒什麼事……只是想確認她的不在場證明。」

「不在場證明？」我反問，「你這話就奇怪了。她不是應該沒有不在場證明嗎？沒有的證明要如何確認？」

大谷聽了一邊搔頭，一邊喃喃自語：

「該怎麼說？她在四點之前不是有不在場證明嗎？放學後直接回家，還跟鄰居互打招呼。事實上根據我們的調查結果，發現那一段時間變得非常重要。」

「四點左右嗎？」

「或者應該說是一放學的時間……」大谷的語氣聽來很痛苦，看來調查結果整個推翻了他的推理。

「總之可以讓我跟高原陽子見面嗎？我打算到時再說明狀況。」

「我知道了。」

我很在意大谷掌握了什麼重大線索，若是能比對高原陽子的說法應該更好，因此我毫不猶豫站起來。回到辦公室跟長谷說明情況，他一臉不安地問，「那個刑警該不會是找到高原是凶手的證據吧？」

「不，看起來不是那樣。」

我對長谷說明，就我對刑警的觀察，感覺事情好像有了轉機，但長谷還是不改擔心的表情。

「總之我先去叫高原過來。」說完便走出了辦公室。

在陽子來之前，我坐在會客室的沙發椅上等，又覺得和大谷面對面有些尷尬，就帶了報紙來看，但他還是跟剛才一樣站在窗邊眺望著窗外學生的狀況。

大約過了十分鐘，走廊上有些動靜。是學生和男人的聲音。仔細一聽，那個男人的聲音應該是長谷。至於學生呢……想到這裡時，門口響起用力的敲門聲。

「請進。」我還沒說完，門就被推開了。進來的人不是高原陽子而是北条雅美，跟在她後面追上來的是長谷，最後才是陽子。

「這是怎麼回事？」我問長谷。

「是因爲……」他還沒說完，北条雅美便大喊，「我是來正式抗議的！」聲音之大，震撼了在場所有人。

「抗議？這是怎麼回事？」我一問，她的一雙大眼睛便意識到大谷的存在，語氣堅定地說，「我是來證明高原同學的清白的。」

眼看她的臉脹得愈來愈紅，室內氣氛也變得十分緊張。

「噢，那倒是很有意思。」大谷從窗邊走過來，舒服地坐在沙發椅上。「那就聽聽看吧！妳要怎麼證明？」

即使是北条雅美，到了刑警面前，神情也變得僵硬；但她還是很勇敢，毫不退縮，口齒清晰地回答，「我要解開密室之謎。相信你們聽了我的推理，就會知道高原同學是無辜的。」

第四章

1

沉默支配了室內。在場的幾個人耳中，只能聽見操場上傳來學生嬉鬧的聲音。額頭上冒出的汗水成串沿著鬢角滴落，天氣又不熱，我怎麼會出汗？

北条雅美一動也不動地凝視著我，不過幾秒鐘的時間，我卻覺得像是過了好幾分鐘。

雅美打破沉默之牆開口：

「我要解開密室之謎，好證明高原同學的清白。」她一字一句說得清清楚楚，彷彿再次確認自己的心意。

「總之……」我好不容易才發出聲音，雖然聲音有些沙啞。「大家先進來坐下，再慢慢說吧。」

「是啊，我們在這裡吵吵鬧鬧，其他學生會覺得很奇怪的。」

長谷推著北条雅美的背走進來，陽子也緊跟其後。

陽子關上門後，北条雅美仍不打算坐下。始終咬著下脣，睜著那雙好勝的大眼睛，望著大谷。

大谷像是回應她的視線，「妳是說妳已經解開了密室之謎嗎？」

雅美依然直視對方，慢慢點頭。

「為什麼妳要那麼做？這個案子跟妳有什麼關係？」

雅美稍微看了陽子一眼後回答，「因爲我相信陽子……不，高原同學的清白。她不是那種會殺人的人，因此我想解開密室之謎或許能發現什麼。就算不能發現什麼，也可能找到排除她嫌疑的線索。」

陽子始終低著頭，我完全看不到她的表情。短暫的沉默又籠罩在我們之間，幾乎令我喘不過氣。正當我想說些話緩和氣氛時，聽見了一絲風吹來的聲音，原來是大谷嘆了一口氣。

不知道他爲什麼笑，他抬頭看著我說，「眞是丟臉，前島老師。搞得我們一個頭兩個大的密室之謎，似乎讓這位小姐給解開了。難怪人家會說我們警方是稅金小偷！」

我不知道該用什麼表情回望大谷，不得已只好轉向雅美問，「妳眞的解開了嗎？」

「解開了，我現在就跟各位說明。」

「是嗎？」老實說我也不知道該如何處理。

北条雅美硬闖進來使得情況大變，總之還是得先聽她要說什麼吧。

「要聽她的解謎嗎？」我看著大谷。

他放下翹起的腳，「應該得聽聽吧。」

語氣有著難得的正經。

「只是解謎應該在現場進行。這樣才能一目了然是否符合實際狀況。」

雅美緊張地看著站起來的大谷，但直視後者的視線依然不變；相對地，我和長谷則顯得有些狼狽。

走出教室大樓，太陽不知從何時躲了起來，天空開始飄雨。踩著濡溼的草地，我們一言不發地往體育館後面走去。體育館內傳還來女學生的吆喝聲、運動鞋和地板的摩擦聲。毛玻璃的窗戶關著，看不出裡面在進行什麼比賽。

一來到更衣室門口，大家以北条雅美爲中心站成一圈。這時堀老師也加進來了，這是雅美的要求。

雅美看了一下更衣室後，轉過身來。

「那麼我要開始說了。」氣勢如同準備開始表演一樣。

「這個更衣室有兩個入口，分爲男用和女用。室內原則上是隔開的，但各位都知道，要想翻過隔牆，是很容易的，所以實際上可以說有兩條路。」

她說得很流暢，肯定是在腦子裡練習過許多次。而且練習到自己覺得可以了才肯上場，北条雅美就是這樣的女孩。

然而這時她拉高音調指著男更衣室入口說，「男更衣室入口從裡面頂著一根木棍，凶手無法從這裡脫逃。因此只能考慮是從女更衣室入口出去，可是那裡也上了鎖。」

雅美邊說邊繞到後面，站在女更衣室門口。我們也跟在她後面，不知道的人看到這情景一定會覺得很古怪吧。

「鎖頭的鑰匙一直都在堀老師身上。那麼凶手是如何打開這個鎖頭的？最有可能的作法就是使用備分鑰匙。在這裡我想請問刑警先生……」

說完雅美看著大谷問道：

「有關備分鑰匙的調查應該已經結束了。請問調查結果如何？」

突然被點名的大谷似乎嚇了一跳。但他隨即端正姿勢，苦笑回答，「遺憾的是沒有找到任何線索。我們認爲凶手應該沒有機會製作備分鑰匙，也徹底查訪過市內的鎖店，什麼都沒有找到。」

雅美露出「如我所料」的眼神，充滿自信地接下去說，「那麼凶手究竟是如何打開鎖頭的？我想了很久，就連上課時間都在思考這個問題，好不容易才得出一個結論。」

她環視眾人，這個動作讓我想起她參加演講大賽時的情景。

「也就是鎖頭從一開始就沒有鎖上，因此凶手也沒有必要開鎖。」

「那怎麼可能！」站在我旁邊的堀老師高聲反駁，「我確定自己上了鎖。我甚至上鎖都成了習慣，怎麼可能會忘記！」

「老師或許那麼認爲，但實際上就是沒有上鎖。」眼看堀老師就要說出「哪有那種蠢事？」我趕緊制止她並開口問，「那是怎麼回事？難道鎖頭上被動了什麼手腳嗎？」

雅美一邊搖頭一邊回答，「就算被動了手腳，也早就被警方給查到了吧。不過還是有方法可以不用在鎖頭上動手腳就能設下詭計。」

她從手中的紙袋取出一個鎖頭，那是她剛才到工友室借來的。

「這是和當時同類型的鎖頭。現在我們也跟當時一樣，在堀老師來之前鎖在門口上吧。」她邊說邊將手上的鎖頭掛進門上的金屬環裡，「喀擦」一聲鎖上。

「這時男更衣室的門當然可以進出，接著是堀老師拿著鑰匙出現。」雅美將鑰匙交給堀老師。

「假設我是凶手。爲了不讓堀老師發現，凶手躲在更衣室的暗處。」她邊說邊躲在更衣室的角落，只露出臉來繼續說，「堀老師，不好意思，請和那天一樣開鎖，走進更衣室。」

堀老師有些猶豫地看著我。

「反正就先照做吧。」聽我這麼說，堀老師才走上前去。

在我們的圍觀下，她將鑰匙插進鎖裡扭開，接著取下鎖頭，開門，並將鎖頭掛在門邊的金屬環裡，走進更衣室。這時雅美上前確認過後，從紙袋裡拿出另一個鎖頭，也和剛才掛在門上的是同一種類型。我不禁驚叫一聲，因爲我看出來是哪裡動了手腳。

雅美將掛在金屬環裡的鎖頭取下，取而代之掛上自己手上的另一個鎖頭，對著室內說，「好了，請老師出來鎖門。」

一臉納悶的堀老師走了出來，同樣在我們的圍觀下，關上門、將鎖頭掛進金屬環裡，然後鎖上。雅美確認過後，面對我們，「這樣大家是否明白了？堀老師鎖上的並非原來的鎖頭，是被凶手掉包的，原來的鎖頭在凶手手裡。」堀老師一臉莫名其妙地問雅美，「現在是怎麼回事？」

於是雅美再一次慢慢說明。

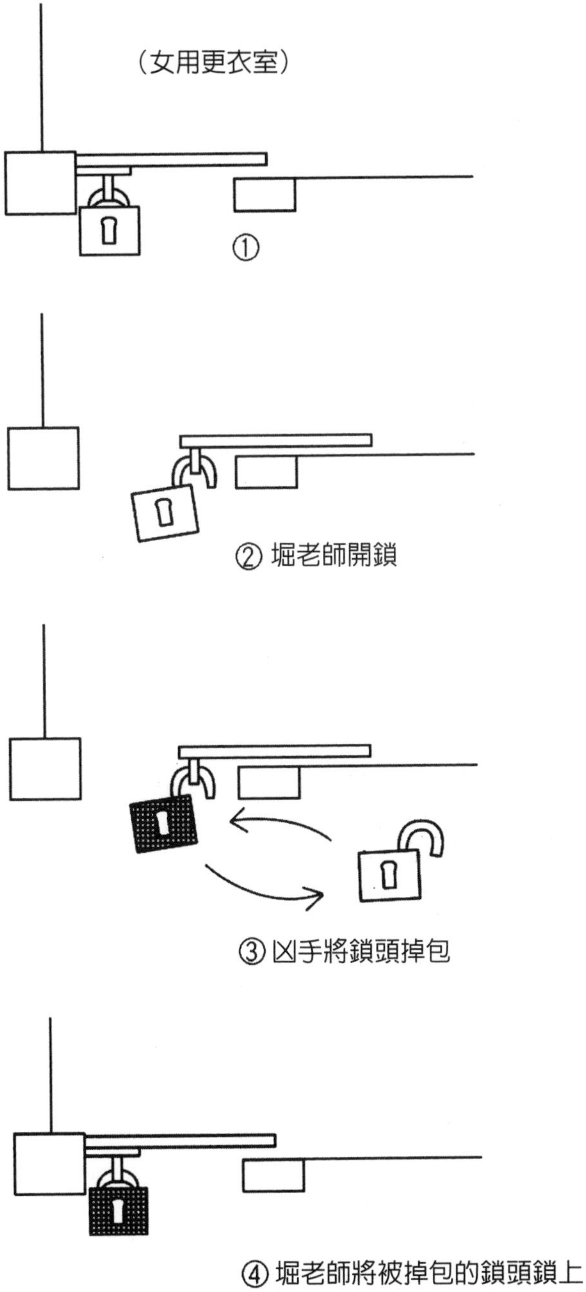
（女用更衣室）
①
② 堀老師開鎖
③ 凶手將鎖頭掉包
④ 堀老師將被掉包的鎖頭鎖上

「原來是這樣子！」聽完說明後的堀老師發出讚嘆，但馬上又露出失望的表情說，「因爲我習慣將打開的鎖頭掛在門邊，結果卻被凶手給利用了。」

大概她覺得自己也該負一部分的責任吧。

「應該是吧，所以說凶手應該是知道堀老師有那種習慣的人。」雅美頗有自信地宣布。

「妳是怎麼知道的？」問話的人是大谷。儘管被業餘偵探給搶了先機，他的語氣顯得相當平靜。

雅美態度凜然地看著刑警，嘴角還帶著微笑，神色自若地回答，「我本來也不知道，是剛才才想通的。只是我相信堀老師應該是有這種習慣吧，不然的話也無法解開密室之謎。」

「原來如此，果然跟神仙一樣厲害！」說完這句諷刺味很濃的話後，大谷又問，「那之後凶手又是怎麼行動？」

「之後就簡單了。」雅美說著，拿出另一把鑰匙打開掛在門上的鎖頭。

「像這樣打開鎖頭後，我想凶手應該是在男更衣室和村橋老師見面，順利騙老師喝下毒藥後，將木棍頂在門後面，翻過隔牆從女更衣室的門出去的吧。當然這時……」這時又拿出另一個鎖頭，「再鎖上原來的鎖頭，這麼一來就構成完美的密室了。」

北条雅美一副「我表現得不錯吧。」的神情看著大家。經她這麼一說，就知道這不過是很單純的詭計；可是換成我，就算三天三夜也想不出來吧。

「各位有什麼問題嗎？」她問。

我舉手發問，「妳的推理很不錯，但是有沒有證據能證明是眞的？」

雅美很冷靜地回答：

「我沒有證據。不過剛剛我也說過，除此之外應該無法解開謎底。既然找不到其他解答，將這個當作正確答案，不也理所當然嗎？」

可是……我正要反駁時，大谷意外地阻止了我。他從旁插嘴說，「雖然沒有證據，但有跡可循。」

包含我，連雅美也很吃驚地看著他。他平心靜氣地解釋，「堀老師不是說過嗎？那天有一部分的置物櫃溼了不能用。」

堀老師沉默地點點頭，我也記得有這麼一回事。

「那一部分的置物櫃就位在入口附近。因此堀老師表示自己不得已才改用裡面的置物櫃，事實上這就是凶手動的手腳。換句話說，堀老師使用入口附近的置物櫃，或者說堀老師站在入口附近，對凶手而言很不方便。你們知道爲什麼嗎？」

大谷依序看著我們每一個人，就像等待學生作答時的老師一樣。

「我知道，因爲凶手不希望在換鎖頭時被看見。」果然還是北条雅美來回答。她這麼一說，我們才都恍然大悟。

「沒錯。就是有這個根據，我才認爲妳的推理是正確的。」大谷的這番反應，令我有些意外，我以爲他一定會出言反駁。

「既然可以接受我的推理……」雅美恢復嚴肅的表情說，「那就表示高原同學有不在場證明嘍。」

「當然，妳說的沒錯。」大谷表情嚴峻地回答。

可是我不懂兩人在說些什麼。密室和不在場證明有什麼關係？大谷為什麼會說出「當然」二字？

「剛放學的那一段時間，凶手應該沒有不在場證明。」雅美對著包含我在內一頭霧水的眾人開始說明，「因為要設下這個密室詭計，必須一下課就躲在更衣室附近等待堀老師到來。可是高原同學……」

雅美看著從剛才就一直保持沉默，站在我們後方的高原陽子。她彷彿在聽著跟自己毫無相關的話題一樣，面無表情地直視雅美。

「高原同學說那一天她放學後便直接回家了，而且還跟鄰居的老夫婦打過招呼。」

「沒錯。」一種壓抑感情的說話聲從大谷口中冒出，「因此高原同學的不在場證明成立了。可是……」

他嚴厲的目光對著雅美說，「這僅限於北条同學的推理是正確的情況下。當然，我承認她的推理很具有說服力，不過北条同學似乎斷定這個案件是單獨犯案。」

「也有共犯的可能性嗎？」我不禁開口問。

「不能說完全沒有。調查會議上確實認為單獨犯案的可能性比較高，因為交情再怎麼好也不會幫忙殺人吧。然而那只是我們根據常識所下的結論，倒是……」大谷將視線移向陽子，「調查至目前爲止，我們也不認爲高原同學有那種朋友。就這個意義而言，我必須就之前對她的諸多失禮之處表示抱歉。」

他的語氣還是跟以前一樣強硬，但我能感受出他眼中含有某種程度的誠意。而且我也相信大谷在還沒聽到雅美的說明之前，就已經解開密室之謎，所以今天才親自過來確認推理的正確性和陽子的不在場證明。證據就是當他聽了雅美的說法後，完全看不出心情有任何動搖，反而還能當場提出「溼掉的置物櫃」來幫忙佐證。

「問題是誰將鎖頭給掉包了？」大谷冷冷地丟出問題。這時在場眾人的腦海中肯定又浮現出新的凶手人選。

而高原陽子仍是沉默不語。

2

北条雅美解開密室之謎的那天放學後，我沒有出席社團練習，決定直接回家。因爲現在消息已經傳得滿天飛，說不定社員正等著問我詳情。我覺得很煩，更何況從今天起爲了籌備運動會，練習時間也提前結束了。

在前往S車站的路上，我發現回家的學生不是很多。果然是因爲運動會在即，學生都留在學校練習或是製作道具吧。

到達S車站，當我一如往常正準備出示月票穿越剪票口時，隨意看了一下賣票處，不禁嚇了一跳，因爲我居然看到大谷的身影。他一邊看著價目表，一邊站在自動售票機前排隊。我等他買好票穿過剪票口後才出聲打招呼。

「你好。」他一邊舉起手回應一邊走過來。

「剛才麻煩你了，要回家嗎？」

「是，今天有點……你一直在學校待到現在嗎？」

「嗯，因爲還要調查一些事情，不過也沒什麼大不了的就是了。」大谷的語氣雖然不是很沉重，但是少了一貫的辛辣。或許是因爲視爲頭號嫌犯的高原陽子不在場證明確實成立，他覺得白忙一場吧。

大谷和我走向同一個月台。問過之後，才知道我們有一小段是同路。

「不過我今天眞的是被打敗了，沒想到居然讓學生來幫我解謎。」他慢慢走在月台上時這麼說，還故意抓一下頭。我乾脆直接挑明早已看穿他的假戲，問說，「你是什麼時候就看破那個詭計的？」

他大概也聽懂了，黝黑臉上的笑容頓時消失，卻也不再說些什麼。我們就這樣沉默地坐在月台最旁邊的長椅上。

良久，大谷終於開口，「我之前不是給你看過照片嗎？就是掉落在更衣室旁的小鐵圈。最近我們才發現那是幹什麼用的。」

「啊……」他這麼一說我才想起來，當時並沒有放在心上。

「那是幹什麼用的？」我開口問。

大谷笑得很詭異，表情有點假。

「不是有句俗話說『燈塔照遠不照近』嗎？其實解開謎底的是追查備分鑰匙的調查員。剛買來的鎖頭，包裝袋裡會附有鑰匙吧。有些廠牌的鎖頭，鑰匙上面會附加小型的鑰匙圈，起初我們以爲沒有關係。直到看見包裝袋上強調『附鑰匙圈』時，才想到原來如此。」

「你是說那個鐵圈嗎？」

大谷點點頭說：

「問題是那個鎖頭。我們仔細調查後發現，原來跟更衣室所用的是同一種。於是我們猜測，應該是某人準備了相同的鎖頭，但又是爲什麼……很自然就有人想到可能是爲了掉包用的。只要換上跟原來一模一樣的鎖頭，接下來就能讓凶手隨心所欲了。可是凶手又是如何掉包的？推理到了這裡便進行不下去，就差這臨門一腳，卻也讓我們頭痛很久。好不容易才想到如果只是更換鎖頭，那凶手有什麼樣的機會？」

「也就是……堀老師利用更衣室的時候？」

「沒錯。當然那要看堀老師如何處理打開的鎖頭而定，這項推理很有可能也會失敗。但我和北条同學一樣，都很有自信。」

「都是神來之筆吧。」我說。

大谷苦笑說：

「沒有那麼神啦，我們也是想破了頭，而且我們手邊還有很多資訊。」

「資訊？」

他點點頭說：

「比方說女更衣室的一部分置物櫃是溼的，還有鎖頭的鑑識報告。畢竟我們也以專業手法調查過那間更衣室。就算無法憑那些資料找出解開密室之謎的線索，至少也能推翻許多錯誤的推理。從各種角度限定凶手的行動與犯案狀況，自然能掌握一定程度的輪廓。」

這麼說來，當我詢問有沒有可能從外面將棍子卡在門內時，大谷當場就能反駁。我還記得當時很讚嘆他不愧是當刑警的。聽我這麼說，大谷滿不在乎地表示：

「關於頂門棍，我們一開始就先調查了。此外對於各種密室詭計的可能性，也在調查會議上進行了很多討論。」

「什麼，還有很多其他方法嗎？」

我還以爲自己想破了頭，結果只想出其中的一種。

「其中不乏異想天開的想法，有的也頗具說服力。首先是自殺說。也就是村橋老師自己把自己鎖在密室裡服毒自殺。也有人換個角度，認爲他並不是自殺，而是喝下了不知道有毒的果汁。」

這個我也想過。只是想不透村橋老師何必頂住更衣室的門，躲在裡面喝果汁？

「沒錯，許多人都假設頂門棍是村橋老師自己架上去的，理由卻是個大問號。有人說是凶手逼的……似乎也不太合理。」

大谷說完後，傳來電車即將到站的廣播。我們先暫停聊天，起身等待電車滑進月台。走進車廂，剛好看見兩個相連的空位。

坐下後，我看了一下周遭才壓低聲音問，「你們還想到其他什麼詭計？」

「當然就是備分鑰匙。另外還有機械手法，也就是從外面將棍子卡在門內的方法。如你之前說的，從門縫拉線的做法，也有人提到可否透過通風口犯案。問題是那種長度的木棍，不論是透過哪種方法都無法遠距離操作。」

上次大谷已經解釋過，要將超過必要長度的木棍卡在門後需要非常大的力氣。

「整個篩選下來，最後只剩下利用某種方法從女更衣室的入口進去是唯一可行的辦法。你知道要歸納出一個結論，中間要經過許多的迂迴曲折。但是……」大谷說到這裡，猶豫地停了下來。這不太像是他的沉默方式，通常他總是停下來等待我的反應。

「但是什麼？」我開口問。大谷瞬間露出困惑的神情，立刻又恢復原來表情地回答，「北条雅美解開了密室之謎這件事本身比較令我擔心。如果說她只是剛好解開謎底也就算了……」

我了解大谷想說些什麼，亦即他對北条雅美起了疑心。說得也是，有時爲了混淆警方的辦案方向，眞凶很可能故意親自出面說明詭計。這個男人不愧是個刑警，我再次感到敬佩。

「眞要懷疑起來，會沒完沒了的。」但是大谷卻一語帶過，「不過北条同學有不在場證明。

那一天放學後她一直在練習劍道，其實我剛才就是在調查這一點。」

「原來如此。」我一邊點頭一邊想著，恐怕這個男人在調查初期也曾懷疑過我。因爲如果我是凶手，小惠是共犯的話，那麼一開始就不存在任何密室了。只是大谷完全沒有表現出來。這個男人還眞是厲害，一開始就先確認過我的不在場證明，確定我並非凶手。還好大家都知道，那一天我和小惠都參加了社團訓練。

「有一件事我實在想不通。」

雙手盤胸、閉上眼睛的大谷，姿勢不變地反問我，「什麼事？」

「就是氰酸鉀，難道不能從得手管道找出凶手嗎？像是高原陽子，你不是說她有管道嗎？」

例如可以從學生家長的職業開始查起。因爲我認爲可以輕易得手的，通常都跟家長的職業有關係。聽了我的意見，大谷說，「家裡開鍍金工廠或修車廠的學生，的確很容易拿到氰酸鉀。這方面我們也還在調查中，可是目前還沒有這方面的線索。不過就個人的意見，我不認爲從氰酸鉀的取得管道可以找出凶手。」

「爲什麼？」

「這只是我的直覺，所以不一定準。只是我認爲這次的凶手是屬於冷靜思考的類型。殺人手段使用氰酸鉀，很可能是讓對方無法抵抗或是有其他不得不理由；但我認爲這次的凶手是因爲相信使用氰酸鉀不會產生破綻。換句話說，我猜測凶手可能是因爲某種特殊原因，恰巧拿到氰酸鉀。」

大谷的意思是，偶然是無從查起的。

「可是我想解開密室之謎後，應該也能縮小不少嫌犯的範圍。就像剛才北条說的，那個詭計是因爲凶手知道堀老師的開鎖習慣，也就是凶手事先知道堀老師習慣將打開的鎖頭掛在門邊的金屬環上，才會想到這個手法。因此放學後老是留在學校的學生，也就是參加社團的學生最可疑。」

大谷知道我是社團顧問，所以故意開玩笑地閒話家常。只是今天的語氣中，少了等著看我有什麼反應的調侃意味。

「所以說從明天起你會鎖定社團學生進行調查？」

「原則上是的，雖然如此……」說到這裡，大谷便沉默不語。我可以理解他的意思是不能再多說了，也可以說他的想法還沒有成熟到可以公開說明的程度。

證據就是在他早我幾站下車前，他始終都是雙手盤胸若有所思的樣子。

3

九月二十日，一早便下著雨。大概是雨聲吵醒了我，我比平常還早十分鐘起床。

早餐時，還聽到裕美子說，「你以後要是能這麼早起，我就方便多了。」

看了報紙，還是沒有村橋案子的報導。對當事人而言或許是重大事件，但對局外人來說不過就是社會新聞中的一小篇報導。就連我們學校不也都逐漸恢復成事發之前的平靜狀態了嗎？

我吃著吐司麵包，闔上報紙。

「對了，最近超市的工作怎麼樣？應該習慣了吧？」聽到我這麼一問，裕美子不太自信地回答，「嗯，還可以。」

今年春天起，她開始到附近的超市工作。倒也不是家裡的經濟有問題，而是她在家裡沒事做覺得很無聊，我答應了她的希望。因爲是負責收銀，不會累得耽誤家事，她最近的臉色甚至還比以前好。

只不過我發現自從上班以來，她的衣服和飾品也多了起來，大概是手頭比較寬裕了。可是她的個性不像會做這種事，所以我感到十分意外。

畢竟也不是擺明著奢華浪費，我決定什麼都不說。

「不要太勉強自己，反正家裡也不靠妳的薪水。」

「我知道。」裕美子小聲回答。

只是搭乘比平常早一班的電車，車廂裡的擁擠程度竟是天壤之別。我在想是否今後都該這麼早起床，早晨的五分鐘幾乎可抵過白天的三十分鐘。

一到達S站，對面月台也進站的電車瞬間吐出了大批高中女生，和學生集團一起來到車站出口時，有人拍我後背。

「怎麼這麼早呀，發生什麼事了嗎？」

一聽聲音就知道是誰，但我還是轉過頭回答，「小惠，妳也搭那班電車呀，還眞是早起。」

這麼說來，三年來我倒是從來沒有在早上的車站遇過她。

「早起的鳥兒有蟲吃。對了，昨天有什麼事嗎？爲什麼沒來社團？」小惠大聲指責，引得周遭有兩、三人朝我們看。我感受著那些視線，反問她，「是有些事……對了，昨天關於那個案子有什麼新的傳聞嗎？」

「傳聞？我不知道，什麼傳聞？」小惠驚訝地皺起了眉頭。

「在這裡不方便說……」我推著小惠的背往剪票口移動。雨依然下著。女學生撐起了彩色的雨傘行列往學校行進，我和小惠也混在她們之間前進。

我告訴小惠昨天的解謎經過，還以爲這件事早已經成爲話題，其實也還好。

「眞的嗎？北条同學解開了密室之謎？好厲害，不愧是第一名的才女。」聽我說完的小惠稱讚北条的同時，轉動著手上的雨傘。

「那刑警也接受她的推理嗎？」

「原則上是……不過在不知道兇手的情況下，都只能算是推理。」

「也就是說還不知道眞兇是誰嘍？」

「沒錯。」說著說著我們抵達了學校。

走進教室大樓，正要前往辦公室時，小惠突然想到什麼似的，驚叫了一聲。她說要準備運動會的事，請我午休時間到社辦一趟。大概又是化妝遊行的事吧，聽到我一臉不耐煩地回答，「好啦，我會去。」她露出了淘氣的笑容。

走進辦公室後，氣氛跟平常似乎沒什麼兩樣。情報站藤本看到我也沒有靠上前來，表示北条雅美解開謎底的消息還沒有傳開。

我安心地坐下，打開抽屜取出原子筆，開始準備第一堂課的教材。因爲要用紅色鉛筆，於是又再打開抽屜，這時我的手停了下來。

是的，昨天我忘了將抽屜上鎖。這兩個星期以來，因爲感覺生命安全遭到威脅，我回去前都一定會鎖好桌子。神出鬼沒的凶手有可能將摻了毒藥的糖果偷偷放在我的抽屜裡；也有可能暗設機關，當我一打開抽屜時就會飛出刀子。總之在心理層面上，我無法讓身邊的東西隨時暴露在外。

可是我昨天確實忘了上鎖，爲什麼？答案很清楚，因爲我已經不像過去那麼神經質吧。

十天前，我走在教室大樓旁邊時，一個花盆掉了下來。素燒陶的碎片和泥土就在眼前飛散開來的光景，至今仍烙印在腦海中。原本茫然的不安也在那一瞬間變成明明白白的恐懼，而且那種恐懼因爲村橋被毒殺而上升到最高點。下一個會不會是我？這樣的想法一直支配著我的心，讓我對破案表現出強烈的企圖心和在意，一點都不像平常的自己。

然而這兩、三天，我不得不承認村橋的案子和我是兩回事。因爲聽了大谷說的話，不但和我毫無關係，自從花盆偷襲以來我也不再感受到生命的危險。

也許眞的是我想太多——我甚至開始如此認爲。

因爲答應了小惠，午休時間一到，我便到射箭社的社辦去。看來雨一時之間還不會停止，我撐起傘，顧不得褲管被濺溼來到社辦時，小惠、加奈江和宮坂惠美已在裡面。
「簡直就像是天空破了洞嘛！」看著我一身溼答答的樣子，小惠如此調侃我。
「看來今天是無法練習了。」
「不過這樣反而能專心準備運動會的事。」說話的人是加奈江。我問她爲什麼，她和小惠對看了一眼回答，「因爲天氣好的話，就會覺得不練習射箭太可惜，結果運動會的準備工作始終沒有進度。」
「準備工作嗎？看來妳們很忙哦。」環視整個社辦後，我可以理解她的說法。室內掛著紅色、藍色布片縫製的鮮豔服裝、像是獅子的布偶頭套等。或許是因爲運動社團的學生不像校慶時的藝文社團有向一般學生突顯自我價值的表演機會，因此才會在運動會的社團對抗表演賽上力求表現。
可是她們還有比賽，還有參加縣際大賽、全國大賽的目標。兩者都很重要，可惜時間太少，所以加奈江的這句話可說是眞實傳達了她們的心聲。
「好好休息一天，專心爲這種事付出努力也不錯。」
「我們可不是在鬆懈喔！」小惠補充說。我能感受到她表達參賽決心的熱忱。
「對了，叫我來有什麼事？肯定又是爲了小丑的裝扮吧。」
「哎呀，哪有時間閒聊呀。惠美，幫我把那個箱子拿過來。」
宮坂惠美聽從小惠的指揮，拿來一個瓦楞紙的小箱子。小惠動作粗魯地打開箱蓋，裡面裝有白色的粉餅和口紅。小惠一一取出來放在桌上，「這些是化妝用品。先用白粉將臉給塗白，連脖子都要塗白，然後用眼影在眼睛畫上十字。接下來用口紅，嘴脣盡可能畫得愈鮮豔愈好，還要超出到臉頰才行，知道嗎？最後是鼻子，只要畫成圓形就可以了。」

一提到化妝，她說話的速度就很快，完全無視我的表情。

「慢點！小惠。」我伸出手擋在她的臉前，「妳是要我自己化妝嗎？」說來眞是丟臉，我嚇得聲音都有些顫抖。

小惠反而開心地說，「我是很想幫忙呀。可是當天我們肯定會忙得抽不出空來，所以老師還是趁今天先練習吧。」

說著還拍了我的肩膀。

「老師，加油哦。」加奈江也拿來手鏡放在我面前，鏡子角落還很愼重地貼上小丑的貼紙，意思是要我化成和那貼紙一樣。

「沒辦法，我只好自己畫了。」我一說完，小惠和加奈江立刻拍拍手。連乖巧的惠美也忍不住笑了起來。

之後的十分鐘，我在鏡子前面艱苦奮戰。塗白粉還好，眼影和口紅我實在用不慣。小惠大概看不過去我在臉上的塗鴉，伸出手來幫忙。

「正式上場那天，你要認眞畫喲。」

小惠熟練地畫出了小丑的眼睛、嘴巴。因爲太熟練了，我不禁有些擔心。

「對了，不如趁現在先拜託老師吧。」看著我的臉慢慢變成小丑，加奈江突然想起什麼事似地站了起來，從鏡子裡我看到她從架子上取出我的射箭用具。

「老師上次不是答應我了嗎？要給我一枝舊箭當作幸運箭。我現在可以拿嗎？」她從箭袋拿出一枝黑色的箭，對著我搖動。

因爲我嘴邊的口紅剛塗到一半，只能微微點點頭作爲回答。

「完成了，還滿適合老師的嘛！」小惠滿意地盤起雙臂。

鏡中的我已經變身成撲克牌中的鬼牌，感覺讓人不太舒服。這口紅給人廉價感的原因，或許就因爲看起來太刺眼了吧。

「不要挑剔了，人家好不容易把老師給畫得認不出來耶！」

我把小惠給惹毛了，其實她說的也沒錯，連我也認不出鏡中的人是自己。

「穿上衣服、戴上帽子，就更完美了。那樣的話，應該不會覺得丟臉了吧？」

「會嗎？好了，我知道怎麼化了，幫我卸妝吧，馬上要上課了。」

「不如就這樣去上課呀。」小惠邊說邊在我臉上塗抹卸妝油，並用面紙擦拭。

「知道化妝的方法了，老師可以自己來吧？」連打底的白粉都卸掉後，小惠再三叮嚀。

「要不然也可以素著一張臉上場呀，老師。」加奈江一邊在我給她的箭桿上，用白色油性筆寫上自己的名字「KANAE」，一邊調侃我。

「反正到時候看著辦吧。」

「眞是靠不住呀。」聽著背後這番感嘆，我走出社辦，正好大雨也暫時停止了。

由於操場上一片泥濘，所以只好繞遠路，改從體育館旁邊回去。體育館走廊下擺滿許多製作到一半，運動會用的吉祥物玩偶。有的已經塗上廣告顏料，幾乎已經完工；也有的組好了骨架，才剛貼上報紙。兩、三年前，還能一眼就看出來仿造的是哪些卡通人物，今年的每一個作品看起來卻都很陌生，令人不得不感嘆年齡的差距。

當我走出體育館，正準備撐傘時，看到了體育館後面一名女學生的身影，不由得停下手邊的動作。我接著撐著傘慢慢走過去。那名學生將花雨傘靠在肩膀上，佇立在那裡動也不動。

上前約十公尺後，我認出了學生是誰，同時她也意識到我走過來而回頭。兩人四目相對時，我不禁停下腳步。

「妳在幹什麼？」

「……」高原陽子沒有回答。看著我的眼神欲言又止，但嘴巴卻閉得跟牡蠣一樣緊。

「妳在看更衣室嗎？」她沉默不語，但我想肯定沒錯。下過雨後，破舊的更衣室看起來就像是褪了色一樣。

「更衣室怎麼了？」我又再問，這一次她有反應了，只是並非回答我的問題，而是眼光低垂地快步離去。彷彿眼中沒有我這個人存在似地走過我的身邊。

「陽子……」我沒有高聲呼喚，而是在嘴裡低喃，她頭也不回地消失在教室大樓裡。

九月二十一日，星期六放學後。

我從辦公室窗口眺望操場，穿著體育服的學生人數似乎比平常還多。簡單畫上白線的兩百公尺跑道上，有好幾組人在練習接棒。從她們跑步的方式就知道不是田徑社的社員，而是一般學生正在爲明天的運動會做最後衝刺。

其中也有小惠的身影。她說明天會參加四百公尺的接力賽。她在國中時打過軟式網球，想來對自己的腳力頗有自信吧。

「前島老師，明天麻煩你了。」

我還想是誰跟我說話？回頭一看，原來是身穿運動服的竹井，露出雪白牙齒對著我笑。

「請不要抱太大的期望，我只是基於奧運精神來湊人數的。」

「哪裡的話，我對你可是十分期待呢。」

我們說的是明天的比賽。因爲有教職員的接力賽，竹井拜託我參加。

「對了，聽說前島老師要扮演小丑？」竹井忍著笑問我，但眼底卻是充滿笑意。

「怎麼連你也知道了？眞是要命，看來這消息已經傳得滿天飛了。」

「是呀，傳得可廣了。大概也沒有學生不知道我要扮演乞丐吧。本來藤本老師扮女裝、堀老師扮兔女郎等，作爲節目的驚喜肯定很有趣，不知道爲什麼大家都知道了。」

「除了有人洩密，還會有什麼原因。」

「我也這麼覺得，這麼一來不就很不好玩了嗎？」竹井說這話的神情倒是顯得很正經。

之後我來到射箭練習場，這裡也忙著爲明天做準備。剛才小惠說「今天恐怕無法練習吧。」果然沒錯。畢竟得以學校的活動爲重，我也認爲那是應該的。突然，我看見練習場的角落豎立著那個酒瓶，也就是我明天的道具。即使在如此寬闊的練習場上，我仍然覺得酒瓶豎立在那裡顯得很突兀。

「不知道裡面有沒有洗乾淨？」我問身旁的加奈江。

她回答當然沒有問題。

我抬頭仰望天空，烏雲密布，天氣有些不太妙；遺憾的是據說明天會是大晴天。

4

九月二十二日，星期日。

令人鬱悶的大雨停了，強烈的陽光照射在操場上，令人想起夏天。耀眼的天空一望無際，冷風乾燥，這是最適合開運動會的天氣了。

我比平常提早三十分鐘到學校，在體育老師更衣室換好衣服後，立刻來到操場。已經有許多學生在操場上忙碌穿梭，她們正在搬運花了一個星期到十天製作的各種吉祥物玩偶，其中還有高達三公尺的巨大玩偶。

另外在操場的各個角落也有許多練習加油動作的啦啦隊，成員大多是二年級生。旁邊還有人在跑步，大概是在練習接力賽的接棒動作。也有人在練習競走，忙著練習兩人三腳、蜈蚣競走的人也不在少數。
「還好放晴了。」
當我站在帳棚下看著跑道發呆時，竹井走了過來，臉上浮現滿足的笑容。搞不好這次最期待運動會的人就是他了。
「說的也是，我本來還很擔心這個季節常會下雨。」
「眞是太好了。」竹井抬頭看著天空不斷點頭說。
田徑社的學生在操場上畫白線，開始最後的整理，忙著暖身的人也紛紛結束練習。
八點三十分一到，所有教職員先到辦公室集合，由松崎宣布注意事項。他尤其強調，不要發生意外事故和別讓學生玩過頭，這兩點根本是老生常談。
八點五十分，鐘聲響起的同時，也開始廣播，集合前五分鐘，所有人到進場處集合。我們老師也走出了辦公室。
幾分鐘後，在塵土飛揚中總數一千兩百人開始進場。整完隊後，一如慣例先是校長致詞。運動員精神、練習成果、團隊精神……盡是這些陳腔濫調，連身爲老師的我聽得都快睡著了。
校長說完後，輪到竹井說明比賽規則，他是這次的裁判長。
比賽分爲八個隊進行。採取縱向編隊，也就是一、二、三年級的A班編爲第一隊、所有B班編爲第二隊，以此類推。目的是爲了加強學生之間的縱向情感聯繫，所以相關的啦啦隊、吉祥物玩偶製作等也以此爲單位分組進行。

將近一半的比賽項目是接力賽、短中距離的賽跑，三成為蜈蚣競走、兩人三腳、跳繩等趣味競賽，剩下的兩成則是跳高等田賽項目和大會舞表演等。總計二十項，每一項必須限定在十分到十五分鐘內完成。

「……所以說，這次的節目相當緊湊，請大家務必要嚴格遵守集合時間。此外進場和散場也要迅速。」竹井說話的聲音顯得幹勁十足。

接下來是大會操。一千兩百名女學生一起柔軟地活動身體，現場爆發的活力令初秋的冷風也跟著溫暖了起來。

體操一結束，廣播立刻要所有學生平均分散至一千兩百公尺的運動場周圍。

「參加一百公尺短跑預賽的選手，立刻到進場門前集合。」

擔任司儀的是運動會執行委員之一，她是二年級的學生，甜美的聲音帶動運動會即將開始的熱絡氣氛。

我坐在帳棚最角落的椅子上眺望學生時，身穿網球服的藤本來到我身邊坐下。

「女學生穿運動短褲的樣子還眞是不錯！」這竟是他說的第一句話，眼睛則盯著進場門的方向。

「網球服不也一樣嗎？」

「你是說運動短裙嗎？那有什麼看頭，這一點還是短褲好呀。」

坐在前面的堀老師回過頭來看了一眼，但藤本卻毫不在意。我眞是愈來愈羨慕這個男人的個性了。

「對了，怎麼樣？已經做好心理準備扮演喝醉酒的小丑嗎？」藤本嘴上這麼問我，視線仍盯著參加一百公尺短跑預賽的選手陸續進場。

我嘆了一口氣，「唉，我早就看開了，決定盡力醜化自己。你呢？聽說你的女裝頗受期待哦。」

「原來前島老師也聽說了？眞是怪了，怎麼會走漏消息？這不是最高機密嗎？」

「到處都有人傳啊，你不也是早就知道我要扮小丑嗎？大家好像也早就開始期待竹井老師的乞丐扮相了。」

「這樣化妝遊行的樂趣不就減半了嗎？」

「竹井老師也是這麼說的。」

閒聊之際，槍聲響起，一百公尺短跑預賽的第一組選手開跑了，同學發出了潰堤般的歡聲。操場上則開始了跳高比賽。青春躍動的肉體，清華女中的運動會正式開始。

預定十點五十五分開始的四百公尺接力賽，由我負責進場門的集合工作。點完名後開始整隊。我看見了排在隊伍後面的小惠，兩人眼神交會時，她對我微微一笑，我的嘴角也跟著稍微鬆開。

「老師參加了什麼項目嗎？」等待上場的空檔，小惠走上前來問我。大膽裸露在短褲之外的大腿線條耀眼奪目，集訓那晚的情景瞬間浮現心頭。

「我只參加了教職員的接力賽，之後就是扮演小丑嘍。」我趕緊將視線從她大腿移開，這麼回答。

「關於遊行，有事要和老師商量，請吃完午飯到社辦一下。」

「社辦？好。」

「一定喲，千萬別忘了。」小惠不放心地再三叮嚀時，司儀宣布四百公尺接力賽開始，於是她又跑進隊伍。

當選手通過進場門時，我對她高喊一聲「加油。」包含小惠的那一組選手全都看著我回答「是。」

小惠那一組最後上場。一個年級有八班，所以預賽分兩次進行。四組人馬，取前兩名進入決賽。

小惠跑最後一棒。接到棒時她那一隊已經名列第二，她成功維持名次。抵達終點後，我看見她對我搖晃紅色接力棒。

十二點十五分，教職員接力賽。藤本展現了他年輕的實力，就算我拚了老命也跑不過他。

「辛苦了。」回到帳棚時，竹井笑著迎接我，他沒有參加接力賽。

「我簡直成了陪襯藤本老師的綠葉了。」

「哪裡，前島老師跑得很好！腳步穩健，寶刀未老。」他說完一堆客氣話後，壓低了聲音，

「對了，我有些話要跟前島老師說可以嗎？」

「嗯……好。」我有些遲疑地點點頭，我們一起走到操場外圍說話。

跑道上正在進行四百公尺接力的決賽，小惠應該也會上場。

聽完竹井說的話，我有些驚訝地看著他曬得黝黑的臉孔。

「你是說眞的嗎？」

「眞的呀。」他露出了淘氣小孩般的笑臉，「反正大家好玩嘛，一年只有一次，有什麼關係？」

「可是……」

「有問題嗎？」

「不是，我想應該不會有什麼問題。」

「既然這樣……」

「會成功嗎？」

「沒問題，包在我身上。」

竹井充滿熱情的語氣讓我不禁苦笑了起來。他的身體沒話說，就連他現在的提議，都讓我覺得青春無敵。被他感染，我答應了，「好吧，我幫你。」

四百公尺接力的決賽，小惠她們好像得到了第二名。一群很不甘心的選手中，只有小惠笑得很高興，邊笑還邊對著我和竹井輕輕舉起右手。

午餐的時間到了。我一樣坐在辦公室裡吃著便當。除了身上的服裝不同外，跟平常沒什麼兩樣，但其他老師的興致卻很高，連話也多了起來。話題多半集中在教職員接力賽時藤本的卓越表現和運動會結束到哪裡喝一杯；倒是沒有人討論哪一隊會獲得總冠軍。

有人提到了化妝遊行，在我旁邊吃飯的藤本問我，「前島老師，聽說你要扮演喝醉酒的小丑，到時候眞的會喝酒嗎？」

「怎麼可能，裡面是水。」

「所以你得拚命灌水嘍？」

「沒辦法呀，劇本是那麼寫的。你問這個幹嘛？」

「沒有，因爲剛才有人提到，所以我順便問問。」

「是嗎……」我也沒有繼續再問下去。

吃完午餐，我按照小惠的吩咐，趕緊前往射箭社社辦。裡面已經來了十幾名社員，正在最後確認服裝和道具。

社辦前面擺著一個一公尺立方的大箱子，外面用顏料塗上鮮豔的色彩，好像是魔術箱之類的。我上前仔細一看，是木頭做的，感覺很堅固。眞不知道她們什麼時候做了這個。

「做得不錯吧，那個箱子。」小惠靠過來說，頭上戴著紙製的黑色大禮帽。從她的裝扮看來，應該是扮演馬戲團團長或是魔術師吧……

「什麼時候做的？」

「昨天。老師不是先回去了嗎？之後請竹井老師幫忙做的。外面貼上紙、塗好顏色已經是傍晚了。」

「那麼這是做什麼用的？」

我一問，小惠立刻嗤之以鼻地反問，「你不知道嗎？」

「就是不知道才問，看起來好像是變魔術用的還是什麼？」

「觀察力不錯嘛！」小惠拍手說，「問題是，你猜什麼東西會從箱子裡跑出來？」

「哦，有東西會跑出來呀。就這個大小來看……」突然間我腦海中閃過一個想法，同時又看到小惠一臉不懷好意的笑容。

「喂，不會吧！」

「沒錯，你想的沒錯！」

「開什麼玩笑，居然想把我塞進箱子裡？」

「是呀。身爲魔術師的我，喊一、二、三之後，扮成小丑的老師就從箱子裡衝出來，肯定會引起轟動的！」

「是哦，當然會引起轟動。」

我雙手盤胸一臉不滿，加奈江和其他學生也笑著圍上來，看來她們的準備工作已經完成得差不多了。

「老師你還是死心，進去箱子裡吧！」加奈江說，「這可是射箭社化妝遊行的壓軸呢。」

我舉起雙手投降，「眞是拿妳們沒辦法。」

「那老師是答應嘍？」小惠探過身來，抬頭看著我。

「沒辦法呀。」所有學生像是贏得團體競賽一樣地高喊「萬歲」，小惠也笑著抓起我的手說：

「好，既然已經下定了決心，那就請進來吧。我來說明流程。」

辦公室裡到處散落著藍的、紅的鮮豔服裝。而且甜甜的粉味也比平常要濃郁許多，大概是因爲她們帶了化妝品來。

角落裡堆積著幾個紙箱，小惠拿起了一個，上面用麥克筆寫著「小丑」兩個字。

「這是扮小丑用的道具。只要有了這個，就能成爲小丑。」

我喃喃自語「我又不想扮小丑。」地打開箱子。首先拿出來的是一件藍底黃圓點的衣服，還有同樣花色的帽子。帽子上面還連著捲曲的黃色毛線，看來連假髮也做出來了。其他還有白粉和口紅，也就是化妝品。

「等到最後一個表演項目大會舞結束，我們就借用一年級的教室開始換裝。這時也請老師自己找地方換裝，然後躲進那個木箱裡。」

一年級的教室大樓在進場門附近，大概是爲了化妝之後的模樣不要太早被人看見吧。

「我自己一個人換裝嗎？」

「老師總不能跟我們一起換衣服吧？雖然我是無所謂。」

小惠拍拍我的肩膀，言下之意是「別再說傻話了。」

「老師你要加油喲。我可是事先讓你練習過化妝的方法了。」

「箱子藏在哪裡？」

「就放在一年級教室的後面，小丑的服裝和酒瓶也會放在裡面。我先說清楚，到時候請老師偷偷爬進去，千萬不要讓別人看見了。」她的語氣似乎要讓我忘記自己是老師的身分。

我已經懶得抗議，只好一臉不情願地回答「知道了。」

下午的活動從一點三十分開始。第一個項目是撐竿跳決賽。接著依序是瑞典接力賽（*）、八百公尺接力。

我決定和小惠、加奈江坐在B隊中看比賽。我跟她們說，「B隊大概能進入前三名吧。」

「老師眞是悠哉，因爲不是導師，所以哪個班獲得優勝也都無所謂吧？」小惠反問。

「話是沒錯。但就算是導師，我想他們對於名次也不太有興趣吧，妳們導師怎麼看？」

「這麼說來，都沒有看到時田人耶！」小惠一說，加奈江也跟著點頭說時田的壞話，「肯定

*又叫異程接力賽跑。以一千六百公尺的距離來說，四名選手依次跑二百公尺、二百公尺、四百公尺和八百公尺的距離。

是在帳棚裡面忙著拍校長、來賓的馬屁吧。」

「不過麻生老師倒是挺熱心的，你們看！」小惠指著啦啦隊的前方，可以看見一顆長髮束在後面的頭，和學生穿著一樣白色的體育服，雖然不顯眼，但的確是麻生恭子。

兩點十五分，開始來賓和教職員參加的借物趣味競賽。規則很簡單，拾起掉落在跑道上的紙片，按照紙上規定尋找某人或取得某樣東西後，再跑回終點。因爲上場的人不必像教職員接力賽跑得那麼辛苦，換言之，是爲上了年紀的來賓和教職員準備的節目。

槍聲響起，教學經驗豐富的老師和家長會委員開始跑步。有的人一看到紙片，就抓著身旁的學生一起跑。也有人大聲喊著自己所需要的東西名稱；還有人發現指定尋找「拖把」，於是一個勁兒地往儲藏室衝。

一場笑鬧過後，接下來是一年級的馴鹿賽跑。比賽方法是一個人坐在輪胎上，再由另外兩個人拉著跑，相當辛苦。

「看，惠美上場了！」順著小惠手指的方向，果然看見惠美坐在輪胎上，由兩個身材高大的學生拖著跑。

她露出雪白的牙齒，笑得天眞無邪，給人清新甜美的印象。

兩點四十五分，在學生教職員障礙賽開始之前，廣播通知所有三年級學生到進場門前集合。因爲要準備最後的表演項目——大會舞。

「輪到妳們粉墨登場了。」我本來想調侃她的，但小惠卻不理會反而叮嚀我：

「好好化妝呀，可別搞砸了！」

「知道啦，不用擔心。」儘管我如此回答，小惠走時還是一臉擔心。

三點一到，三年級學生進場，我同時也站了起來。她們在操場上一字排開後，大會舞的音樂便開始播放。我聽著音樂，快步移動。

到了三點二十分，隨著進行曲的播放，司儀宣布，「終於到了今天的重頭戲，由各社團帶來的化妝遊行。各位知道誰扮演什麼角色嗎？其中也包含了各位熟悉的老師參加演出。」

打頭陣的是幽靈集團、印地安和騎兵隊等隊伍，現場爆出一片笑聲和喝采。果然是很棒的收場節目，將清華女中的操場帶到最高潮。

「接著是馬戲團上場，表演的團體是射箭社。」

華麗的音樂搭配拉炮聲效，一行十幾人服裝特別鮮豔的團體進場了。帶頭的是馴獸師，一個人拿著彩圈讓另一個扮演獅子的人跳過去；然後是穿著緊身衣的三人組，大概是扮雜技團吧，她們做出了踩鋼索、空中飛人等動作。

接下來是魔術師團體，每個人都穿著黑色燕尾服和黑色褲襪，打扮艷麗，臉上還戴著黑色面具，引起全場一片讚嘆聲。

那群魔術師推著一個大魔術箱，那是一個十分平常的木箱。她們似乎也不想用木箱表演什麼，只是滿面笑容地走在跑道上。

當她們走到操場中央時，突然停了下來。一名頭戴黑色禮帽的魔術師拿著手杖來到箱子旁邊。她對著四個方向的觀眾各行一個禮後，慢慢地將手杖高高舉起。

「一、二、三！」

隨著她的口令，箱蓋從裡面向外翻，一個身穿圓點服裝的小丑從箱子裡跳了出來。

這時擴音器裡傳來司儀的聲音，「小丑出現了。各位猜猜看這個小丑會是誰扮演的呢？」

小丑的臉塗白，鼻子和嘴巴抹成紅色，再加上戴著帽子，很難分辨得出是誰。不過仍有少數的學生交頭接耳地說，「前島老師還挺會表演的嘛！」

小丑拿著酒瓶走路，因為劇本設定為「酒醉的小丑」，當然就得走得東倒西歪、搖搖晃晃。演技之細膩，贏得了全場的熱烈鼓掌與歡笑。

頭戴高禮帽的魔術師企圖上前指責喝醉酒的小丑，卻總是抓不到小丑，小丑拿著酒瓶滿場亂竄。

小丑逃到來賓和教職員休息的帳棚前，深深一鞠躬後高高舉起酒瓶，然後慢慢打開瓶蓋，開始在觀眾面前拚命灌酒。滑稽可笑的舉動引得來賓大笑不已。

可是接下來的瞬間，發生了奇怪的事。

將酒瓶塞到嘴裡的小丑，突然當場蹲在地上，而且是抓著自己的喉嚨倒下去，手腳也好像十分痛苦地掙扎扭動。

大家還以為他是在表演。

我也一樣，對於他充滿敬業精神的演出，感到十分敬佩。

扮演魔術師的小惠也笑著走向小丑。小丑的手腳停止扭動，變成全身痙攣。

小惠正準備抓起他的手，就在那時，小惠的臉色大變。她放下小丑的手的同時，也跟著尖叫向後退。

觀眾的笑聲戛然而止。

先我一步衝出去的是藤本。他身穿女裝，樣子很可笑，但這時已不會有人注意到那一點了。

「前島老師，振作點！」

抱起小丑的藤本周遭聚集了一堆人，我也加快腳步加入人群中。

「不，那不是我。」

所有人都看著我，大家都驚訝地看著這個扮成乞丐的人。一旦認出是我後，大家又倒抽了一口氣。

我一邊喘氣一邊大叫，「他是竹井老師！」

第五章

1

兩個男人被殺了。一個是數學老師，一個是體育老師。這是我第二次碰上他人的死亡，而且這一次還是親眼目睹對方死去。

學生當然立刻陷入恐慌，甚至還有人哭了出來。然而令我驚訝的不是有人哭出來，而是有許多學生爭著看屍體。除了一部分的人外，學校要求其他學生趕緊回家，但大部分的人還是不願離開，徒增校方困擾。

大谷刑警的神情比之前都要嚴峻，口吻也很嚴厲。從他指揮部下的方式，不難看出他的焦慮不安，看來他並沒有預料到會發生第二起殺人案。

在來賓用的帳篷底下，不知道是我和大谷的第幾次見面了。不同的是，過去我只是擔任學校和警方之間的溝通管道，現在的我是以和案件關係最深的身分和大谷接觸。

我向大谷簡單說明事件的經過，雖然這不是能夠簡單說清的事，總之我還是試著這麼做，結果他果然露出懷疑的表情。

「你是說竹井老師參加了射箭社的化妝遊行？」

「是。」

「這是爲什麼？」

「我們交換了彼此扮演的角色，本來是由我扮演小丑的。」

然而大谷似乎還是搞不清楚怎麼回事，於是我又告訴他以下的事。

上午教職員接力賽結束後，竹井向我提出了交換角色的要求。

「前島老師，你不覺得如果只是出場丟臉，根本沒有意思嗎？不如讓學生大吃一驚吧。學生都以為扮小丑的人是前島老師，一旦換成是我，她們肯定會很驚訝。」

我對他的提議很感興趣，沒錯，我被他的青春氣息影響了。

交換角色其實很簡單。在三年級的大會舞表演期間，只要竹井扮成小丑，躲進木箱裡就大功告成。妝是我幫他化的，衣服大小也很適合。因為我的臉型、體格都和竹井相似，乍看之下不容易分辨得出來。

原本該由竹井扮演的乞丐就由我接替。弄髒臉，換上破舊衣服，我也一樣輕易地完成變裝，只是想騙過一起出場的田徑社學生恐怕就不容易了。

「前島老師，請你在快進場前先躲起來，只要準時和田徑社學生會合就成了。萬一被認出來就承認吧，但搞不好眞的能騙過她們。」

看來竹井打從心底陶醉在這個遊戲當中。

總之小丑的角色交換進行得很順利，只是我和竹井都不可能料到這個遊戲的結局竟是如此可怕。

聽我說明的時候，大谷不知抽了多少根香菸。也許是受不了我們孩子氣的行為吧，他的臉色不太高興。

「所以說……」他一邊抓頭一邊問，「除了你之外，沒有人知道扮演小丑的，居然是竹井老師嘍？」

「應該是這樣沒錯。」

大谷用力呼出一口氣，然後右臂靠在桌子上，拳頭抵在太陽穴，彷彿想要壓抑頭痛，「這下事情嚴重了，前島老師。」

「我知道。」我試圖平靜回答，但臉頰不由自主地抽動。

大谷低聲說，「如果你說的是事實，那麼今天被算計的就不是竹井老師，而是你了！」

我一邊點頭一邊嚥下口水，喉嚨發出「咕嘟」一聲。

「我實在搞不懂這到底是怎麼一回事？」大谷顯得有些手足無措。

我搖搖頭說，「我也不知道，我不知道……」

我斜眼瞄了一下校長所在的方向，他坐在隔壁帳棚裡，神情恍惚。與其說他不愉快，倒不如說已經茫然若失了。

我決定將之前生命遭到威脅的事告訴大谷。反正當初答應校長說「萬一再發生什麼事就報警。」更何況我現在也無法繼續隱瞞下去了。

「事實上……」我據實以報。差點被人從月台推下去，差點在游泳池淋浴間觸電而死，花盆從頭上掉下來等，我盡可能詳細且客觀地說明。說著說著，再度鮮明地感受到當時的恐懼，連我都不得不佩服自己居然能保持沉默至今。

大谷滿臉驚訝，一聽完我說的話，他壓抑焦躁地責備我，「你爲什麼不早點說？這樣或許就不會有新的犧牲者了。」

「對不起，我以爲是偶然。」我只能如此回答。

「算了，現在說什麼也無濟於事了。總之可以確定的是，凶手的目標是你。接下來我要按順序回溯過去的情況，請回答我的問題。首先是化妝遊行，這是學校的慣例嗎？」

「不是，今年頭一次舉辦。」

我向大谷解釋，運動會最後一向是由各社團推出表演節目，今年決定表演化妝遊行，這項決議是由運動社團社長開會決定的。

「原來如此，那麼你是在什麼時候知道社團的演出內容？」

「我不確定她們是何時決定，我是在一個星期前接到通知的。」

「扮演小丑也是在那個時候知道的嗎？」

「是。」

「演出內容對外是祕密嗎？」

「原則上……」我有些難以啓齒。大谷立刻反問，「原則上？」

「成員應該會跟自己的好朋友提起吧。我要扮演小丑的事其實已經傳遍學校。不只是我，連其他老師扮演什麼，大家都知道……」

結果這就是造成悲劇的原因所在。凶手知道我要扮演小丑，所以才想到在酒瓶裡下毒吧？如果不是因為大家都知道了，竹井也不會提議交換角色。

「我大致了解了，所以說大家都有可能犯案。這麼一來，問題在於是誰下的毒？運動會的時候，那個酒瓶放在哪裡？」

「就在那個箱子裡，箱子則放在一年級教室的後面。至於幾點開始放在那裡的，得問射箭社社員才知道，在那之前應該是在射箭社的社辦裡。」

「所以說下毒的時機有兩個，一個是酒瓶放在社辦的時候，一個是放在教室後面的時候。」

「關於這一點，我注意到一件事。」

我注意到的是酒瓶上面的商標。午休時間我在社辦看到的商標確實是「越乃寒梅」；可是竹井倒臥地上時，滾落在身旁的酒瓶上卻貼著其他商標。也就是說，凶手並非將毒藥摻進酒瓶裡的水，而是事先準備好下了毒的酒瓶，利用機會換了過來。

「也就是說有另一支酒瓶被掉包。」大谷一臉正經地分析，「如果那是事實，酒瓶的掉包應該是在教室後面。關於時間點，我得問問學生。」

然後他用窺探的眼光凝視我，壓低聲音問，「至於動機的部分，你有什麼頭緒嗎？有誰怨恨你嗎？」

眞是單刀直入的問法。刑警似乎會看對象改變問話方式，或許對我不需要拐彎抹角吧。

「我一向很小心，希望不會發生這種事……」接下來該怎麼說，我有些詞窮；結果還是想到什麼就說什麼，「不過大家都有可能在不經意間傷害了某人。」

「噢……老師挺溫柔的嘛。」大谷語帶諷刺，但聽起來並沒有那麼讓人不愉快。接著他移開視線，好像突然想起了什麼。

「你去年是高原陽子的導師吧？」

心臟猛然跳動了一下，但願我的臉色沒有顯露出來。我試圖保持平靜地反問，「她怎麼了？前一個案件她應該等有不在場證明吧，假如北条同學的推理正確的話。」

可是萬一眞是那樣，我的口吻聽起來或許更像是此地無銀三百兩。

「話是沒錯，但她微妙的立場還是沒變。而且你剛剛說她有不在場證明，不過其實也不是很完全，所以這次我們也不能忽略她。她是什麼樣的學生？和你的關係如何？我想聽聽你眞正的想法。」

大谷說得乾脆簡單，速度很慢，雙眼則直視著我，但我內心充滿猶豫與迷惑。高原陽子對我而言，並非什麼特別的學生，只是今年春天她約我去信州旅行時，我在車站放她鴿子後，她看我的眼神顯然跟以前大不相同。與其說是充滿怨恨，其實有時更帶著哀憐的企求。如果我告訴大谷這件事，很可能馬上會跟殺人案牽扯在一塊。可是我不打算說出來，就算她眞的是凶手，我也想自己解決我和她的問題。

「她是我的學生之一，我們之間的關係僅止於此。」我自以爲說得剛正毅然。大谷說聲「是嗎？」便不再追問她的事。

「那麼接下來請問有沒有人不是怨恨你，而是視你爲眼中釘？有沒有人會因爲你的死獲利，或是因爲你活著遭到損失？」

因爲你的死，這句話說得我又緊張了起來。想到自己的生死就在一線間，恐懼不禁油然而生。

沒有那種人——我準備這麼回答，我想趕緊擺脫這個話題。就在這時，腦海中浮現一張臉。那是在這種情況下，會自然浮現的臉。我不知道該不該說出那個名字，但結果還是被大谷看出了我的猶豫。

「你想起了什麼嗎？」

夕陽的反光讓我看不清大谷的表情，肯定是獵犬看見獵物就在眼前的眼神吧。我的心情動搖，根本逃不出他的法眼。我只好放棄掙扎地說，「我只是猜測。」

但他沒有因此退讓，像是催促我說下去地拚命點頭，我偷偷瞄了一下校長後，毅然決然說出那個名字，果然大谷聽了也有些驚訝。

「麻生老師嗎？」

「是的。」我微微點頭。

「那個英文老師嗎，爲什麼？」

要回答刑警的問題，就得提到她和校長兒子的婚事。更麻煩的是，也得說出過去她和我失戀的好友K老師之間的一段。也就是說，知道麻生恭子男性經歷的我，將會造成她錯失乘龍快婿的機會。

「原來如此，所以她是有動機的。」大谷摸著臉上鬍碴，發出唰唰唰的聲音。「只是能否構成殺人的理由就令人存疑了。」

「你說的沒錯，但也不能一概而論。」

還是得看麻生恭子究竟是什麼樣的女人而定，而這一點我當然搞不清楚。

「既然我說出了這件事，我想跟你確認一下一件事。」

我問他，警方是否認爲這次的案件和村橋的案子是同一凶手？不同的答案自然會產生不同的看法。大谷環起雙臂回答我的問題：

「老實說，我還無法立刻下結論。可是根據法醫的說法，竹井老師十之八九是中了氰酸鉀的毒，換句話說跟村橋老師一樣，不能說沒有搭便車的可能性。只是我認爲這次也是同一個凶手的看法應該沒錯。」

還算是合理的推理，應該每個人都會這麼想吧。只是這麼一來，麻生恭子就被排除在嫌疑之外。

「假如麻生老師和村橋老師之間有特殊關係，那麼上次和這次，她的動機都能說得過去。可是當時麻生老師已經有明確的不在場證明了。」

也就是放學後，她一直都待在英語會話社，這還是大谷告訴我的。

「你說的沒錯。」大谷露出苦笑，微微搖頭後，大嘆一口氣，「剛才聽到你提到麻生老師，我馬上就想到那一點。不過聽了你這麼有意思的說法後，我們有再次調查的必要。」

言下之意是想嘗試推翻她的不在場證明。這麼一來，上個案件就不能無視有共犯的假設，只是目前看來可能性還很薄弱。

「你還想到什麼其他的嗎？」大谷問，我搖頭否定。

村橋和我——除了我們都是數學老師外，沒有任何共通點。假如凶手既非陽子也不是麻生恭子的話，該如何找出凶手想殺死我們兩人的理由？我眞想直接請教凶手。

「好吧，假如還有想到什麼，請立刻通知我。」

大概覺得多說只是浪費時間，大谷決定釋放我。我禮貌性回答「我會再想想看的。」其實毫無自信。

下一個被訊問的是小惠。她和大谷談話時，我坐在離他們不遠的椅子上看著，她的臉色很糟，看起來有點冷到的樣子。

我和小惠一起離開學校，是在六點過後。我們遭到報社記者的強力採訪攻勢，從來沒有被那麼多閃光燈攻擊，一時之間眼睛都被照花了。

「老師，有點不妙吧？」小惠一臉嚴肅地說。她似乎想用這句話來改變嚴肅的心情。

「是呀。」我只回答這樣，舌頭便打結了。我甚至無暇多想，實在丟臉。

「老師沒有什麼線索嗎？」

「是啊……」

「只能問凶手嘍？」

「是吧。」

我邊走邊眺望附近的社區窗戶。星期天傍晚正是一家人坐著吃晚餐看電視的時間吧？窗口透露出來的燈光似乎象徵了這種平凡的幸福。爲何我卻得忍受這種事？與其說生氣，我更覺得無奈。

「對了，小惠，刑警先生好像問妳問得很久……」

「是呀，問了我好多。先是問說魔術箱什麼時候從辦公室搬到教室。我回答是在午休一結束後，所以是一點左右吧。」

換句話說，酒瓶被掉包是在下午的比賽期間，根本無法鎖定是哪一段時間。

「還有呢？」

「有誰知道魔術箱就放在一年級的教室後面？」

「原來如此，那妳怎麼回答？」

「當然是射箭社社員。還有使用一年級教室準備換裝的其他社團的人也可能知道。更重要的是也許有人在搬運途中看到了也說不定。」

結果也是無法鎖定焦點，我可以想像大谷聽了小惠的說法，拚命抓頭的樣子。

2

回到公寓是在七點左右。本來運動會結束會和其他老師去喝酒，要到十點過後才會回家。這麼早回來，裕美子應該很驚訝吧。而且知道原因後，肯定會有多十倍的驚訝。

按了門鈴後，我等了一段時間，這種事倒是很少有。我心想她可能不在家，正在掏口袋裡的鑰匙時，聽見了「喀擦」的開鎖聲。

「你回來了呀，怎麼這麼早？」

裕美子的臉上有些泛紅。可能是因爲光線的關係，但我確實聽見她的喘息聲。

「是呀。」

我不想在玄關就給她刺激。我在電車裡也想過該在哪裡說出今天的事？結果沒有想到什麼好主意，就這樣踏進屋裡。

我一邊脫去上衣，不經意地看著邊桌上的電話，不禁納悶了一下，聽筒拿了起來，上面蓋的布套也有些凌亂。

「妳在打電話嗎？」我問。

裕美子一邊將我的上衣收進衣櫥裡，一邊反問，「沒有啊，幹嘛這麼問？」

一聽到我說聽筒沒掛好，她慌張地過來收拾好後，難得露出不太高興的語氣回答，「是我白天跟媽講電話啦。你怎麼專注意這種小地方？」

我的確變得相當敏感，就連一向看習慣的室內，也隨時能發現哪裡不太一樣。

說到敏銳的感覺，我也發現此時裕美子的態度有些心不在焉，但我沒有說出口。

裕美子立刻開始準備晚餐。因爲今天本來我會外食，所以她也沒有準備什麼。餐桌上擺出比平常更簡單的菜色。

我看著報紙上的文字，思索著不知道該如何說出今天發生的事，可是不說又不行。等裕美子也坐在餐桌，開始盛飯時，我說，「今天有化妝遊行。」

「你說過了。」她一邊盛味噌湯，一邊敷衍我。

「竹井老師被殺了。」

什麼？裕美子停下了手，睜大眼睛看著我。彷彿一時之間無法理解我在說什麼。

「被殺死了，竹井老師被人下毒了。」我極力壓抑住感情說明。

裕美子忘了眨眼，只是嘴巴不停動著，卻發不出聲音來。

「竹井老師在化妝遊行時扮演小丑，當時他拿起酒瓶喝了裡面的水，毒藥好像就下在水裡。」

「誰會做那種事……」裕美子好不容易才發出聲音這麼問。我搖搖頭，「不知道。警方認爲和殺死村橋老師的應該是同一個凶手。」

「好可怕，會不會還有下一個目標？」裕美子眉頭緊蹙，露出不安的表情。我說出了讓她更害怕的事實。

「下一個就是我。」這句話讓她的表情僵住了。隔著味噌湯和白飯冒出的熱氣，我們看著對方好一陣子，她才終於擔心地開口問，「這是怎麼回事？」

我用力吸了一口氣後說，「本來小丑應該由我扮演的。凶手算計的是我，所以應該還會找機會對我下手吧。」

「我不相信……」裕美子的聲音哽住了。

「是眞的。只有我和竹井老師知道交換扮演小丑的事。當然凶手也……」

我們又陷入沉默中，她看著半空中良久，才用有些充血的眼睛看著我問，「你有什麼線索嗎？」

「沒有，所以才覺得莫名其妙。」

「有沒有怨恨你的學生……」

「我和學生之間應該不至於到怨恨的關係吧。」

腦海中浮現出高原陽子的臉。大谷對於這次的案件，應該也會對她進行特別愼重的調查，或者已經調查過她的不在場證明了。

「所以你打算怎麼辦？」

「什麼怎麼辦？」

「要不要向學校請假？」

「不，目前我還沒有遞假單，我只是決定盡可能不要一個人行動。」

「是嗎……」

我還以爲裕美子會更慌張，她卻顯得相對平靜。然而她接著彷彿陷入沉思一樣盯著自己的手掌，視線卻像是看著遠方。

九月二十三日，星期一，秋分。

不只是國定假日，平常不用去學校的日子，我習慣窩在床上到十點左右，再悠閒地起床、用早餐；但今天我七點半就起床了。

因爲昨晚擔心會失眠，所以喝了不少兌水威士忌，結果反而更亢奮，只記得不斷在床上翻來覆去，到了半夜兩、三點神志才有些模糊，但是天一亮眼睛卻又睜開了。

這種情況下，心情當然很糟。在洗臉檯前梳洗時，也覺得自己臉上毫無生氣。

「今天眞早呀。」原本睡在旁邊的裕美子，不知道什麼時候已經穿好衣服站在那裡。

她的臉上也露出疲倦的樣子，有幾絲頭髮沒有束在後面，更顯得神情憔悴。

我走到門口拿報紙，然後坐在客廳閱讀社會新聞。看到了「小丑被毒殺？」的標題，篇幅倒是比我想的小很多。

內容只是寫了我們昨天回答的證詞，並沒有提到眞正該扮演小丑的人是我，這點必須對媒體保密。

吃著麵包和咖啡、沒什麼對話的無趣早餐時，電話鈴聲響了。裕美子立刻起身，可是在接起電話前，我看見她瞄了一下時鐘。

她很客氣地說了兩、三句話後，捂著聽筒輕聲說，「教務主任打來的。」松崎的聲音跟昨天一樣沒有精神，言語空洞地問候我的狀況後，他說明了來意。

「是這樣子的，家長會的本間先生來電。」

「噢……」

那是一位家長會委員。這種時候，本間先生想說什麼？

「他說昨天在運動會的時候看到了那個酒瓶。」

「他看到什麼樣的酒瓶？」

「本間先生不敢說得很武斷，只是他擔心會不會就是凶手事先準備好下毒的酒瓶。」

「他在哪裡看到的？」

「說是在儲藏室。本間先生參加了借物趣味競賽，接到找拖把的指令，所以去了儲藏室，當時看見裡面有一個酒瓶。」

「……」

如果真的是那個下了毒的酒瓶，酒瓶就是在那之後掉包的，可以縮小犯案的時間範圍。我趁勢追問，「已經通知警方了嗎？」

「不，還沒有，因爲我想應該由前島老師通知比較好。」

換句話說，他是想將跟案件有關的事都推給我。他寧可花時間要我當個傳聲筒，也不願意自己行動，說穿了只是不想惹麻煩上身吧。

「我知道了，我來跟對方聯絡吧。」

聽我這麼一說，松崎彷彿得救般地拚命道謝。我不想浪費時間，問到本間的聯絡方式後，便趕緊掛上電話。

打電話到S警署時，大谷還沒有外出。一聽見我的聲音，他的語氣比昨天開朗，表示自己正要到清華女中。

我將松崎說的話原封不動地告訴他，果如我預期，大谷的反應相當大。

「這是個很重要的線索，應該可以期待案情有相當的進展。」透過電話線可以感受到他語氣中的熱情。

因為大谷表示要立即展開調查，我告訴他本間的聯絡方式。本間是做生意的，接到聯絡的話，隨時都能趕到學校吧。

掛上電話，我跟裕美子說要到學校，她立刻緊張地說，「今天好歹應該待在家裡吧……」

「今天放假，凶手應該不會去學校的。」

我趕忙吞下麵包和咖啡後，立刻準備出門。與其在家無所事事發悶，還是活動一下身體比較好。穿上牛仔褲和運動衣，感覺心情也輕快了起來，已經有多久沒有在假日到學校去？我開始翻閱記憶。

「我傍晚就會回來。」說完正要套上鞋子時，客廳的電話鈴聲又響了。本想讓裕美子去接，我要出門了，可是聽到她說話的方式不禁停下腳步。好像是我家裡打來的。

「大哥打來的。」裕美子果然這麼說，叫住了我。

大哥很難得打電話給我，想也知道他是為了什麼事情。但一拿起話筒聽見大哥粗厚的聲音，不怎麼親切地自說自話，還是有點令人懷念。

他果然是看到了今天早上的報紙。你們學校出了殺人案，你還好吧？媽很擔心你，偶爾也該回來讓她老人家看看。因爲大哥平常不太說話，只說了這些就已經讓我十分感動。但我只回答一句，「你們不用擔心。」

再度走下玄關時，電話鈴聲又響了。我不耐煩地回頭看了一下，因爲裕美子沒有叫住我，便直接開了門走出去。

只是走下公寓的樓梯時，我覺得有些不太對勁。第三通的電話來時，感覺裕美子說話的聲音特別小，小到聽不見。

3

到達學校後，看見停車場上有兩輛警車。另外還有其他車子，說不定也是警方開來的。運動場上不見大谷他們的身影。沾滿塵埃的吉祥物玩偶，彷彿時間靜止般，從昨天起就一直看著天空。

一年級教室的一樓，隱約可見身穿白衣的男人身影，因爲也看到制服警察，我趕緊走了過去。

走到教室大樓的入口，才發現竟然聚集了那麼多人。他們都站在收放掃除用具、操場整地工具的儲藏室門口。在一群強壯的男人中，身材顯得嬌小的家長會委員本間混在其中。

看到我想靠近，一名年輕警察立刻出面阻擋。用「閒雜人等不得進入」的恫嚇眼光看著我，我嚇了一跳。

「前島老師！」

就在這時，大谷從人群中舉起手走出來，今天的他比平常更顯得精力十足。

「辛苦了。」我點頭致意，大谷揮揮手說，「謝謝老師打電話給我。託你的福，看來收穫很大。」

說完露齒一笑，接著在旁邊的洗手檯洗手。

「我已經問過本間先生了。」

大谷開始敘述和本間之間的談話內容，邊說邊用手帕擦乾手。他的手帕很白，令我有些意外。

他們的談話內容跟松崎說的差不多。本間在借物比賽第三組上場，拿到的指定題目是「拖把」。他問身旁支援的學生哪裡有拖把，學生笑著說儲藏室。於是他來到儲藏室打開門一看，立刻發現了要找的東西，只是當時他也注意到放在房間角落的一個紙袋子。本間說「當時我覺得那個紙袋很新。」就好奇地看了一下裡面。裡面裝的是一支酒瓶，裝有兩成滿的液體。本間心想大概是誰的東西吧，拿了拖把就離去，但還是覺得有些奇怪。

「根據節目表，教職員、來賓參加的借物比賽是下午兩點十五分開始的。是否按照預定進行？」大谷看著淡綠色的紙張問我，那是昨天運動會的節目表。

「幾乎都很準時進行。」我回答。

「所以說凶手掉換酒瓶的時間是在兩點十五分以後嘍。對了，儲藏室上鎖嗎？」

「不太……應該說幾乎從不上鎖吧，至少我沒看過上鎖過。」

「原來如此，所以凶手才會想到放在那裡吧？」大谷理解似地不斷點頭，「啊，還有那個原來的酒瓶，被丟棄在距離魔術箱放置地點約幾公尺外的草叢裡。因爲凶手也無法帶著那種東西到處跑吧。」

「指紋呢？」

「有，上面是有一些。不過我想可能是射箭社社員和你的，我不認爲這次的凶手會犯下這種基本錯誤。」

這時一名制服警察從教室大樓走出來呼喚大谷。他沒有回答，而是舉起剛洗好的右手看著我說，「總之爲了不讓第三個犧牲者繼續出現，我會朝這一方面調查下去。先這樣了。」

說完大谷轉身離去。我看著他寬廣的西裝背影，回味著他剛剛說的「第三個犧牲者」。看到調查員開始積極行動，我決定去辦公室。一來是現場沒有我能幫得上忙的地方，二來我也想一個人安靜思考。

辦公室裡沒有其他人，我雖然是抱持假日絕不上班主義的人，不過聽說辦公室隨時都有人，不過今天倒是沒有人想來這裡吧。

我坐在位子上，先拉開抽屜取出昨天的節目表。看來從今天起還是得鎖上這個抽屜吧。

將節目表攤開放在桌子上，我回想著昨日的情景。在學生的汗水和熱氣烘托下的歡樂氣氛，逐漸在我心中蔓延開來，當然不是爲了感慨，才這麼做。

14：15　來賓、教職員借物趣味競賽
14：30　麋鹿賽跑（一年級）
14：45　學生教職員對抗障礙賽
15：00　大會舞（三年級）
15：20　化妝遊行（運動社團）

因爲家長會委員本間參加的是第三組借物趣味競賽，所以在儲藏室發現酒瓶應該是兩點二十分左右。我和竹井爲了變裝前往教室後方的時間，則是在大會舞開始前的三點。換句話說，酒瓶是在這四十分鐘之間被掉包的。

掉包所需的時間——我試著在腦海中重組凶手的行動。到儲藏室要兩分鐘，從儲藏室走到教室大樓要兩分鐘，掉完包將原來的酒瓶丟到草叢裡，裝成若無無事地，回到座位上需要三分鐘，合計是七分鐘。然而我不認爲實際上會進行得如此順利，既不能讓別人看見，還得愼重行動不能留下指紋之類的痕跡，所以凶手爲了小心起見，應該是預備了十五分鐘作案。

接著我試著推測凶手的心理。我認爲凶手看了借物比賽，當然也目睹到本間前往儲藏室拿拖把。這時的心思肯定完全集中在儲藏室裡那個下了毒的酒瓶，因此凶手會不會認爲至少在借物比賽的時候，不要靠近儲藏室比較好？因爲不知道有誰會在什麼時候走進來。

再來，値得注意的一點是，凶手並不知道我的換裝時刻。因爲化妝遊行是三點二十分開始的，凶手只知道換裝會在那之前，至於是五分前還是二十分鐘前就無法得知了。

爲了安全起見，凶手必須在半個小時前，也就是兩點二十五分左右掉包好酒瓶。這是我的推理，不知道是否正確？這麼一來凶手的行動時間只剩下借物比賽結束的兩點三十分到五十分的二十分鐘而已了。所以說……

凶手必須在兩點三十分鑿鹿賽跑開始後便立即行動。反過來說，這段時間內有不在場證明的人就不是凶手。

那麼高原陽子呢？她是三年級，應該參加了三點開始的大會舞。參加比賽的人必須在前一項比賽開始之前，於入場門處集合並接受點名。學生教職員對抗的障礙賽是在兩點四十五分開始，所以她人應該是在入場門附近。只是時間這麼緊湊，無法作爲不在場證明吧。

看著窗外的景色我心想，接下來的事還是得問本人才知道吧。窗外是陰天，不禁令人懷疑昨天的放晴是假的，同時也代表了我現在的心境。

大概是因爲睡眠不足的關係吧，靠在椅子上自然睏了起來。打了一個大哈欠，眼角擠出了淚水。明明身心俱疲，晚上卻難以成眠，眞是諷刺。

發了好一陣子的呆，聽見走廊傳來大步奔走的聲音連忙驚醒。腳步聲在辦公室前停止，一股毫無意義的不安掠過心頭，讓我心生恐懼。

突然門開了，我嚇了一跳。站在門口的是一名制服警察，他看了一下室內後，對我點頭說，「可以麻煩老師幫忙調查嗎？有些事情想請教。」

我看了一眼手表，我來這裡已經超過一個小時了。想的事情並不多，可見我打瞌睡的時間出乎意外地長。我答應後，按著額頭起身。

我被帶到儲藏室旁邊的小會議室裡，那是學生會執行委員開會常用的房間。四邊都是牆壁，除了桌椅之外，空無一物的房間，倒是跟袖子挽起的刑警很協調，幾乎令人忘了這裡是學校。

三名刑警埋首在小會議桌上竊竊私語，一看到我來，除了大谷其他兩名刑警立刻起身出去。留下來的大谷滿臉笑容地迎接我說，「有了一點進展。」

說話的同時指著椅子要我坐下，我坐好後問他，「有什麼進展？」

「就是這個。」大谷從腳邊拿起一個裝在大塑膠袋裡的紙袋。

「是在某個地方發現的。不用說，這就是裝著那個酒瓶的紙袋了。剛才已經讓本間先生確認過了，應該是錯不了的。」

「你說的某個地方是……」

「這個待會兒再說……倒是你對個紙袋有印象嗎？有沒有在哪裡看過誰拿？」

紙袋是白底，上面印有藍色細格子的花紋。中間寫著「I LIKE YOU!!」的小字。對我們的學生來說是有些樸素的花樣。

「我沒有什麼印象。」我搖搖頭，「因爲學校禁止學生帶紙袋到學校。」

「不是的，沒有必要只限定在學生身上。」話雖這麼說，我也沒有注意看別人帶東西的習慣。

「也許問藤本老師比較清楚吧，他對這種事倒是很熟悉。」

「好的，我會再請教他。接下來換個話題，在這棟教室大樓的西側不是有間小屋嗎？」

「你是說體育倉庫嗎？」對於突然轉變話題，我有些困惑。

「沒錯，裡面有欄架、排球等體育用具。不過還有十幾個紙箱，那是要幹什麼用的？」

「紙箱？」反問之後我才想起來，於是回答，「那是用來裝垃圾的紙箱。因爲運動會後總是會產生大量垃圾，所以從今年起準備了紙箱。」

「從今年開始的嗎？學生知道這件事嗎？」

「什麼？」好奇怪的問題。看到我顯得有些遲疑，大谷放慢語速再次問道，「我的意思是，學生都知道體育倉庫裡的紙箱，是要用來當垃圾箱的嗎？」

「應該不知道。如果一開始說學校準備有紙箱，恐怕學生會肆無忌憚地製造垃圾，但也沒有誇張到說要保密。」

「我懂了。問題是這個……」大谷又拿起了那個紙袋說，「其實是在其中一個紙箱裡發現的。爲什麼凶手會丟在那裡？大概是因爲凶手沒有想到紙袋會露出馬腳，只想到盡快能處理掉的場所好丟棄吧，可是教室和辦公室都鎖上了，焚化爐又距離太遠。於是就想到這些要當垃圾箱使用的紙箱——應該是這樣吧？這麼一來，有誰會想到這一點？」

「你是說老師嗎？」說出這話時，我可以感受到自己臉頰僵硬了，同時手心也開始冒汗。

「急於判斷是錯的，我只是認爲應該不是學生幹的。」我想到的是麻生恭子，恐怕大谷也跟我想的一樣。

我試著回想剛才在辦公室推理的犯案時間。根據我外行的推理，犯案時間是在兩點三十分到五十分之間的二十分鐘。這段時間麻生恭子在做什麼？我突然想起她跨越欄架的身影。對了，那是學生和教職員對抗的障礙賽。

「對不起，有沒有昨天的節目表？」看著我陷入沉默卻又突然開口要節目表，大谷顯得有些錯愕，但還是從西裝口袋掏出了淡綠色的節目表給我。

14：45　學生教職員對抗障礙賽

我從節目表抬起頭來，指出這一點給大谷看，「麻生老師兩點四十五分起參加了這項比賽。也就是說，在那之前的麋鹿賽跑開始之前，她應該是在入場門處集合才對。」

大谷對於犯案時刻應該也有一番他的推理，就算和我的推理有出入，應該也懂得我這句話的意思。

「你是說麻生老師不是凶手嘍？」他很愼重地開口。

「應該不可能，至少在現階段。」說完，我心中泛起一股深深的不安。

4

九月二十四日，星期二。

學校簡直就像是發布戒嚴令一般地氣氛緊張。平常總是談天說笑的辦公室裡，大家都像貝殼一樣噤口不言，搞得氣氛很差。這一次連學生也受到打擊，每個教室都很安靜，感覺很不對勁。只有一個人嘴巴動得比平常勤快，就是松崎教務主任。從一早起他桌上的電話就響個不停，也有媒體的來電，但大部分都是學生家長打來的。不知道對方都說了些什麼，總之松崎從頭到尾就是道歉。

在這種情形下，根本無法好好上課。老師幾乎都只是時間一到，就到教室念完課本內容，然後又回到辦公室。

第四堂課結束後，那些刑警又來到學校，更加激化了原本肅殺的氣氛。他們很自然地佔據了會客室，要求某人接受訊問。聽到那個名字，松崎等人大爲震驚，只有我心知肚明，偷偷看著名字的主人——麻生恭子。

因爲突然被點名，她的臉色明顯大變，搖搖晃晃地站起來，就像夢遊者一樣跟在松崎後面。她的動作看起來像是不知被找去的原因茫然若失，看在我眼裡卻是難掩倉皇失措。

其他老師無言地看著她離去後，便開始做出各種揣測，幾乎都是不負責任的中傷，根本不值得一提。只有小田老師的說法讓我有些在意。
小田來到我身邊，用別人聽不見的音量說，「昨天刑警突然來問我事情。」
「刑警去找你嗎？」我很意外地反問。
他點頭說，「他們問了一個很奇怪的問題。問我昨天運動會參加了學生教職員對抗障礙賽，是否跟麻生老師在一起，我說在一起。對方又問在進場門集合時，麻生老師有沒有遲到？我本來想回答沒有注意到那麼小的事情，但仔細一想的確是有那麼一回事。因爲她遲遲不肯出現，我還在想要調整上場的順序。結果她趕上了，也就沒事了……你想這件事會有什麼關係嗎？」
他側著頭露出不解的神情，我只是回答一句，「這個嘛……」
不用說，他的證詞對警方的調查起了很大的作用。昨天和大谷說話時，我們認爲麻生恭子有不在場證明，卻被小田的證詞所推翻，結果就是她今天被刑警訊問了。
她被叫去約過十分鐘，校長也把我找去。我心情沉重地踏進校長室，就看見校長鐵青著臉坐在辦公桌前。
「這是怎麼回事？」他語帶不滿地問我，「爲什麼麻生老師會被帶走？」
「她不是被逮捕，只是被找去訊問。」我回答了，但栗原校長還是難以接受地大搖其頭，
「我不是在跟你玩文字遊戲。我不是交代松崎跟那個叫大谷的刑警說有事找你就行了嗎？你倒是說說看，爲什麼她會被叫去？」
聽得出栗原校長努力克制著怒氣，但從他發紅的臉頰和耳朵，可知他的怒氣已達到頂點。在

這種狀況下，跟他打馬虎眼是不管用的。於是我下定決心說出一切。從麻生恭子是怎麼樣的女人到那個酒瓶被掉包的事。我當然也做好了心理準備，知道栗原校長聽了心情會更不好。

聽我說到一半時，校長雙手抱胸，閉上眼睛。臉上浮現苦澀的表情，身體一動也不動。聽完之後，校長依然保持這個姿勢良久，終於才開口說話，但這時他的怒氣已經消失了。

「總之她是爲了隱藏自己的男性經歷才殺人的？」

「這還不能確定。」

「但她的男性經驗已經不符合我的期待了。」

「……」

「你明明知道卻不說，爲什麼？」

「我不想中傷他人，而且我也不清楚她現在的交友情況。加上校長似乎對她很滿意……」

最後一句話，校長以爲我在諷刺他，表情開始扭曲。

「夠了，你的意思是我沒有看人的眼光。」他恨恨地說出這句話。

「那我告退了。」於是我準備起身離去，我以爲校長要說的就是這件事。然而校長卻制止了我，「等一下，你的想法呢？你也認爲她是凶手嗎？」

「不知道。」這是我的眞心話，並不是對校長見外。「這次的案件，的確對她不利。可是上一次的案件，她擁有確切的不在場證明。刑警對於這一點也很頭痛。」

「不在場證明嗎？」

「還有這次的案件，有許多疑點。爲什麼凶手會採用如此大膽的手法，要在眾目睽睽下殺死小丑，也是一個謎。」

這是我頭一次說出一直放在心上的疑問。凶手如此惡質的犯案方法，讓我無法想像是麻生恭子動的手。反過來說，假如她是凶手的話，應該不會搞得那麼麻煩吧？

「我知道了，總之暫時先觀察一下情況吧。」

校長露出難受的表情，但說出來的話依然不改他的作風。

走出校長室要回辦公室時，我看到學生擠在公布欄前面，我也停下腳步湊上去看。看到公布欄上的告示不禁大吃一驚。上頭是昨天大谷給我看的那個紙袋的照片，照片旁邊寫著下列文字：

「凡是對這個紙袋有印象者，請跟S警署聯絡。」

這也算是一種公開辦案吧？總之兩件殺人案發生在同一學校的情況下，警方這麼做也不奇怪。

我從聚集的學生中，認出認識的人，直接問她們對那個紙袋有沒有印象。她們想了一下，都回答沒有印象。

回到辦公室，我先看了一下麻生恭子的桌子，她不在座位上。我以爲她還在會客室接受調查，卻又發覺她的桌子收拾得很乾淨。我走向藤本，低聲詢問麻生恭子的行蹤。他似乎怕別人聽見，刻意壓低聲音。

「剛剛回來過，然後就直接早退了，好像跟教務主任請假了。」回答後又問，「她剛剛才走出去，你們沒在走廊上碰到嗎？」

「沒有……謝了。」

我道謝後，回到自己座位，動手準備第五堂課所需的教材，然而思緒就是無法跟上。村橋的屍體、竹井的屍體以停格畫面在我腦海中浮現又消失。

我站起來衝出辦公室。穿越走廊時，上課鐘聲似乎響起了，但是我充耳不聞，拚命往校門口衝去。

直到大門口，我才看見麻生恭子的背影。看著她一身藍色長裙的背影即將走出校門，我更加快了腳步。

在她出去的那一瞬間，我出聲叫她，她似乎嚇了一跳，接著停下腳步回過頭時，端正的五官扭曲得相當厲害。

數秒之間，我們就這樣不發一語地對峙著。大概是因爲她找不到話說，我也不清楚自己爲什麼要追上來。

終於她知道要說什麼了。

「有什麼事嗎？」她的語氣意外平靜，也許是努力裝出來的吧。

我開門見山問她，「是妳殺的嗎？」

她彷彿聽到意想不到的話一樣睜大了眼睛，並且好像覺得滑稽似地笑了，只是笑到一半便轉變成扭曲生氣的表情。
「你問這種話不是很可笑嗎？明明是你跟刑警提起我的。」
「對妳而言，我就像是眼中釘，我不過是說出這個事實而已。」
「那麼我現在在這裡跟你說我不是凶手，你會相信嗎？」
看我不知如何回答，她的嘴角扭曲，露出笑容說，「怎麼可能相信呢！那些刑警也是。可恨的是我卻無法為自己的清白作證，我只能安靜等待……」
汩汩流出的淚水讓她無法繼續說下去。這是我頭一次看到她流淚，看著不甘心的淚水沿著她的臉頰滴落，我的心情也跟著動搖了。
「現在我說什麼都沒有用，我也不想說什麼。只是我要忠告你一句話。」麻生恭子轉過身說，「繼續追查我也不會有任何進展的，真相在完全不同的方向。」
她不等我回答便邁開步伐，看著她腳步虛浮地漸行漸遠。
我的情緒依然很不安穩。

5

這一天起學校禁止了所有社團活動。放學時間自然也提前，過了四點半校園內幾乎已看不見學生的蹤影。
在這種狀況下，老師也不方便繼續留下，平常到了六點還很熱鬧的辦公室，很快變得安靜無聲。

只有刑警幹勁十足、到處走動，其中有些人爲了找出線索，拚命在校園內到處嗅聞，一位年輕刑警甚至還翻遍了所有的垃圾桶。

六點一過，我也準備回家。本來想跟大谷打聲招呼，卻看不到他人，或許已經回警署了。

年輕刑警送我到S車站。他的年紀和我差不多，眼光有著異於常人的銳利，讓人覺得他應該經歷過不少危險，相信不久之後他也會擁有跟大谷相同的獵犬般雙眼。

根據那名自稱白石的年輕刑警的說法，麻生恭子的不在場證明似乎無法成立。她雖然參加了學生和教職員對抗的障礙賽，但是正如小田老師所說，集合時間她遲到了，她也解釋了那一段時間的行動，可是既沒有人證，她的說法也很不合理。

「說是去上洗手間，可是去了將近十五分鐘。雖然不能一口咬定有問題，但就是令人在意。」

白石的語氣有些急躁，他似乎完全將麻生恭子當成凶手了，或許是因爲他還年輕吧。

「可是在村橋老師的案件裡，她有不在場證明，不是嗎？」看著自己被夕陽拉長的影子，我提出疑問。

身旁白石的影子則側著頭說，「那就是問題所在。就狀況來說，應該是同一凶手所爲。可是爲了解決這個矛盾，就產生了多數人犯案的假設，於是就有共犯是誰的問題。目前我們的方針是，不管第一個案件的影響，先繼續深入調查第二個案件。」

只要讓麻生恭子認罪，就能解開所有謎底——他的話裡給我這種感覺。或許他是那麼想的，可是我很在意麻生恭子剛才說的話。「眞相是在完全不同的方向」——我認爲這句話聽起來不像是硬掰或是虛晃一招的說辭。那麼「眞相」到底是什麼？麻生恭子知道嗎？

我在S車站前和白石刑警道別，他用洪亮的聲音對我說，「路上小心。」

我在電車裡一一回想截至目前的狀況，重新整理一次。因爲發生太多事，我可能遺落了什麼重點。

首先是進入新學期後，我的生命有了危險。接著是九月十二日，村橋在更衣室被毒殺，而更衣室是密室狀態。高原陽子雖有嫌疑，但缺乏決定性證據，之後更因爲北条雅美解開了密室之謎，她以不可能做到的理由逃過了調查。

然後是九月二十二日，竹井在運動會上代替我被殺。凶手將化妝遊行用的酒瓶換成摻毒藥的酒瓶。根據家長會委員本間的證詞，大幅縮小了犯案時間範圍，而且用來裝毒酒瓶的紙袋被棄置在倉庫紙箱裡。只有老師知道那些紙箱將當作垃圾箱使用，這個原因再加上我的證詞，使得麻生恭子涉嫌重大，這是目前的狀況。

想到這裡，唯一能說的是凶手形象模糊不清。關於村橋的案件，只能說凶手的行動經過縝密的設計，幾乎沒有留下線索。村橋本身的行動也有許多不清楚的地方。相對地，在竹井的案子中，凶手的行動則顯得太複雜。我之所以逃過一劫，完全是因爲運氣太好。而且更令人在意的是，這次的殺人舞台也太過花俏，犯案手法粗糙得容易被一眼看穿。

凶手會是麻生恭子嗎？如果不是，又會是誰？那個人到底看出我和村橋有什麼共通點，而認為我們都該死？

當我沉思之際，猛然回過神來發現電車已靠站，我趕緊跳下車。

出了車站後，天色開始變暗。路上行人也寥寥可數。這附近沒什麼商店，街燈也很少，顯得分外淒清。

繼續往下走後，民宅也變得更少，旁邊是某中小企業的工廠，路的另一邊則是停車場。我看著那些車子，正準備踏上馬路時，突然聽見引擎聲。

聲音從我的背後逐漸接近，我很自然地往路邊靠，想等後面的車子開過……奇怪！通常我是不會這樣子想的。

我首先感到奇怪，同時也納悶，這車晚上經過行人身邊，怎麼一點都不知道減速慢行？

一回過頭我嚇壞了。車頭燈開到最亮的那輛車，竟以猛烈的速度朝向我開來，距離大概我只有幾公尺遠。

我趕緊往旁撲倒，大概只差了零點幾秒，車輪從我腦袋旁邊開過。我馬上站了起來，但對方的動作也很迅速。立刻緊急煞車接著迴轉，再度朝著我快速衝來。因為車頭燈光直射我的眼睛，眼前一片白茫茫。

一時之間，我不知道該向左轉還是向右跑。或許就是因為如此，判斷一延遲，左邊小腹便碰到了後視鏡，頓時一陣劇痛。我當場蹲在地上，但敵人居然沒有迴轉，而是直接加速度倒車，我只好表情扭曲地站起來，按著疼痛的側腹，拚命躲開。

車子倒著開過之後，馬上又發動攻擊。我想看清楚駕駛座，但車燈太強，我無法直視。好不容易才認出車種，完全看不出車上有幾人。

我的腳步蹣跚，就像剛做過激烈運動一樣，再加上側腹部疼痛難耐。旁邊鐵絲網牆沒有盡頭，讓我走投無路，情況不利到了極點。敵人就是想到了這一點，才選在此處下手的吧。

「啊！」我終於搖搖晃晃地跌在地上。車燈即將追上來，來不及了——我陷入絕望。

就在這時，一道黑影介入了我和那輛車之間。一瞬間，我還以爲看到了什麼巨大的野獸。開車的人應該也很驚訝吧，趕緊踩下煞車，將車身打橫，安靜地停在巨獸面前。

我抬頭看著黑影，我以爲的野獸，竟是一輛機車。被車子追殺的我完全沒注意到機車的引擎聲。看到機車騎士後，更是令我驚訝，原來是一身黑色機車裝的高原陽子。

「陽子，妳怎麼會在這裡……」

這時車身打橫的汽車突然發動油門前進。只是這一次不是對著我，而是加速度離去。

「有沒有受傷？」陽子冷靜的聲音和此刻的狀況十分不搭調。我按著側腹站了起來，毫不猶豫地跨坐她後面。

「快追上那車子，拜託。」

我看見在安全帽下她的一雙大眼睛睜得更大了。我知道她想說些什麼，但我用更大的聲音怒吼，「追上去，快點!來不及了。」

這一次她毫不猶豫地踩下油門。

「抓緊！」我想她是說了這句話，背後有股像是被人拉住一樣的加速感，我不禁用力抱住她的腰。

機車撼動著我的下半身，奔馳在夜晚的馬路上。來到大馬路幾百公尺遠後，終於看到剛才那輛車的車尾燈。我們的距離始終無法拉近，可見得對方也是卯足了勁開快車。

「只要塞車，就能追得上。」我聽見安全帽中陽子的叫聲。

偏偏這個時間點車流順暢，汽車快速奔馳在雙線道上。我抱住陽子如綠竹般青春有彈性的腰部，試圖看清楚對方的車牌號碼。然而敵人的車牌上面好像蓋著東西，怎麼也看不清楚。

「對方是一個人。」陽子說。她的意思是駕駛只有一人，但也許其他人躲在車內的陰影裡看不見。

終於前面出現號誌燈，已經轉成黃燈了。太好了——就在我這麼想的瞬間，對方的車根本無視號誌的轉變，硬是闖紅燈穿過十字路口。

我們的機車抵達十字路口時，剛好另一方向的綠燈亮了，眼前許多汽車來回穿梭，已無法看見敵人的車子。

「可惡！真是倒楣。」我恨恨地叫道。

陽子卻平靜地說，「總之我們再直走下去，也許敵人就停在某處休息也說不定。」

號誌燈轉綠後，陽子的機車發出巨大的引擎聲開始前進，我的身體再度被拉向後方。

陽子一股勁兒地向前衝。道路兩邊有許多小路，儘管每次經過都有些猶豫是否該轉彎，但此時已不容許我們猶豫。

機車騎進了汽車專用道路，排氣聲更大了，時速表的指針也迅速上升。

迎面撲來的風，讓我睜不開眼睛。儘管我大喊「一定要追上。」卻懷疑陽子是否能聽見。更何況對方也不見得就在前方。假如能追上，早也該看到對方的車子才對——其實也有些擔心。

因爲我低著頭無法確認詳情，但感覺交通流量似乎相對較小。看著後方漸漸遠去的車燈數量不少，可見得我們的速度超越過許多汽車。

「……」

我聽見陽子好像在說些什麼，於是大聲反問。不久感覺到引擎動力開始減弱。

周遭景色的移動速度減緩，眼睛也能睜開了。

「怎麼了？」

「不行了，只能到這裡。」陽子將車身向左傾，一如被吸進去般地騎進小路。

「爲什麼不行？」

「前面就要上高速公路了。」

「那不正好嗎？這麼一來，哪裡都追得上了。」

「不行，你以爲你這副德行，上得了高速公路嗎？」

聽她這麼一說我才恍然大悟。身穿西裝又沒戴安全帽的我，的確很引人注目。

她也不能把我放在這裡，自己繼續追蹤下去。

「結果不知道是在哪裡被擺脫了。」

雖然我這麼不甘心，陽子依然冷靜地說，「對方開的是CELICA XX，光是這一點就已經是很大的線索了，不是嗎？」

「話是沒錯……可是都已經追到這裡，眞是可惜。」

陽子不理會我的抱怨，騎車轉向歸途。不知不覺間我們已經來到郊外。看著左手邊的田園風光，終於回到方才那條淒清的小路。看在旁人眼中會不會以爲我們是一對情侶在兜風？聞著青草和塵埃的味道，我們奔馳在夜晚的馬路上。有時洗髮精的香味會從安全帽中飄散出來。突然間我意識到她的身體發育成熟，手心不禁開始冒汗。

不知道騎了多久，我提議先休息一下。也許剩下的距離不遠，但我有話想跟她說。陽子沒有回答，只是放慢速度。她選在一座橋上停下，橋下是逐漸乾涸的河川，河川兩邊是綿延不斷的堤防，順著堤防往前看，遠處有明亮的街燈。

我跳下車，雙臂靠在橋欄杆上俯視河水。陽子將機車停在橋邊後，脫下安全帽慢慢走來。幾乎沒有其他車子開過來，只有偶爾會聽見電車開過的隆隆聲，一如回音一樣。

「這是我頭一次搭機車。」我看著河水說，「感覺很棒。」

「……很棒呀。」她來到我身邊，眺望著遠方。我對著她的側臉說，「謝謝妳今天在我危急的時候救了我。如果再晚一點，眞不知後果會如何。只是我必須問妳一件事。」

「老師是想問我爲什麼會出現在那裡吧？」
「沒錯。當然如果妳硬要說那是妳的兜風路線，那我也沒話說。」
陽子聽了大嘆一口氣，一臉正經地說，「老師說話還是那麼愛拐彎抹角。我是有話想跟老師說，所以就在車站等。等的時候一直猶豫該說還是不該說，結果老師出現，又走掉了。於是我就想還是下次再說吧，正要離去時又反悔，決定還是今天說出來好了，就趕著追上去……」
「結果就遇到那種場面了？」
她點點頭。晚風吹拂她的短髮，讓皮膚感覺有些涼意的空氣，意味著秋天已經到了。
「妳要跟我說什麼？」
她好像猶豫了一下，但立刻又下定決心凝視著我的眼睛。
「村橋被殺那一天，不是有人看見我在更衣室附近嗎？我雖然跟警方說，我只是剛好經過，其實不是的。當時我是在跟蹤村橋。」
「跟蹤他？爲什麼……」
「我也說不清楚……」陽子因爲無法按照順序說明複雜的經過，焦急地抓著自己的頭髮，「當時我的確是很恨村橋，恨不得殺死他。那個男人根本不知道胡亂剪我們的頭髮，對我們而言有多麼痛苦！我一直很想報復。結果我想到一個辦法，劇本是讓村橋強暴女學生，也就是那天放學後村橋在教室裡強暴了回來拿學生證的學生，我要讓他貼上強暴犯的標籤。」
「學生證？這麼說來……」

那天高原陽子先回家後，又回到學校。當大谷問起原因時，陽子回答自己是回來拿學生證。原來不是她靈機一動的說詞，而是她事先設定好的一部分劇本。

「我先和村橋約好五點在三年C班的教室見面，當然我也要求他不能跟任何人說這件事。然後我先回家一趟，然後在五點前回到學校。可是在去三年C班的教室前，我看見了村橋。他一副神祕兮兮的樣子走在教室大樓後面。我有點猶豫，但還是跟了上去。我想性侵的舞台也不一定要在教室。不管是什麼地方，只要事情鬧大，讓村橋無法辯駁就行了。」

「那是什麼意思？」我一問，陽子便露出了惡作劇般的笑容，好久沒看到她這種表情了。

「發生性侵案時，如果從村橋西裝口袋裡找出保險套，大家會怎麼想？」

「什麼……」我有點受到衝擊。

「那是我利用午休時間，事前放進去的。一旦被發現，村橋也百口莫辯了吧。」

「原來是這樣……」

這麼一來我才明白那個保險套根本和案件毫無關係。但就是因為保險套，才讓警方對村橋的女性關係起疑，也成了麻生恭子涉案的理由之一。

「結果妳跟蹤他之後，又怎樣了？」

「村橋進去那個更衣室。我繞到後面窺探裡面的情況。因爲無法從通風口偷看，我只能在那下面豎起耳朵偷聽。我聽到了村橋好像在跟別人說話的聲音，但我完全聽不見對方的聲音。之後就變安靜了。」

陽子一時之間身體顫抖，而且表情僵硬，音調也拉高了，「我聽見有人在呻吟，聲音很小，但我確定是呻吟聲。大概有一、兩分鐘吧，我因爲害怕不敢動。之後就聽見門開了又關的聲音，好像有人走了出去。」

我心想那就是殺人的時候，陽子竟然遇上了可怕的一幕。

「我要跟老師說的是接下來的事。」陽子認眞地看著我。

「什麼事？」

「有人從更衣室走出去後不久，我下定決心從通風口偷看，結果……」她停了下來，當然她沒有故弄玄虛的想法。

「結果怎麼樣了？」

「我看見門上頂著棍子。」

「我也是從通風口才看到屍體，所以我了解妳的意思。然後呢？」

聽完我的回覆，陽子只是盯著我問，「老師沒有發覺嗎？」

「沒有發覺什麼？」

陽子這才放慢語速說明，「老師不會很驚訝嗎？我人躲在後面，女更衣室的門是鎖著的。凶手是從男更衣室走出去的，然後再把棍子卡在門後面。」

第六章

1

九月二十五日，星期三。七點起床。

好幾天都睡不著，再加上昨天出了那種事，根本沒辦法讓精神休息。

我坐陽子的車回到攻擊現場，等她回家之後，立刻打附近的公共電話聯絡S警署。十分鐘後大谷他們趕來，勘驗了現場也做了筆錄。

我沒有提起陽子救我的事，自然也沒有說出追蹤劇本，其他則照實稟報。因爲一旦提到她就會被追究她爲什麼也在現場，就不得不說出性侵劇本的事，我不希望她捲入這個案子太深。

大谷問我爲什麼從遭受攻擊到報案之間花了將近四十分鐘？我說因爲想追上對方，所以招了計程車，但當時已經看不到對方的車，漫無目的地東奔西跑浪費許多時間。我覺得有些牽強，不過大谷倒是沒有懷疑，反而很懊惱爲什麼沒有派人跟在我身邊。

現場沒有發現特別線索，大谷說或許能從輪胎痕跡可以查到什麼，再加上我指證對方開的是紅色CELICA XX，已經算是很大的收獲了。

大谷頗有信心地表示，「心急的凶手終於開始露出馬腳了。」

如果眞能因此揪出凶手，那就太好了。

其實讓我神經緊繃還有另一個原因，就是高原陽子說的那句話。

「凶手是從男更衣室走出去的。」

這個證詞具有重大的意義。因爲過去我們都以爲凶手是翻越更衣室裡的隔牆，從女更衣室的門逃跑的。不論是備分鑰匙的可能性還是北条雅美解開的密室之謎，都是基於這個前提才存在的。因此一旦前提被推翻，所有的推理也必須重新來過。

那麼凶手是如何把棍子頂在門後的？不可能是凶手這麼做的。因爲根據陽子的說法，凶手是在村橋停止呻吟後才出去的，大概是爲了確認村橋確實斷氣。

這麼一來就只剩下凶手用某種方式從外面將棍子頂在門內。可是一如大谷刑警所說的，要從外面將那根棍子頂在門內根本是不可能的。

凶手將不可能化爲可能了，究竟是用什麼方法辦到的？我也還沒有跟大谷提過這一點，我還在想有什麼說法能夠不提起陽子而順利帶出新的看法。

「從昨天起你就一直在想事情。」大概是看到早餐桌上我幾次舉起筷子又停下吧，裕美子情緒低落地這麼說。

我沒有跟她說昨天的事，因爲只會徒增她的擔心，只是從我的表情她也察覺出了不對勁，所以問過我好幾次「發生什麼事了嗎？」

「沒有，我沒事。」今天早上我還是如此回答，然後很快放下筷子離開餐桌。

比平常還早到達學校後，我立刻去查看更衣室。這個將近三個星期沒有使用的小屋，看起來就跟原來的儲藏室一樣有些骯髒。

我小心翼翼地打開男更衣室的門，放慢動作走進室內。一股濃厚的霉味衝進鼻子裡。因爲我的移動，也揚起了附近的塵埃。

我站在更衣室中央重新環視周遭。通風口、置物櫃、女更衣室之間的隔牆、出入的門口，透過這些能夠動什麼手腳？不能大動手腳，必須得在短時間內完成，同時是不留痕跡的方法。

「怎麼可能辦得到！」這個謎題困難到我不禁如此自言自語。

第一堂課是三年C班。

我發覺學生這兩天看我的眼光跟過去不一樣。我很難用一句話形容那是什麼樣的視線。好像帶著關心，卻又不像充滿好奇。她們知道了凶手的目標不是竹井而是我，我想她們抬頭看我的視線，應該是在想像我究竟做了什麼讓凶手如此恨我吧？

帶著如坐針氈的感受，我繼續上課，也許是因爲台上台下的心情都很緊繃，課程反而進行得很順利，眞是諷刺。

我出了些應用題讓她們上台練習。看著點名簿，我抬起頭來。

「高原，上來解題。」

「有。」陽子以有些低沉的聲音回答後站了起來。手拿著筆記本直接走到黑板前面，看都不看我一眼，很像她。

看著那白上衣、藍裙的制服背影，只會覺得她是一個平凡的高中女生，很難相信她會穿上騎士裝奔馳在夜晚的高速公路上。

昨天從她口中得知了驚人的事實，等到情緒穩定後我又再度問她，「可是妳爲什麼到現在才願意告訴我？之前妳不是都一直避著我嗎？」

陽子似乎覺得難以回答地轉過頭去，不過馬上又用平板的語氣回答，「我不覺得這有什麼大不了的。只是因爲看到雅美解開密室之謎，刑警和老師都同意她的推理，我覺得隱瞞事實不太好。雅美的錯誤推理讓我的不在場證明得以成立，而且殺死村橋的凶手也不會被捕，我覺得也很好。可是……」

她撥了一下頭髮繼續說，「知道老師的生命有危險後，我開始感到不安。假如我再不說出實話，一直沒抓到凶手，恐怕有一天老師眞的會遇害。」

「可是……」我說不下去了，因爲可是之後要接什麼，我自己也不知道。

「過去我的確是避著老師，因爲老師不肯幫我。你不肯陪我去信州的那天，你知道那一天我是抱著什麼樣的心情，一直在車站等嗎？你怎麼可能知道？因爲對你而言，我不過只是個小鬼罷了。」

陽子對著水面大喊。她的一字一句像針一樣扎著我的心。我實在無法忍受那種心痛，終於發出「對不起」的呻吟。

「可是我還是無法堅持。」陽子的語氣突然又恢復平靜，我驚訝地看著她的側臉。

「一想到老師可能被殺死，我就坐立難安……明明知道這樣子很不爭氣，我還是跳了出來，像個笨蛋一樣，是吧？」

我低著頭思索該說些什麼話對她是最好的，結果還是想不出來，只好繼續保持沉默。

上完課後，松崎找我去，說警方正在調查教職員的私家車，問我知不知道是怎麼回事。因爲怕麻煩就回他說不知道，內心則因爲警方已開始進行調查感到情緒高昂。

下課時間在走廊上遇到了小惠。因爲無法練習，她難得滿臉不高興。

「再加上到處都有眼光凶惡的人走來走去，我實在很不想來上學了。」

她說的是刑警。校內除了追查昨天那輛車的刑警外，另外還有一些刑警則在調查小丑案件的線索。

「一切都是爲了破案，妳就忍耐吧。」說完後我才發現自己的聲音缺乏說服力。破案——眞的會有那一天嗎？

2

九月二十六日，星期四。

聽到麻生恭子被逮捕的消息是在早上進辦公室的路上。我聽到一名學生沿途大喊：

「大消息！大消息！」

我趕緊往辦公室走去。門一開的瞬間，我立即知道謠言並非捏造。

辦公室裡的氣氛很凝重，而且因爲我的進來，空氣更加緊張。所有人都低著頭，茫然地看著桌子。我走向自己的座位時，沒有人出聲。

但是正當我要入座時，就像戳破沉悶的空氣一樣，藤本刻意口齒清晰地問我，「前島老師，你聽說了嗎？」

坐在周遭的幾個人驚訝地動了一下。我則看著藤本回答，「剛剛在走廊上聽到學生說了。」

「原來如此，學生的消息果然很靈通。」他露出苦笑。

「說是被逮捕了……那個學生是這麼說的。」

「不是被逮捕了，而是當成關係人傳喚了。」

「可是……」堀老師從旁插嘴，「實際上不就是逮捕嗎？」

「不對，那樣說太過分了。」

「是嗎？」

「等一下。」我走到藤本身邊，「可不可以說得更詳細點？」

根據藤本的說法，今天一早S警署的大谷就來電要求麻生老師，以關係人身分接受偵訊。當時接電話的是松崎，因爲他太過驚訝而大聲回應，讓在旁的學生聽見了。

「爲什麼突然會變成這樣，目前還不知道。一切都只是我們的想像而已。」因爲藤本都這麼說了，堀老師只好聳聳肩膀。

「可是……她眞的是凶手嗎？」長谷也將椅子轉過來看著我們。

「前島老師，你應該有什麼想法吧？」堀老師問。

看我什麼都沒說，小田老師坐在自己座位上一邊喝茶一邊表示意見，「就算前島老師沒有想法，說不定對方有。畢竟女人這種動物是很會記仇的。」

「哎呀！男人會記仇的也不少。」

就在堀老師說這句話時，松崎打開門走了進來，一臉憔悴，神情虛弱，腳步也顯得蹣跚。鐘聲已經響了，大家似乎都不想開早會，松崎大概也不知道這時候集合大家該說些什麼話吧。栗原校長躲在校長室裡不出來，想來也是苦著一張臉，一根接著一根地猛抽香菸吧。

我走進教室，發現學生的反應跟老師大相逕庭，個個神情活潑地滿臉期待。在她們天馬行空的想像中，似乎已經把我和麻生恭子連結在一起。

而我自己，課根本上得心不在焉，心裡想的盡是，究竟大谷他們以什麼根據，要求麻生恭子接受傳喚？她在第一個案件有不在場證明，大谷又是如何看待這件事？還有前幾天她說的「真相完全在不同的方向」那句話，這些事一直在腦中盤旋，讓我實在無法好好上課。

下課後，我私下去問松崎麻生恭子的事。他臉色不佳地跟我說的內容，大致跟藤本說的差不多。

抱著無法釋懷的心情上了第二、第三堂課。在第四節課途中，小田老師來找我。他在我耳邊低語，刑警又來了。我讓學生自習後，趕緊衝出教室。平常這種時候總會聽到學生在我背後歡呼，但今天不一樣。彷彿全班都在說悄悄話似的，響起了一陣奇妙的轟鳴。

這是第幾次在會客室和大谷見面？

「上課中找你來，眞是不好意思。」灰色西裝，沒有打領帶，典型刑警打扮的大谷低頭表達歉意。身邊還有一名年輕的刑警。

大谷的眼睛充血，臉上浮現油光，這像是抓到嫌犯麻生恭子，調查正如火如荼展開的樣子嗎？

「你知道警方傳喚了麻生老師嗎？」

「知道。」我點點頭，「我以爲可能跟前天汽車攻擊有關……」

「不，你搞錯了。」

看著大谷搖頭，我十分驚訝，「我搞錯了？」

「是的，我們傳喚麻生老師是爲了其他理由。」

「那是什麼理由？」

「請等一下。」

似乎爲了緩和我的情緒，大谷慢慢地從口袋掏出記事本，翻頁的動作也很平靜。

「昨天我們的年輕刑警從學校的焚化爐裡找到一些東西。其實也沒什麼，就是手套，白色的綿布手套。」

因爲警方要調查焚化爐，所以運動會之後都還沒有點火使用過。這麼說來，昨天我的確看到了刑警在裡面翻撿東西。

「找到這個手套，完全是那名刑警的功勞。手套上面沾有少量的顏料。」

「顏料？」

我開始回想這次的案件有什麼東西跟顏料有關？但大谷若無其事地提起：

「你忘了嗎？就是那個魔術箱。」

幾乎就在他提醒的同時，我也想起來了。沒錯，當時那個魔術箱的確上了色。

「可是那也不能確定就是凶手的東西吧？」我提出反駁，「說到白色棉布手套，應該是用在運動會的啦啦隊對抗賽吧，而參加比賽的同學可能在某些時候碰到了魔術箱。」

然而大谷不等我說完便開始搖頭。

「我們詳細調查過那個手套，檢驗出內側沾上的紅色顏料已經乾燥。雖然數量很少，你知道是什麼嗎？」

「紅色顏料……」

我恍然大悟。

「沒錯，就是指甲油，這麼一來就知道不是學生的。當然最近的學生多少也會開始化妝，但是應該不會有人塗上紅色指甲油吧。」

「於是你們就找上麻生老師……」

「昨天晚上我們跟麻生老師借了她目前所使用的指甲油。根據去找她的人的說法，當時她露出不安的神情，於是他們認為應該找對人了……不過這個另當別論。總之和留在手套上的顏料進行比對，得到了完全一致的檢驗報告。所以今天早上才會傳喚麻生老師。」

我大致可以想像大谷如何逼問麻生恭子。首先一定是仔細確認她那一天的所有行動，而她的供述大概不會提到靠近過魔術箱的事實吧。大谷再次確認後拿出了手套，顏料和指甲油——大谷提出了絕對不可能的矛盾，她該如何自圓其說？

「她沒有自圓其說，大概是死心了吧。除了一部分之外，幾乎都承認了。」

麻生恭子認罪了——對我而言這是驚人的結局，但是大谷的語氣卻很平淡。受到他平淡的口吻影響，我也很難有什麼情緒。甚至在這種情況下，我發現大谷依然稱呼她「麻生老師」，似乎有點怪。

「到底是怎麼回事？」我按捺住焦急的心情詢問。

大谷還是跟平常一樣，煞有介事地叼著一根菸，吐出一大口乳白色的煙。

「掉包酒瓶的人是麻生老師，可是企圖殺死你的則是另有其人。」

「哪有……」我吞下了接下來的四個字「那種蠢事」。

既然麻生恭子無意殺我，那她為什麼要掉包酒瓶？

「根據她的說法，是凶手脅迫她的。」

「脅迫？」我反問，「她為什麼非得答應凶手的脅迫？」

大谷聽了抓抓頭說，「接下來的事其實是不能說的，不過因為是你，我就透露一下吧。你以前曾經假設麻生老師和村橋老師之間有男女關係吧？這個假設是對的。他們從今年春天起就一直有關係。」

我想的果然沒錯。

「同時麻生老師也因爲跟栗原校長兒子的婚事，打算結束和村橋老師的關係。這也是想當然耳的事，可是村橋老師卻不答應。麻生老師認爲兩人之間只是大人的遊戲而已，村橋老師卻是認眞的。」

就跟那時候的K老師一樣，我心想，不知道麻生恭子已經傷了多少男人的心？

「尤其是村橋老師擁有某項證據，足以證明自己和麻生老師之間的關係，因此麻生老師不得不想辦法說服他。」

「所謂的『某項證據』是什麼？」

「先聽我說完。聽說村橋老師總是隨身帶著那東西，在更衣室被殺時應該也是。問題是我們在現場並沒有發現那東西。唯一最有可能的頂多就是保險套了，但那並不足以說明兩人的關係。所以這意味著什麼？」

「凶手拿走了？」我小心翼翼回答。

大谷用力點頭說，「應該是吧。當然麻生老師也就緊張了。」

「啊！這麼說來……」

我記得藤本曾經跟我說麻生恭子問了他奇怪的問題。她的確問了村橋有沒有東西被偷。我當時想不通她爲何問那種事，現在總算知道原因了。

聽完我的話，大谷也認同地挺著胸膛說，「這下又多了一項證明麻生老師供述的證據了。」

聽到這裡，我大概也能夠想像後面的發展。換句話說，凶手就是利用那東西威脅她掉包酒瓶。

「麻生老師是在運動會早上，在桌子抽屜裡發現那封威脅信。裡面詳細寫著如何掉包酒瓶，如果不做就要公開從村橋屍體裡找到的東西。我們根據麻生老師的供述，在她房間裡找到那封威脅信。對了，這裡有影印好的信。」

大谷說著，從西裝口袋拿出一張摺疊得很整齊的白紙。攤開來的大小跟一般筆記本一樣，大谷將它放在我面前。

以普通的說法來形容，上面寫滿了類似蚯蚓爬過的難看文字，讓人讀到一半就不想再繼續讀下去。

「可能是用左手寫，或者是右手戴上好幾層的手套寫的吧，這是掩飾筆跡很有效的方法。」看到我皺著眉頭面對那些文字，大谷如此說明。

威脅信的內容如下：

這是威脅信，不准讓其他人看。妳今天必須按照以下的命令行動。

一、隨時注意射箭社社員的行動。她們應該事先會將大小道具從社辦搬往其他地方。注意她們行動的目的是要知道前島的道具之一——酒瓶放在哪裡。

二、準備一副手套，手套在進行「三」的行動時必須戴上。

三、到一年級教室大樓一樓的儲藏室，那裡有一個白色紙袋。確認裡面有一支酒瓶後，立刻拿到事先調查好的地點掉包酒瓶。

四、原來的酒瓶丟到隱密處，但是紙袋需丟到其他地方。

五、以上行動結束後，立即回到原位。這些行動絕對不能被人看見，也不能說出去。如果沒有按照指示行動，妳就會受到制裁。

所謂制裁就是之前從村橋遺物中發現的東西將會公諸於世。爲了提供參考，隨信附上該東西的影本。考慮到妳的將來和立場，最好聽從指示！

「凶手還眞是狡猾多端！」我讀完信抬起頭，大谷嘆了口氣這麼說，「利用別人殺人。如此一來就像是遠距離遙控一樣，很難找到直接的線索。雖然有酒瓶、紙袋和這封威脅信等線索，但仍不具決定性，很難期待可以依此找到凶手。」

而且從這封威脅信的內容來看，我可以感覺到凶手的知識程度很高。不僅沒有錯別字，指示內容也很條條有理。

「凶手到底拿走了什麼東西？現在可以告訴我了吧。」能讓麻生恭子服從脅迫的的東西是什麼？就算我跟這個案件毫無關係，我也很想知道。

可是我的期待落空了，只見大谷搖頭說，「老實說，我們也不知道。一開始我不是說了嗎？麻生老師除了一部分內容外，其他都照實說了。那『一部分』就是那個東西。威脅信上寫著『隨信附上該東西的影本』，可是好像已經被麻生老師處理掉了。」

「可是這麼一來，不就無法全面相信她所說的話嗎？」

當然也不能斷定她所說的都是謊言。

「不，我認爲應該可以相信。因爲前天晚上，你被汽車攻擊時，麻生老師都在家裡，這一點已經確認了。」

「……」

「她確實有不在場證明，因爲那一天我們的人一直在監視她。說到不在場證明，之前我也說過好幾次了，村橋老師的案件她也有明確的不在場證明。而且我們也不認爲那封威脅信是事先準備好的。」

我想起了麻生恭子說的那句話「眞相在別的地方」，原來是這個意思。

「所以說，實際行動的是麻生老師，眞凶卻在別的地方，因此得請你再想想其他有可能涉案的人。」

我無力地搖搖頭。

「關於這一點我完全……我會再想想看的。倒是你們的調查狀況如何了？」

「調查還在進行。」關於這一點他回答得不夠明快。「總之線索實在太少了，我們會盡全力追查。還有，請你今後得多加小心，根據麻生老師的供述，可以知道凶手著急了，近期內一定會再下手吧。」

「我會小心的。」我一本正經地點點頭，「對了……結果麻生老師會怎麼樣？」

「這個問題很難回答。」大谷一臉困惑，「因爲她是被脅迫的，也是無可奈何，當然有酌情考量的可能性。可是明知發出威脅信的人就是殺害村橋老師的凶手，而且對麻生老師而言，你也的確是眼中釘。如此一來，怎麼解釋就很重要了。」

「什麼意思？」問的同時，我已逐漸理解大谷的意思。

「問題在於麻生老師心中是否存在間接故意。不對，在這種情況下是否會更積極，也就是她心中是否存有你死了也好的想法，這一點我們無法判斷。」

聽大谷說明的同時，想到她至少認爲我死了也不足惜，心情不免變得灰暗。

3

九月二十八日，星期六放學後。

學校答應從今天起開放社團的練習。彷彿想釋放出累積至今的活力，年輕的軀體盡情在操場上奔走。各社團的顧問老師也從陰鬱的氣氛解放，露出開朗的神情，射箭社重新開始練習。距離縣際大賽只剩下一個星期，接下來得快馬加鞭地練習才行。

「已經沒有時間讓大家猶豫再三才出箭了，只能做好基本動作，放手一搏。不要想耍小聰明，因爲練習的時候也許行得通，比賽時絕對不管用的。」

好久沒有圍成一圈講話了，小惠的聲音洪亮，顯得很有幹勁。其他社員點頭稱是的表情也呈現出適度的緊張，感覺很好。希望這種氣氛能維持到正式比賽。

「老師，請指示。」小惠訓完話後，對著我說。

所有社員都看著我，我吞了一下口水開始訓話，「大家千萬別忘了自己其實還不行！因爲知道自己不行，才不會在比賽時擔心姿勢好不好看。大家只要不斷想著自己該做些什麼，就不會有壓力和猶豫了。」

「謝謝老師！」所有人齊聲大喊，我有些興奮地臉紅點頭致意。

接下來立即開始例行練習。我還是站在她們後面檢查射箭的動作是否標準。根據小惠的理論，只要我在後面盯著，大家就會感受到跟比賽時一樣的壓力。

練習開始不久，我發覺在射箭靶場旁的弓道靶場附近，有個形跡可疑的男人在看著我們。不過對方倒也不是什麼陌生人，他是S警署的年輕刑警白石。

這兩、三天，我的行動完全在刑警的監視中。有時也會看不到他們，正當我忘了有這麼一回事時，他又出現在我的視線裡。走出公寓後，不管是在通勤路上、校園內，還是回家時候，身邊總會有他們的身影。這麼一來，凶手也無法對我下手吧。

可是警方的調查似乎陷入膠著。白石刑警向我透露，調查CELICA XX的線索也無法找到凶手。當然，我們的學生有上千名，難免會有家人也開同類車種；但調查結果都是跟這個案子毫無關聯的人。假設凶手是學生，就必須有會開車的共犯，這也會讓案情走向死胡同，另外教職員之中都沒有人開那種車。

雖然也公開了藏有該酒瓶的紙袋，但只知道那是到處都有的一般紙袋，根本無法鎖定凶手。這些情況恐怕小心謹慎的凶手早就預想到的。

最讓我擔心的是，刑警對於更衣室的密室仍然維持錯誤的判斷，至今依舊到處詢問鎖店，可見他們認爲凶手是從女更衣室的出入口逃走的。

我還是沒有將高原陽子的話告訴大谷。因爲要說出來就必須連同陽子設計的鬧劇——性侵劇本也得說。陽子並沒有叫我不要說，但我就是說不出口，我想她是因爲我才肯說出來的。她沒有選擇別人，而是選擇了我，想來是下了相當大的決心。我若是隨便告訴別人，等於背叛了她，我已經有一次辜負她期待的前科了。

至少密室之謎我要自己解開——我下定決心。想著這些事時，小惠突然走到我身邊。她留意著白石刑警的方向，露出不同於平常的表情說，「看來我不該勉強老師來參加社團練習的。」

「沒這回事。」

「可是老師很想早點回家吧？」

「去哪裡不都一樣。就是這種時候，我才想留在這裡。只是這個教練有點心不在焉，我才應該道歉。」

小惠聽了輕輕搖頭，面帶微笑說，「我不是說只要老師在這裡就夠了嗎？」

之後我開始認眞觀察社員的射箭姿態，好久沒這麼做了。小惠的發射動作還是很正確，但是身體張開的毛病依然未改，已經變成壞習慣了，但看在她努力挑戰縣際大賽的份上，我也不再多說了。

令人驚訝的是宮坂惠美的進步。之前她柔弱的身體光是拉弓，就會不停顫抖，現在不僅可以拉開弓，而且也很有餘裕地瞄準目標。她的姿勢一直都很標準，所以命中率也提高不少，大概是因爲和小惠搭檔練習吧。

看到她射出的箭命中靶心，我不禁開口叫好。惠美眼光低垂地點點頭。

「宮坂的狀況不錯嘛。」我小聲對著彈道有些偏低的加奈江說。她則是從一年級開始就靠著蠻力亂射。

她一邊擦著大汗一邊說，「就是說。惠美可是利用午休時間主動練習，所以成績愈來愈好。問她有什麼秘訣，都說沒有。」

「那是意志力的問題。因爲自認爲是弓箭手，才能射出那樣的好箭。那是一種財產。」

「我也是那麼想……」

「不要把射箭看得太簡單，不一樣就是不一樣。」我笑著走開。

練習開始後約一個小時，我忽然覺得臉上有溼冷的東西。接著大顆雨滴落下來，操場上浮現許多的黑點。

哎……許多社員發出嘆息，心有不甘地看著天空。我可以理解她們的心情，因爲難得可以一起練習。

「不用管下雨，就算下雨比賽還是照常進行。」小惠嚴厲的聲音飛過來。

她說的沒錯，射箭比賽基本上不會因爲下雨而停止。雖然比賽規則上規定「因雨、霧等導致無法看見箭靶時得以停止比賽。」但那是例外中的例外。

大雨之中身體會變得冰冷、肌肉收縮，所以比平常更需要集中力。而且弓弦一吸收水分，彈力就會銳減，彈道也必須跟著調整，更需要相當的體力和技巧。

一旦下起大雨，大家的實力就一目了然。小惠剛開始雖然稍微失控，但立刻就恢復安定，維持好成績。加奈江的蠻力射箭法不太受到下雨的影響，宮坂惠美的情況也還能維持不錯。至於其他社員則是彈道不穩地亂射一通。

過了一陣子後，看到有人完全射歪，小惠才下令停止。因爲再繼續下去，不僅姿勢不對，也有感冒的可能，所以我也贊成。

換好衣服後，大家又在體育館的角落進行重訓。由於我沒有帶換穿的運動服來，只好換上西裝，然後到體育館看她們練習。

最有效的室內練習就是「空拉弓（不用箭直接用手拉弓的練習）」。就像網球、棒球推崇揮拍（棒）練習一樣，射箭也認爲這是最好的練習法。

我靠在牆壁上看著社員一起練習空拉弓。看了一會兒便跟小惠說我要出去一下。因爲體育館裡還有籃球社、排球社在揮汗練習。她們身上的熱氣醺得我頭昏腦脹身體發燙。

走出門口時，白石刑警正坐在長椅上看報紙，一看到我便立即準備站起來。

「我只是到外面吹吹風而已。」

聽到我開口制止，他沒有起身，但仍目送著我走出去。

雨勢愈來愈大。操場上、教室周圍不見人影，整體就像黑白照片一樣褪了色。我深呼吸一口氣，冰冷的空氣穿過鼻孔。這時我感覺右邊有人，抬頭看了一下。大概是搞錯了，沒有任何人。

對了，那個時候……以前也有過類似的經驗。當時並非我搞錯了，因爲高原陽子就站在那裡。撐著傘的她注視著教職員用的更衣室。如今回想起來，我不禁覺得她對於密室也有自己的想法。當時只有她知道北条雅美的推理錯誤，卻不能對其他人說。

我從傘架上抽出自己的傘，慢慢走進雨中。繞到體育館後面，也跟那天的陽子一樣注視著更衣室。

體育館裡面傳來學生踩踏地板和吆喝的聲音。感覺離這裡好遠，更衣室四周籠罩著安靜的空氣。

該想的我都想過了……

以前不知道已經想過多少次這個問題了。不用女更衣室門而能逃出的方法——甚至連作夢也在思考。我也曾經進去裡面想過，但就是想不出好的答案。

不知道在這裡站了多久，直到背後有股寒氣讓我渾身顫抖，才回過神來。該回去了，想到這裡正要轉身之際，我霎時停下腳步，因爲想起了一件必須趁現在做的事。

我想起了村橋遇害時的情形，我決定重複當時的動作。

我首先伸手開門，門把卻一動也不動，於是我繞到後面從通風口窺探裡面。

對了，我應該跟當時一樣，從通風口查看裡面。

通風口就在我身高剛好可以偷窺的位置。如果是高原陽子的話，就得踮起腳才能勉強看見吧。

我像那天一樣窺探裡面，同樣的塵埃味道撲鼻而來。

微暗中，隱約可見入口的門，腦海中清楚浮現那一天那根頂門木棍的白色影像。

大谷刑警說那根木棍根本不可能從外面卡在門內……

瞬間一道光閃過我的腦海。我們會不會犯下了重大的錯誤？

在那一、兩秒之間，我的記憶力快速翻轉，令我頭昏眼花，感到噁心，但之後立刻想出一個能夠解開密室之謎的大膽推測。

不，不可能的——我搖搖頭。因爲我無法接受違反自己意志所想出來的推測。那是不可能的，我的腦子一定有問題。

我像逃離現場般地衝出去。

4

十月一日，星期二。

午休時間在屋頂——

第四堂課開始前，我和高原陽子在走廊上擦身而過，當時她遞給我的紙條上如此寫著。這是今年春天以來，第二次被她叫出去，當然這一次並非旅行的邀約。學校通常不准學生上到屋頂，因此平常不會有人在那裡，但我聽說很多學生會利用屋頂說悄悄話。

吃完午餐我爬上屋頂時，發現果然有三名學生在角落竊竊私語，一看到我來立刻吐了吐舌頭，趕緊離去。或許因為發現是我，所以她們也放下心吧。

由於沒有看到陽子，我靠在鐵欄杆上眺望整個校園。教室形狀、建築物的排列等一目了然。來此任教以來，我還是頭一次這樣子觀察校園。

「眞不像老師。」後面傳來話聲，嚇了我一跳。回頭一看，身穿藍裙灰外套的陽子就站在眼前。今天是制服換季的日子。

「不像什麼？」我問。

「我說從屋頂眺望校園的樣子，不太像老師會做的事。就算是打發時間，這種興趣也太低級了。」

「不然我該怎麼做才會像我自己？」

陽子稍微側著頭想了一下說，「先到等人不像老師的風格，老師總是讓別人等的，不是嗎？」

我無言以對，只好假裝看著天空。

「有什麼事嗎？」為了掩飾情緒，我故意問道。

她看似很舒服地享受一陣風吹後，梳理頭髮的同時問我，「調查得怎樣了？」

「怎樣……？我也不知道，唯一能確定的是還沒有抓到凶手。」
「那CELICA XX的事情呢？警方有動作嗎？」
「好像調查過了，但是目前還沒有收獲，眞是怪了。」
「之後凶手還有什麼行動嗎？」
「沒有，因爲刑警整天跟在我身邊，凶手也沒有機會吧。」
「總之就是毫無進展嘍？」
「可以這麼說吧。」我朝向天空嘆氣。
過了一會兒，陽子說，「我後來想到了一件事。」她的態度有些遲疑，於是我看著她的側臉問，「想到什麼？」
她先聲明「這不過只是外行人的看法而已。」然後說，「村橋被殺的現場構成了一個密室，可是爲什麼非得是密室不行？」
「嗯。」我明白她要說什麼，因爲我也質疑過。
「單純來想，應該是爲了製造自殺的假象吧。」
「可是思考凶手的行動時，又覺得這樣不太對勁。像是在男女更衣室之間的隔牆上留下翻牆的假象，還弄溼了一部分的女用置物櫃等等。」
「所以凶手目的是爲了誤導警方，好讓他們做出之前那個錯誤的密室解謎嘍？」
「我也是那麼想。」她說得很武斷，「就算凶手再怎麼高明地製造出自殺的假象，最後還是會被警方看穿，所以凶手乾脆製造出其他假象……難道不可能嗎？」

「不，我完全同意。」

我將大谷刑警發現掉落在更衣室旁的小鐵圈，而做出跟北条雅美相同推理的經過告訴陽子，那個小鐵圈也是凶手故意留下來的線索吧。

「問題是爲什麼凶手要留下那個線索？不管是哪種形式，一旦密室之謎破解了，警方就會以殺人案正式展開調查。凶手應該不會喜歡這種結果的。」

「可是在那個時間點，卻能讓凶手處於很有利的立場。」陽子的語氣充滿自信。

「有利？」

「是的。因爲這個線索，可以讓凶手排除在嫌疑之外。」

聽完陽子的說法，我試圖回想北条雅美解開的密室之謎，她是這麼說的：

一、堀老師打開女更衣室的門鎖，進入更衣室（這時打開的鎖就掛在門邊的扣環上）。

二、凶手偷偷靠近門口，將事先準備好的鎖頭拿出來掉包（四點左右）。

三、堀老師走出更衣室時，用假的鎖頭鎖上了門。

四、村橋出現之前，凶手將假的鎖打開，然後到男更衣室犯案（五點左右）。

五、凶手將木棍頂在男更衣室的門內側後，翻牆從女更衣室門離開。

六、女更衣室的門改用原來的鎖頭鎖上。

即使知道這是個錯誤的推理，也覺得這詭計捨去不用眞是可惜，而凶手居然只是用來製造假象，究竟是爲什麼？目的何在？

「老師你想想看，我就是因爲這個錯誤的推理有了不在場證明，那麼凶手不也一樣可以利用這個詭計嗎？」

「妳說的對。」我終於了解她的意思。

原來是爲了製造不在場證明。一旦這個詭計發揮作用，就表示堀老師進入更衣室的三點四十五分左右，凶手必須躲在附近不可，因此凶手沒有這個時間的不在場證明，陽子則有四點時在家裡的不在場證明。

「凶手當時在哪裡其實很明確，這麼做才能躲過警方的追查。」

「反過來說，當時有明確不在場證明的人反而可疑？」

「我是這麼認爲的。」

「的確是很不錯的推理，沒想到原來妳也這麼銳利的眼光！」

我不是奉承陽子。北条雅美和大谷刑警所解開的密室之謎，根本是用來製造不在場證明的計畫。

「我就是因爲這個詭計才有了不在場證明，所以比較容易想到吧。」陽子難得露出了羞澀的模樣。「可是我想警方應該很快也會發現這一點吧。關於村橋被殺時我發現的事，老師告訴刑警了嗎？」她的語氣輕鬆，可是看到我遲於回答，突然語調拉高說，「老師沒說嗎？爲什麼？」

爲了掩飾心虛，我將視線移向遠方，只回答，「沒關係，我有我的想法。」

「什麼沒關係，老師難道不知道我為什麼要說出那些事嗎？」強烈質問之後，她好像這才恍然大悟地點頭說，「原來如此，是不想說出我設計的性侵鬧劇嗎？何必在意，反正別人早就那樣子看我了，重要的是趕緊抓到凶手吧？」

「……」

「為什麼不說話？」

因為我無言以對。我的確一開始沒有告訴警方這件事，是因為不想提起陽子的鬧劇，但是之後又發生了讓我不得不噤口的事情。

就是我或許已經發現密室之謎眞正的解答。

上個星期六，我在雨中發現了解謎的線索，那個瞬間實在太具衝極性。我不斷試著忘記那個想法，可是那個想法一旦在我心中發芽，反而超越我的意志以猛烈的速度生根成長。

我打算自己解決這個事件——當時我如此下定了決心。

陽子納悶地抬頭看著我，大概是因為我一臉痛苦，好不容易說出來的話也斷斷續續，結結巴巴。

「請妳……相信我，我會處理的，同時也拜託妳不要說出去。」

對她而言，這恐怕是個莫名其妙的請求吧。然而她卻不再多問，而是微笑點頭，彷彿答應解救痛苦的我。

這天晚上，大谷前來拜訪。平常鬆開的領口，今天倒是好好繫上領帶。他如此表現誠意的樣子，令人印象深刻。

「因爲剛好來到附近。」大谷強調他沒有特別的意思。

本來他說在門口說完就走，經我說服才一起進到客廳。客廳其實也不過是三坪大的空間，裡面只擺著一張矮几而已。

「眞是舒適的公寓！」大谷說出牽強的客套話。

刑警突然來訪，令裕美子相當不自在。她緊張地端出茶後，顯得有些坐立不安。儘管大谷說「前島太太也可以一起聽。」她還是躲在臥室裡不肯出來。

「你們還沒有小孩嗎？什麼時候結婚的？」

「三年前。」

「所以說也該是時候了，太晚生小孩，會有許多問題哦。」

大谷像是鑑定我的生活品質似地環視屋內，說些無關緊要的話題。還好裕美子不在場，在她面前小孩是禁忌話題。

「請問……今天來有什麼事嗎？」我算是催促地開口詢問。雖然他說沒什麼急事，但還是令人在意。

大谷聽了立刻收拾談笑的心情，重新在椅墊上坐好。

「在進入正題之前，請答應我一件事。我今天不是以刑警的身分，而是以一個普通人的身分來的。因此你老師也不要以被害者的身分，同樣是一個人的身分……不對，可以的話，就以老師的身分回答我的問題。可以嗎？」他的語氣堅定，卻又帶著一絲懇求。我無法理解他的來意，但也沒有拒絕的理由，於是答應了他。

大谷拿起裕美子泡的茶喝了一口，潤潤喉後說，「你認爲高中女生會在什麼時候恨一個人？」

一時之間我還以爲大谷是在開玩笑。可是看他一反平常的謙虛態度，不由得相信他是很認眞提出這個疑問。我有些困惑地回答，「一開口就是困難的問題，很難一語道盡。」

大谷表情有點慌亂地點頭，「說的也是。我只是打個比方，換作是成人的案件，就不會那麼複雜了。社會新聞版面雖然充斥許多案件，但幾乎用情色、慾望、金錢三個原則就能說明一切。然而到了女子高中，這三個原則就不管用了。」

「應該不管用吧。」我立刻回答，「那三項原則根本是離她們生活最遠的存在。」

「既然這樣，那對她們來說，什麼才是最重要的？」

「這個嘛……我也沒有信心能夠說得清楚……」我斟酌著字句慢慢說出下面這段話，說話的同時腦海中還浮現幾個學生的臉孔。

「我想對她們而言，最重要的是美麗、純粹、眞實的事物。有時候可能是友情，有時候則是戀愛，也有的時候是自己的身體、長相。不對，更抽象的常常是自己所重視的回憶和夢想吧。反過來說，她們最討厭的就是有人想破壞或搶奪她們重視的事物。」

「原來如此，美麗、純粹、眞實的事物……嗎？」

大谷端坐著盤起手臂。

「究竟是怎麼回事？你想說些什麼？」

大谷聽了又喝了一口茶，才說明來意，「在那之前請先聽我報告進度吧。今天我來就是想告訴你目前的情況。」他看來很熟悉案件全貌，途中只看了兩、三次記事本。儘管調查進度停滯不前，他還是按照順序敘述。以下是他說話內容的摘要。

有關村橋老師毒殺案件，很遺憾目前仍沒有找到其他證物。唯一的證物就是小金屬圈。那個作案用的鎖頭在任何超市都買得到，因此無法追查到凶手。指紋也是，在更衣室內、門上等處驗出的指紋，除了當天使用更衣室的相關人士之外，其他都太舊，也查不出可能是凶手留下的指紋（當然前提是凶手並非當天使用更衣室的相關人士之一）。此外，調查人員試圖尋找目擊者，也幾乎毫無斬獲。一名女學生在更衣室附近看見高原陽子，之後陽子供述「只是剛好經過。」但沒有經過確認。

既然在物證方面碰到瓶頸，因此大谷改朝動機著力。他很重視村橋是生活輔導組主任的事實，因此徹底清查這三年來以任何形式遭受處分的學生名單。其中發現了高原陽子的名字，並訊問了她（因爲我已經知道，大谷省略了訊問內容）。之後是密室之謎的破解，高原陽子的不在場證明得以成立。根據這項密室詭計，搜查本部推測凶手的條件如下：⑴熟知更衣室狀況和堀老師開鎖的習慣。⑵沒有四點左右（掉包鎖頭的時間）的不在場證明，同時也沒有五點前後（推估村橋老師死亡的時間）不在場證明的人。⑶爲布置詭計，事先準備鎖頭的人。⑷對村橋老師懷恨在心的人。基於以上四點，辦案人員幾乎查遍了清華女中千名以上的學生和教職員，可惜還是沒有找到可疑對象。大谷不願放棄高原陽子有共犯的想法，但這個想法也還無法突破假設的界線。接下來就發生了小丑命案。

關於竹井老師毒殺案件。

因爲在一開始就已經知道凶手的目標是我，因此動機是朝我和村橋的共通點著手。我說出麻生恭子的名字，一番曲折後，發現她被凶手利用的經過，在這裡也不需贅述了。問題是找出眞凶的調查行動。

凶手留下來的物證只有用來掉包的酒瓶、裝酒瓶的紙袋和寫給麻生恭子的威脅信，上面當然都查驗不出指紋。酒瓶、紙袋、用來寫威脅信的紙張等，都是一般市面常見的東西，根本無法從購買管道查出凶手下落。而且這個案件，實際動手的人是麻生恭子，所以也無法追蹤凶手。不過搜查本部的重點是，凶手何時將裝酒瓶的紙袋藏在儲藏室？又在何時將威脅信放進麻生恭子的抽屜裡？儘管針對這兩項進行綿密的調查，結果還是無法獲得嫌疑犯的任何情報。

最後是我被汽車攻擊的事件。

雖然知道車種，但調查起來一樣不輕鬆。首先從清華女中所有學生、教職員的自用車開始查起。教職員中沒有人開這種車；學生中有十五人的家人擁有同型車（因爲是跑車，不適合年長男性駕駛，大谷對數字之少感到意外）。警方調查結果發現十五輛車中，符合我所舉證的「紅色」只有四輛，四輛都有當天晚上的不在場證明（這麼說有點奇怪）。凶手可能是租車或跟朋友借車，目前還在調查中。只是這個案件值得注意的是，凶手會開車，或是有共犯存在。不管是哪一點，都必須重新考慮「學生單獨犯案」的可能性。

大概是說了太久，大谷一口氣喝完剩下的茶。

「不知道是凶手太過狡猾還是我們太差勁，總之我們始終無法拉近和凶手之間的距離。我們進行了這麼多的調查，但幾乎每一條線索都走到死胡同，簡直就像陷入迷宮。」

「難得聽到你說這種喪氣話。」我從廚房拿出熱水瓶，一邊將熱水加進茶壺裡一邊這麼說。

「迷宮」——他這麼形容很貼切。以密室之謎來說就是個好例子，在凶手的誘導下，警方迷失其中，仍在裡面東碰西撞。

「好了，我的開場白說太長了。」大谷看了一下手表，重新坐好，我也跟著挺直腰桿。

「我只是要讓你知道警方盡了最大的努力。只是我們的調查行動缺乏關鍵，所以無法踏出決定性的一步。你知道是什麼嗎？就是動機。關於這一點，不管我們怎麼查就是查不出來。村橋老師的案件，從他的立場來看，倒也不是完全沒有。問題是你，我們也很詳細調查過你的周邊狀況，但就是沒有，完全沒有。除了你很刻意避免和學生接觸之外，幾乎沒什麼值得一提。我們問過幾個你擔任導師的學生，對你的評價都很好，理由是你絕對不會干涉學生的行動。外號是機器。甚至還有學生說，因爲老師始終都保持冷淡的態度，感覺反而不錯。也有人說，前島老師不是被聘僱來教書，而是來當射箭社的教練。」

「現在的學生根本對老師既不信賴也不抱任何期待。」

「可能。不過倒是有一個有趣的說法。」大谷停頓了一下才說，「只有一個學生說，前島老師或許算是眞正有人性的老師吧。她說去年的登山健行時，她的腳扭傷了，你背著那個學生下山。雖然不是很痛，但你好像跟她說，『如果用奇怪的姿勢走下山，恐怕會傷得更重。』我就跟那個學生說，因爲老師自己像個機器一樣，所以才會把學生當成人來對待。」

登山健行算是學校的遠足活動。這麼說來的確是有那麼一回事。我記得曾經背過某人下山，而那個人是誰？想著想著鮮明的情景就浮現在腦海中，突然我「啊」了一聲。

對了，那個時候扭傷腳的就是高原陽子。

我終於明白她爲什麼對我會有特別的情愫。只是因爲那次的一個小動作，她便對我其他的缺點視而不見。

「看來你想起往事了。」

我不知道自己現在是什麼表情，但因爲被大谷說中了，雙頰不禁開始發燙。

「我一直以爲你沒有理由被人盯上，但是聽到這件事後，有了新的推理。假如有人會因爲一件小事對你另眼相看，當然反過來的情形應該也有可能。換句話說，會不會因爲某些小事而導致某人怨恨你？」

「這當然也有可能。」我覺得女子高中裡，經常會發生這種事情。

「那麼你認爲有沒有可能進一步和殺人案連結？」大谷的眼神十分認眞。

這個問題很難回答，但我還是說出自己的想法，「我覺得有。」

「原來如此。」大谷沉思似地閉上眼睛，「也就是你剛才說的那些美麗、純粹、眞實，被別人掠奪了的時候吧。而我想到了，如果是因爲這一類的理由，友情可不可能出面幫忙犯罪？」

「你是說……共犯嗎？」大谷慢慢點頭。

「青少年的心靈往往會受到某種凌駕法律和社會規範的強烈力量左右。我有過多次相關經驗，所以很清楚。這就是我認爲這次的調查總是難以突破的原因所在。這案子幾乎沒有任何目擊者和證人。明明一定有人知道某些事情，但就是不肯主動告訴警方。說得極端一點，她們會不會知道凶手是誰卻故意包庇？或者不管凶手是誰，她們其實並不希望她被逮捕。因爲她們可以本能地感受到凶手無奈的痛苦，這也是一種共犯。我懷疑整個清華女中都在隱瞞眞相。」

我有種一箭穿心的感覺，也知道自己的臉色不太對勁。

「所以我才會來找你，能夠推理出犯罪動機的人就只有你了。」

「不！」我搖搖頭，「如果能夠推理出來的話，我早就告訴你了。」

「請你再仔細想想看。」大谷語氣中的迫切讓我心驚膽顫，「假如老師剛剛說的是對，事情就會如此。前島老師，你和村橋老師是否曾經奪走誰的美麗、純粹和眞實，而招來怨恨？請努力回想，答案應該就在你的記憶之中。」

儘管他這麼說，我仍不打算抱頭苦思。大谷又平靜地說下去，「我不是要你現在就給我答案。但對我們而言，這是最後一根救命的稻草，請你務必愼重回想。」

說完他站了起來，彷彿身體非常沉重。我也站了起來，心情同樣十分沉重。

5

十月六日，星期日。市民運動場，天氣晴。

「風這麼強，這下可頭大了。」小惠邊整理弓箭道具邊這麼說，一隻手還按著白色帽子，彷彿隨時都會被風吹走。

「換個角度想。假如因爲這樣拉低全體的成績，我們不就更有機會了嗎？」加奈江說，看來她很有不受天候左右的自信。

「我才不敢打那種如意算盤，前幾名才不會因爲一點風而影響成績。不過這風對錄取邊緣的選手來說倒是麻煩呀。」

很有比賽經驗的兩人看起來心情還算輕鬆。雖然這是她們兩人高中生活的最後機會，卻絲毫沒有緊張的氣息。然而一年級不用說，就連應該輕鬆上場的二年級好像也動作僵硬了起來。

所有人都整理好自己的用具後，在運動場角落做體操，接著圍成一圈，我也加入其中。

「已經到了這個節骨眼，再緊張也無濟於事。只要放手將箭射出去就好，讓大家看看妳們平常練習的成果。」小惠說完，接下來輪到我說話。

「老師不想多說什麼，大家加油！」

所有人喊完清華女中的隊呼後解散。今天一直到比賽結束爲止，不會再集合了。換句話說，每個人都得孤軍奮戰。

比賽分爲五十公尺和三十公尺的總得分競賽。兩分三十秒裡面必須射出三箭，其中五十公尺進行十二次、三十公尺進行十二次，合計七十二箭，滿分是七百二十分。

參加比賽的女子選手約有百人，其中能夠晉級全國大賽的僅有五名。去年小惠排名第七，所以她只剩今年的機會。

「能夠突破到什麼程度呢？」當我坐在加奈江的射箭用具旁看著過去的計分簿時，小惠走上前來對我說。

「昨天的情況怎麼樣？」我看著計分簿問。

「還好吧，只是不知道老師眼裡怎麼看。」她的語氣中暗藏對我的指責。

這也難怪，這兩、三天我很少參加社團練習，放學後就直接回家——這樣的生活一直持續到比賽當天。

「我相信妳們！」放下計分簿，我站了起來，然後往大賽本部的方向走過去。「我相信妳們」——不知道她們能否感受到這句話的另一個意思？

大賽總部正在爲即將開始的比賽進行最後確認。記分人員尤其要小心謹愼。因爲這個比賽一、兩分就會影響名次，稍微有些失誤便事關重大。

這次比賽的得分紀錄採取互看方式。普通個人賽並非一人一靶，而是兩、三人共用。互看方式就是射同一個靶的選手互相記錄彼此的得分。光是這樣無法做出公平的紀錄；因爲針對射中的位置，記錄和被記錄的雙方很可能意見不一致。例如箭射在十分和九分的交界線時，按比賽規定，只要有碰到界線就算高分，但常常還是有無法判定的糾紛。射手當然主張高分，記錄者是敵對的立場所以強調低分。這時就必須要有看靶人員上場，也就是裁判，看靶人員看過箭，公平宣布得分，而射手和記錄者都沒有反對的權利。

記錄者必須向大賽總部回報兩次得分，每一次回報六支箭的總分。記錄人員將分數記錄在得分板上，以便進行中間報告。

「哎呀，前島老師！」

在大會本部帳棚下向我打招呼的是R高中的井原老師。身材雖然矮胖，但因爲過去曾是知名選手，黝黑的臉上仍帶著結實精悍。

「聽說清女今年推出了最強選手？」憑著三年連續晉級全國大賽的自信，井原一開口就調侃我。

我只有苦笑地搖手說，「只不過是到目前爲止還算不錯的選手。」

「不要這麼說，杉田惠子很不錯，她今年肯定能上的。還有朝倉加奈江的實力聽說也很厲害？」他邊說邊上前，很快地瞄了周遭一眼壓低聲音問，「聽說清女今年本來要棄權？社團活動沒有受到影響嗎？」

大概是從報紙、電視的報導知道的吧，不過他應該不知道凶手的目標是我。萬一知道了，又會有什麼樣的表情？一想到這一點，不禁令人好奇起他既擔心又滑稽的表情。

隨便敷衍過井原後，我去向大賽籌備委員打招呼。大家完全不談比賽的事，而是亮著眼睛、興趣盎然地問我，「辛苦了，情況怎麼樣呀？」

我只回答，「我也不是很清楚。」趕緊腳底抹油離開。

比賽在九點左右開始，試射完五十公尺三箭後，第一回合正式開始。

個人賽會將同一學校的選手分散開來比賽。我決定坐在加奈江射箭位置的後面觀看。

加奈江很快地即將射出第三箭。射出後，脖子稍微彎了一下。用望遠鏡看過箭射出的方向後，一臉失望地走回來。

「九分，七分……最後是六分吧。不應該那麼用力的！」

「二十二分，還算不錯。」我對著她點點頭。

「倒數三十秒。」司儀宣布，這時幾乎所有的選手都射完了。

「老師你看，她又來了……」

順著加奈江手指的方向，只見小惠氣定神閒地瞄準最後一枝箭。周圍已沒有其他選手。超過時間射出時，會被扣掉射出箭中的最高得分。

「眞是受不了她！」就在我嘴裡這麼罵時，小惠漂亮地射出了箭。

「砰」地一聲射中箭靶，同時響起的歡呼聲和鼓掌聲，大概射得很好。她吐了一下舌頭，走出射箭位置。

十二點十分，五十公尺的比賽結束，有四十分鐘的休息時間。

女生組第一名是山村道子（R高）、第二名池浦麻代（T女）……第四名杉田惠子（清華女中）……

算是預期的結果吧。小惠滿意地笑著吃三明治。

「可是加奈江第八名也很有希望，只要再贏過三個人。」

「是呀，可是我最近三十公尺射得很不理想。只求不要失誤就好。倒是惠美好厲害！一年級就贏得第十四名，這可是咱們社團有史以來的最佳紀錄耶。」

「那只是僥倖。下午一定就不行了。」宮坂惠美謙虛地發出蚊子般的微弱聲音。

雖說她最近的狀況不錯，但能夠持續到比賽場上也是很驚人的。看她那麼柔弱的樣子，眞令人懷疑她怎麼會有那麼強的意志力。

三十公尺的比賽開始後，三人的狀況都保持得不錯。只是因爲前幾名的成績依然領先，下面的名次也就很難期待向上攀升。

「照這樣子下去，頂多能到第六名吧。」進入後半場，加奈江的聲音也顯得有些虛弱。

「要是剩下的都射出十分，情況就會逆轉。」

「話是沒錯——倒是老師，你不用去看小惠的比賽嗎？剛剛好像已經落到第五名了……」

我早就注意到了，聽說之前第五名的選手，三十公尺是她的強項。

「她沒問題，就算我過去看也不能怎麼樣。」

「可是老師今天一直都在我後面，沒有去看小惠，不是嗎？這是爲什麼？」

「沒有爲什麼，不要想太多了，全力射箭吧！」

因爲我的語氣變得嚴厲，加奈江也就不敢多說。我今天眞的看起來有些奇怪嗎？但我現在也只能這麼做。

「啊，我得換枝箭才行。」加奈江似乎想要轉變話題，打開箭袋取出了新的箭。因爲她原來手上的箭，羽毛已經快要脫落了。

「這就行了……那我上場了。」她很有精神地宣布，打開的箭袋就丟在地上，這已經是她今天不知道第幾次的射箭了。

我看著她的箭袋，裡面有一樣東西忽然吸引了我的注意，那是我送給她的幸運箭。因爲是我送的，她有那枝箭倒也不奇怪。問題在於箭上面寫的號碼。

一般射手習慣將自己的每一根箭編號。掌握住每一枝箭的射出狀況後，就能在比賽時選用最好的上場。我在意的是上面的號碼，因爲加奈江的那個號碼的幸運箭有些奇怪。

爲什麼她會有這枝箭——我思索著這件事的意義。也許沒有什麼意義，但我就是覺得心神不寧。這枝箭有什麼問題嗎？這枝二十八點五公分長的箭……

就在那一瞬間，我的心跳幾乎快停止了。我覺得呼吸困難，頭痛欲裂。

二十八點五公分……

心中吹起一陣強風，我屏住呼吸看著濃霧被風吹散漸漸淡去。

第七章

1

十月七日，星期一。

整片天空像是灰色顏料塗過，頗爲符合我現在的心境。

第三堂課是空檔，我混在前往上課的老師中走出辦公室。

清華女中的保健室就在教職員辦公室的正下方。負責保健工作的志賀老師已經在學校已經很多年了，她總是穿著白袍，戴著金框眼鏡。因爲這種打扮，被學生暗地裡冠上老處女的外號，但其實她是個小學一年級女生的媽媽。

我進去時，還好只有她一個人在。她坐在桌子前，一發覺是我，便將椅子轉過來說，「眞是難得，是想要解宿醉的藥嗎？」

大概是因爲大我一歲吧，所以她的語氣總是這樣。

「不是的，今天來是有重要的事。」確認過走廊上沒人後，我趕緊關上門。

「別嚇我。」她說完，將放在床邊的圓凳拿給我。一股藥水和香水混合的味道刺激著我的鼻腔。

「什麼事?你所說的重要的事……」

「其實……」我呑了一下口水，然後口氣愼重地說出之前的事情。

「那不是好久以前的事嗎？」她交叉著雙腳說，動作和口氣，都讓我覺得有些刻意。

「那個時候是不是在我們不知道的地方發生了什麼事？只有妳和她們知道的事？」

「這問題好奇怪。」志賀老師像個演員一樣，誇張地攤開手搖頭說，「我完全不懂你在說些什麼，你說的她們到底是誰？」

「就是她們。」

我說出了名字，然後觀察著志賀老師表情的變化。她沒有立刻答話，而是一下子玩弄著桌上的別針，一下子看向窗外。終於浮現一抹微笑地問我，「爲什麼你現在會關心起那個時候的事？」

她的目光已失去餘裕，我看得一清二楚。

「因爲有必要，我只能這麼說。」

她的臉上失去笑容，「你板著臉來問我，應該是跟那個案……跟兩位老師被殺有關吧？雖然我不認爲那個時候的事件跟殺人案會有關聯。」

「那個時候……」我不禁深深嘆了一口氣，「果然還是發生了什麼事吧？」

「是的，但老實說，我本來打算永遠埋藏在自己心中的。」

「可不可以告訴我？」

「我眞的希望你不要問，就轉身回去……」

她的肩膀用力抖了一下，接著深吸一口氣，再吐出來。

「對於你是根據什麼想到當時發生什麼事，以及爲什麼會來問我，我不想多問。不過你的推測是對的，那個時候的確發生了一些事。乍看之下也許是件芝麻小事，但其實是很嚴重的大事。」

志賀老師詳細敘述了那件事。的確不是大事，然而到現在為止沒有其他人知道，真是不可思議。她也告訴我她之所以絕口不提的理由，我非常認同。

聽了之後，我除了驚訝也感到深深絕望。因為在我腦中隱約閃現，希望是自己想錯，不停試圖重組的推理，終於明確成形了。

「我說的這些是否符合你的期待？」她微微側著頭問我，「雖然我無法想像，你為什麼想知道這些事。」

「不，可以了。」我心情灰暗地點頭致謝，有些感覺沉沉地直往心底落下。

「名偵探做出了正確的推理，怎麼臉色還這麼糟？」

「大概吧。」

我像夢遊症患者一樣站了起來，腳步蹣跚地走向門口。要碰到門把時，回過頭說，「可不可以……」只見她扶正金框眼鏡，恢復之前的溫柔表情說，「你放心，我不會跟任何人說這件事。」

我一鞠躬後走出了醫務室。

第四堂的五十分鐘上課時間，我讓學生做課本練習題和事先準備的考卷，教室裡微微響起學生不平的抱怨聲。

這五十分鐘，我始終看著窗外。腦袋裡拚命想解開纏繞的線頭，但還是留下一些無法解開。

鐘聲一響，我便回收考卷。學生起立、敬禮。走出教室時，聽見有人大膽嗆聲：

「搞什麼嘛！」

午休時間，我勉強吞下一半的便當就離開座位。藤本來跟我說話，我則是有一搭沒一搭敷衍他。大概是我的回答牛頭不對馬嘴，藤本露出奇怪的表情。

走出教室大樓後，我發現校園已經重回之前的活潑熱鬧。學生坐在草地上的談笑風光，跟一個月前沒有什麼兩樣。眞要說有什麼改變的話，就是她們身上的制服換季了，樹木也開始增添顏色吧。

我經過她們身邊，往體育館走去。有些學生看到我，就立刻開始竊竊私語，我大概可以想像是什麼內容。

來到體育館前，我稍微瞄了左邊方向。更衣室就在體育館的另一邊，在這次的案件裡，我不知走過那裡多少次，但現在已經沒必要再走過去了，我已經有了答案。

爬上體育館的階梯，上面是陰暗的走廊，走廊上有兩個房間。一間是桌球教室，另一間是劍道場。劍道場的門微微開著，露出裡面燈光。走到門口附近時，可以感覺裡面有人，傳來了揮舞竹刀和摩擦地板的聲音。

我慢慢打開門。看見寬敞的道場中央，只有一個人揮舞竹刀的背影。每揮舞一次竹刀頭髮就跟著甩動，裙襬搖曳，力道強勁。

北条同學就算是午休時間也在道場裡練習揮舞竹刀——這是很有她風格的一項傳聞。原來是眞的，眞厲害。

大概以爲進來的是劍道社員，聽見門開關的聲音，她也沒有停下揮舞的動作。

不久她終於發現有人在看吧，這才放下竹刀回過頭來。看到是我，北条雅美有些驚訝地睜大眼睛，有些難爲情的笑臉讓她這個成績始終名列前茅的劍道社主將判若兩人。

「我有話跟妳說。」或許我有些激動吧，聲音走了調，話聲瞬間在道場裡迴蕩。

「不用這麼嚴肅。」

她靜靜走過來，先將竹刀收進布袋裡，然後端坐在我前面，說聲「是。」抬頭看著我。

「我這樣反而輕鬆，老師也請坐下來吧。」

「好。」我似乎被她的氣勢壓倒，於是當場盤腿坐下。感受著冰涼地板的同時，也覺得她眞是個奇妙的女孩。

「是這樣子的……」我微微深呼吸一口氣。

雅美一臉冷靜等我說下去。

「其實也不是別的事，就是關於那個密室之謎。」

「老師是說有矛盾嗎？」她面不改色地迎戰。

「不，沒有矛盾。我覺得是很精采的推理。」她點點頭，意思好像是說「那還用說。」看著她充滿自信的臉孔，我說，「只是我有些不太能認同。」

她的臉色稍微一變，「哪裡呢？」

「應該是說……妳的分析太過敏銳吧。」

這時雅美手掩著嘴笑了出來。

「我還以爲老師要說什麼，原來老師又是用你最擅長的迂迴婉轉方式稱讚我？」

「不，不是的。我要說的是妳的推理敏銳得很不自然。」

「不自然？」這一次她冷哼一聲。

「什麼意思？」

口吻聽來很不高興。從過去到現在始終都是第一名的她，一向都是老師青睞有加的對象，說她的完美推理有問題，就等於傷了她的自尊心。她看著我的眼神就跟這道場的地板一樣冰冷。

然而凶手搞不好連她的自尊心也都算計進去了。

我說，「關於那個案件，妳是局外人，唯一的關聯就只是涉嫌的高原和妳是國中時代的朋友。妳沒有辦法掌握太多那個案件的資訊。儘管如此，妳還是做出了漂亮的推理。相關人士、一大堆看熱鬧的人想破頭也想不出來的詭計，卻讓妳輕易解開了。這還不算是不自然嗎？」

北条雅美一動也不動，依然維持端坐的姿勢，慢慢在我眼前豎起右手食指說，「知道光是凶手不可能從男更衣室的門脫逃就夠了。有關女更衣室門的上鎖方式、更衣室裡的構造等，只要查一下就能知道。」

她心平氣和地回答。

「妳或許是得到了必要資訊。但要做出推理，還得掌握周遭的許多細節，比如說堀老師的小習慣。妳說那不是妳本來就知道的事，而是推理出來的。眞有可能如此嗎？我覺得一般人根本做不到。」

「我希望老師說那不是一般的推理能力。」

「妳是說妳的推理能力不同凡響嗎？」

「根據老師的說法，應該是那樣子吧。」

「我不那麼認爲。」

「有什麼問題嗎？老師不認爲那是推理，不然是什麼？」雅美像是刻意壓抑內心的不安，壓低聲音緩緩地問。她伸直了背，雙手放在膝蓋上，黑色大眼直視著我。

看著她那好強的眼神，我說，「我倒想要聽妳怎麼說。」

2

放學後。

比賽隔天，社團不用練習，因此來到練習場時，看不到任何人。雖然可以聽見其他運動場上傳來吆喝聲，但只有這個空間籠罩在奇妙的安靜中。

我穿越練習場走進社辦，拿出自己的射箭用具。組好弓，將護胸、護腕、箭袋等配件穿戴在身上，然後站在發射線上。就好像有什麼金屬放進身體裡面一樣，感覺身心一振，已做好了準備。

是時候了……

我的心情意外平靜，或許是因爲心裡明白，我早已經把自己逼到沒有退路。我深呼吸一口氣，輕輕閉上眼睛。

這時背後傳來有人踩過草地的聲音。我回過頭，穿著一身制服的她——小惠正穿越練習場，往社辦走去。她對我輕輕揮手打招呼「老師來得眞早。」我也舉起了手，但沒有信心能夠成功掩飾僵硬的表情。

小惠提著沉重的書包消失在辦公室裡，砰的一聲關門聲，重重打在我的心頭。

「今天放學後有沒有事？」第五堂課結束後，我叫住她這麼問。她說沒事，我便約她一起射箭。

「好難得，老師居然會約我。當然好嘍。是爲了全國大賽，老師要幫我做一對一訓練吧？」

這次的縣際大賽，小惠維持在第五名。加奈江和宮坂惠美也很努力，分別是第八名和第十三名，算是展現了清華女中射社的訓練成果，但事到如今我也無所謂了……

「那還用說，最好別找其他人來打擾。」我試圖說得很輕鬆，但語氣卻很僵硬。還好小惠不疑有他，只回答「那就放學後見。」便走進教室。

箭已射出……了吧？我看著她的背影我這麼想。

看著關上的辦公室門，我還在猶豫這麼做到底是對？是錯？我有必要這麼做嗎？爲什麼不放下一切，讓時間就這麼流逝，將來只要回想這段經歷就算了。現在我所堅持的事，既沒有人會因此得救，也沒有人會高興。想到這裡，我的心情更加沉重。我不是沒想過今天就這麼逃開，但另一方面想要知道眞相的念頭又支配著我。

終於辦公室的門開了，換上運動服的小惠走了出來。她一手拿著弓，喀啦喀啦晃動著腰間的箭袋，往我這裡走來。

「好久沒有這樣子兩個人一起射箭了，好緊張。」她故做可愛地縮了一下肩膀。

「先從五十公尺自由射擊開始吧！」我說。

將箭靶固定在稻草上後，我們站在五十公尺的發射線上。面對著箭靶，小惠站在我右手邊，從我的位置可以看見她的背影。

接著我們開始射箭，幾乎沒有交談地各自射了六箭。唯一說的話就是彼此的吆喝聲「射得好。」

「我不太同意比賽隔天不用練習的規定。」收回箭走回發射線的途中，小惠開口說，「上場比賽，不是就會看出姿勢的問題嗎？我認爲應該趁早糾正過來才對，所以比賽隔天當然要練習，再隔一天休息不就好了嗎？」

「我會考慮的。」我心不在焉地回答。

之後我們反複了幾次這樣的練習。我不太射箭，而是假裝在指導她，其實想的都是同一件事。該怎麼開口？就在五十公尺的最後一回合時，「看來成績會比昨天好。」小惠將計分簿塞進口袋裡，高興地這麼說。

「那太好了。」我雖然這麼回答，但如果她回過頭看見我僵硬的表情時，肯定會覺得很奇怪。

她搭好箭，慢慢舉起弓，徐徐拉開弓弦。她的側臉顯得很嚴峻，就在拉弓的動作靜止時，滿弓指示器（當弓弦拉到一定長度時會發出聲音的器具）發出聲響，箭在瞬間發射至空中。隨著穿越空氣的咻咻聲後，接著是砰的命中聲。一如日晷的指針一樣，箭影從靶心延伸出來。

「射得好。」

「謝謝。」

小惠心情很好，又再搭起第二枝箭。一年級時她的肩膀和背部看起來都很瘦弱，如今已健壯寬廣許多。三年來，不論身心都成熟不少，一時之間我居然思考著這些無關緊要的事。

她再度舉起弓，看得出來她正在調整呼吸，然後眼光銳利地看著箭靶的方向。

就是現在，我想。現在再不說出來，永遠也說不出來了。不知爲什麼我突然有這種感覺，於是一鼓作氣大喊，「小惠！」

蓄勢待發的她的身體戛然定住了。我知道那種緊繃的精神狀態正在消失，她讓身體輕鬆下來後，問了一句，「怎麼了？」

「有件事想問妳。」

「嗯。」小惠看著我，等待我的問話。

那幾秒鐘，我覺得嘴脣很乾燥。用舌頭舔溼嘴脣後，我咳了一下才說，「妳不害怕殺人嗎？」

我不知道她是否等一時間就明白了這句話的意思，總之在幾秒鐘之後才有了反應。她的第一個反應是長嘆一口氣。

「我不太懂老師的意思。」說話的速度還是跟平常一樣。接著她反問，「老師指的是那個案件嗎？」

「沒錯，就是關於那個案件。」她用比較開朗的聲音，故意開玩笑說，「原來如此，所以老師認爲我是凶手嘍？」

我看不見她的臉，想來應該也是開玩笑的表情吧，她就是那樣的女孩。

「我沒有告發的意思，我只是想知道眞相。」

聽我這麼說，小惠沉默了一下。我不知道她是在思考如何閃避我的問話，還是對我突如其來的質問感到困惑。

她沒有答話，而是慢慢拿起弓，跟剛才一樣拉滿弓，用力發射出去。傳手箭穿越風的聲音和命中箭靶的聲音，但箭射偏了，有些偏左。

「告訴我，爲什麼我是凶手？」小惠維持著射箭的姿勢這麼問。語氣中仍帶著某種愉悅，讓我很驚訝。

「因爲能夠設計出那種密室的人，就只有妳，所以我不得不認爲妳是凶手。」

「這話說得眞奇怪。根據北条同學的推理，那不是任何人都做得到的單純詭計嗎？而且告訴我這一點的還是老師耶。」

「的確任何人都能辦到那種詭計。但其實那只是虛晃一招，實際上並沒有用到。」

小惠再度沉默，我猜想她大概是在掩飾驚訝。

「眞是有趣又大膽的想法，那凶手是用了什麼樣的手法？」她的語氣輕鬆自在，也像是表現得自己跟這個件案毫無關係，但我聽了卻感到更加絕望。

「我注意到這一點，是因爲知道凶手不是從女更衣室而是從男更衣室逃走的。我會那麼確定，是因爲有一位妳不知道的證人。對方在案發時就躲在更衣室後面，所以可以證明沒有人從女更衣室走出來。根據這項證詞，北条同學的推理便無法成立。換句話說，凶手是從男更衣室逃走的。這麼一來，就能鎖定密室詭計的唯一疑問，有沒有辦法從外側將棍子卡在門內？警方很早就檢討這一點，答案是不可能。因爲從找到的木棍上查不出動過手腳的痕跡，而且他們調查過木棍本身的長度、粗細、形狀和材質等，根本無法從外側以遙控方式卡在門內。」

「所以老師是說警方的判斷錯了嗎？」小惠聲音有些沙啞，語氣還是很平靜。

明知道她看不到，我依然搖頭說，「警方的判斷沒有錯，所以才會讓我很頭痛。事實上，警方和我只是在錯誤的方向重複毫無意義的推理。那根木棍的確無法從外側卡在門內，我們卻沒有檢討其他木棍的可能性。」

小惠的背像是痙攣一樣動了一下。她爲了掩飾動搖，故意大聲反問，「其他木棍？那是什麼意思？」

「比方說是不是用更短的木棍就能成功？被發現的木棍卡在門上時，和地板成四十五度角，用來頂門需要很大的力氣，所以無法遠距離操作。可是如果角度趨近零度的木棍，不僅不費力，應該也可以從外側動手腳了吧？」

簡直是在上物理課，不知道小惠是用什麼樣的心情聽我講解。只是她的肩膀微微顫抖。

「也許角度是那樣的木棍可以辦得到吧，但實際頂在門上的是那根長木棍呀，老師不也看到了嗎？」

「我是看到了。當時聽了妳的話，我從通風口一看，的確連我都看得出來看到那根木棍頂在門上。」

「既然如此……」

「妳聽我說完。看起來的確是那樣，但不能斷言沒有其他木棍頂著。」

「……」

「怎麼了？」看著小惠驚訝地陷入沉默，我這麼問。

「沒什麼，然後呢？」

「總之如果這麼做，或許就能成功。首先凶手準備了兩根木棍，一根是在殺人現場被發現，無法從外側卡在門上的木棍，就稱之爲棍一吧。另外一根是長度、硬度都可能從外側卡在門上的木棍，稱爲棍二。犯案後，凶手先將棍二纏上堅韌的線或鐵絲，棍子一邊從門和牆壁之間伸出去。將門開到只容一人可通過的寬度後，讓兩根木棍靠在門上，出去後小心地關上門。這時兩根木棍應該只是輕輕地頂住門。這時開始操作剛剛準備好的線或鐵絲，讓棍二牢牢固定住門。因爲棍一存在的目的不是爲了固定門，所以不用管，最後只要解開線或鐵絲就好了。」

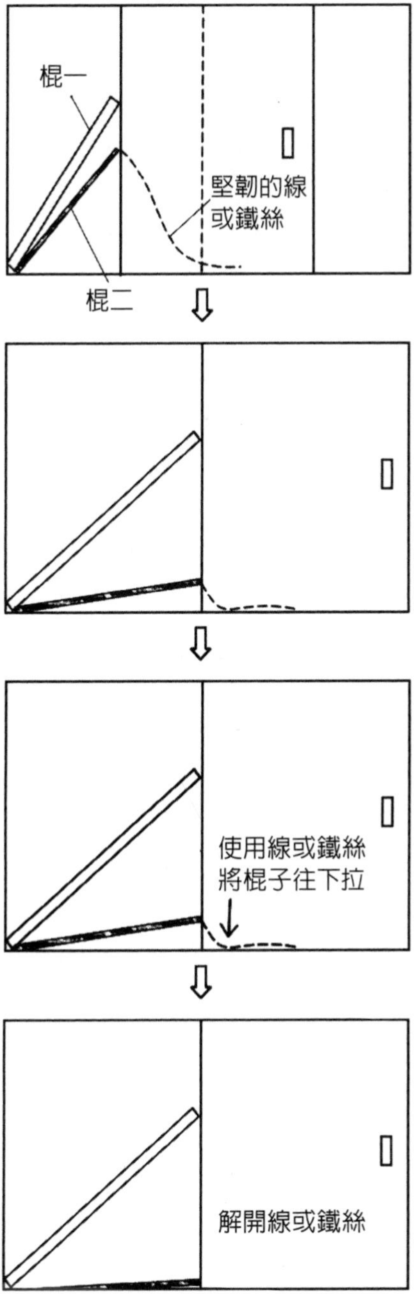

發現屍體時，我從通風口往裡面看，陰暗之中我只模糊看到一根又粗又長的棍子卡在門上。事實上那就是棍一，也就是用來當幌子的頂門棍。

「好厲害的想像力。」小惠故意搖搖頭。動作之大，看起來就像是身體痛苦地扭曲著。

「可是門口的地方，不是留有老師所謂『棍一』深深頂過的痕跡嗎？那又該如何解釋？」

「很簡單，那些痕跡可以事先弄上去，反倒是棍二如果留下痕跡就糟了，所以棍二有必要在前端裝上毛皮或布塊吧？」

「還眞是會編理由。」

她從箭袋取出第三枝箭，愼重地架在弦上，我想她是企圖藉此來讓心情平靜。

「可是這樣會留下一個重大的問題。假如老師說的是事實，那麼破門進去時，就應該在更衣室裡發現棍二。」

終於到了！我暗暗嘆了一口氣。這是整個詭計最重要的一環，同時也證明設計這個詭計的人就是小惠。我早就料想到她會用這一點提出反駁。

「那的確是一個問題點，因爲是我告訴警方更衣室內沒有留下棍二的痕跡。只是當我們破門而入時，我首先注意到的是村橋的屍體。因此趁著那短暫的空檔，凶手只要回收那項證據，我自然就看不到了。那麼誰能回收那項物證？很遺憾的，除了小惠妳……沒有別人。」

她像凍僵一樣，靜止不動。我不知道她是以何種表情聽我說這些，但我仍趁勝追擊。

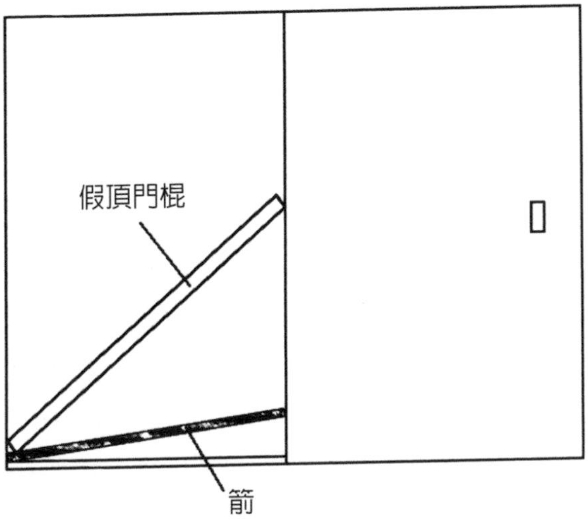

「妳可能會反問，手上拿著那麼長的棍子，我難道不會起疑嗎？如果是普通木棍的話當然會。可是妳卻選擇了拿在手上也不會令人起疑的東西當成棍子。」

小惠稍微抬起頭，似乎想說些什麼，但喘不過氣來，所以無法成聲。

「我也不必賣關子，就是箭。因爲它只要放進箭袋裡就不會被發現。只不過妳的箭太短了，所以用來設下詭計的，應該是我給妳的箭吧？長度二十八點五吋，換算成公分是七十二點四公分。測試之後，我發現這個長度可以頂住更衣室的門，而且剛好是最低限度的長度。這時不但只需一點力量就能固定住門，頂住時箭也會掉落在門底下的軌道裡，不容易從遠處發現。說到不容易注意，箭本身的顏色也是一項優點。因爲在陰暗的房間角落，很難看出有一支黑色細長橫躺的箭。更何況在這個件案裡，已經有一根醒目的棍一在那裡了。」

一口氣說完後，我等著看她的反應。我期待她或許因而死心全盤托出，因爲我並不想再繼續逼問。可是她以壓抑情感的聲音說出來的竟是，「有證據嗎？就推理而言，的確很精采。兩根頂門棍……很有意思，不是嗎？可是如果沒有證據，也就僅止於此了。」

她明明已經受到很大的打擊了，卻還能如此反駁，我不禁對她刮目相看。但如果沒有這麼強的意志力，恐怕也無法犯下這次的案子。

「我有證據。」我也用不輸給她的冷靜聲音回答，「小惠，妳先查看一下箭袋裡面的幸運箭編號。應該是12號吧？可是我記得給妳的箭應該是3號。可是爲什麼那根3號箭卻在加奈江那裡？我試著推理了一下。首先用來作爲密室頂門棍的是12號箭，3號箭當然在妳手上。發現屍體的時候，妳先將3號箭放回我的袋子裡，然後在破門而入的瞬間，撿起12號箭放進自己的箭袋。照理說之後妳應該將12號箭和3號箭換回來，可是妳沒有這麼做。大概妳沒有料到我居然會記住箭的編號吧？甚至當加奈江說要一枝幸運箭時又選中了3號箭。」

昨天在縣際大賽發現寫著「KANAE」的箭是3號時，我知道之前刻意不多加思考的假設，已經不容我繼續忽略了。因爲這一點，所有謎底就像連鎖反應似地解開了。

「以上就是我的……」

小惠又開始架箭拉弓，同時反駁，「但那還是老師的推理。我也有我的說法首先那一天，我不是一直都跟老師在社團練習嗎？」小惠將弓拉滿，開始瞄準目標。她的肌肉拉得愈來愈緊，當我看到已經到達飽和點便低聲開口，「製作密室是妳的任務，動手殺死村橋則是宮坂惠美的工作。」

這時我聽到一記激烈的斷裂聲，小惠的弓弦就在眼前綳斷，瞬間解放的弓因爲反作用力，在小惠的手中不斷反彈。

3

小惠重新上弦的時候，我默默將視線移向遠方。這時看到始終監視著我的白石刑警站在弓道場的暗處。他看著我們，打了一個大哈欠，今天大概又是回去報告「沒有異狀」吧？假如他知道我們在說些什麼，肯定會驚訝得腿都軟了吧？

「好了，繼續說下去吧。」

小惠又站在發射線上。看來即使是身處這種狀況，她還是要繼續射箭。除了可以不用看著我之外，也爲了某種莫名的好勝心吧。

我感覺喉嚨很乾，但還是慢慢開口，「妳的共犯，不對，按照一般說法直接下手的人應該是主犯才對。我之所以斷定是宮坂，當然有很多根據。當我看穿雙重頂門棍的詭計時，我只認爲凶手應該是射箭社社員而已。理由之一是，妳有完美的不在場證明。另外，就是那一天，妳延長了練習中的休息時間了。一向嚴格要求練習的妳，平常只給十分鐘的休息時間，那一天居然延長了五分鐘以上，不是嗎？也就是說，在那十五分鐘裡，主犯殺死了村橋，利用剛才所說的手法將更衣室變成密室然後回來。一開始是預定十分鐘，但因爲主犯沒有回來，所以妳就若無其事地延長五分鐘，不是嗎？」

小惠沒有回答，只是盯著箭靶看，彷彿催促我繼續說下去似的，她的姿勢始終沒變。

「爲什麼妳們那麼刻意要做成密室？我想簡單說來，就是爲了製造不在場證明。也就是說妳們最大的目的是要讓警方推理出錯誤的密室謎底。根據那個假的詭計，凶手爲了掉包鎖頭，必須在堀老師使用更衣室的四點前後躲在更衣室附近才行。這麼一來，當時在練習中的射箭社社員全部都能脫離嫌疑。當然爲了誘導警方做出錯誤推理，妳們布下了幾個詭計。像是翻牆的痕跡、弄溼門口附近的置物櫃好不讓人使用、故意將同類型鎖頭上的鐵圈掉落在地上等等。然而這些線索，並不能保證誤導警方做出錯誤推理。這時妳安排了一個確實能夠啓動假詭計的人出面，就是北条雅美。」

小惠發出突然打嗝般的聲音，同時抓著弓的手也用力了。看到那樣子的她，我很想就此罷手，甚至懷疑自己是否是虐待狂……

但我還是繼續說下去，那是一種無法克制的衝動。

「我的推理是，一開始的計畫，解開密室之謎其實是妳的工作。但是因爲聽見我說北条很努力想洗清好朋友高原的嫌疑，於是妳靈機一動決定將這個任務讓給她。我剛剛和她談過，已經確認過事實了。」

我想起北条雅美端坐在劍道場裡說出的眞相，「說出堀老師開鎖習慣的人是杉田同學。但她不是直接告訴我，而是跟旁邊同學說時，正好被我聽到了。解開謎底的推理過程則完全是我個人的想法。」

「她不是偶然聽見的，是妳故意說給她聽的。只不過妳早看出來，像北条那種自視甚高的人，絕對不會跟別人說靈感來自何處。於是妳透過她公開假的詭計，並成爲有利的推理。」

我說到這裡停了下來，小惠低喃「繼續說下去。」聲音低得令人害怕。

「因此關於殺死村橋的凶手，我認爲應該是妳和射箭社裡的某人，當然小丑殺人案也是。威脅麻生老師掉包酒瓶——好高明的手法。可是有一點我不明白，就是動機。就算妳們和村橋之間有過爭執，但我相信妳們對我應該不可能抱有殺意才對。可是小丑卻被殺了，我不得不承認妳們對我有殺意的事實。動機是什麼？我想了很久，不斷鉅細靡遺地回想，就是找不到答案。這時我又產生了新的疑問，爲什麼要準備化妝遊行那麼盛大的殺人舞台？我想到了一點，妳們沒有殺我的理由，但有殺死小丑的理由……就在那一瞬間，我心中閃過一個可怕的念頭。」

我喘了一口氣才又慢慢繼續說，「妳們的目標不是我，被當成不幸犧牲者的竹井老師，其實才是眞正的目標。」

聽到如此大膽的推理，小惠還是跟凍僵了一樣，只是脖子愈來愈紅。

「是妳去跟竹井老師建議和我交換角色的。他向我提議時，顯得很有自信。當時我就應該質疑，他完全不知道射箭社的化妝流程，爲何會那麼胸有成竹？因爲他知道會有妳的協助，所以才表現出那種態度。還有運動會前，有關化妝遊行的角色，哪個老師扮演什麼早已傳遍校園每個角落，我想也是妳們幹的好事。爲什麼要那麼做？一方面是爲了不要讓人限定殺死小丑的凶手，另一方面則是爲了製造藉口，好建議竹井老師和我交換扮演小丑吧？」小惠回過頭來，卻又立刻轉了回去，我可以聽到她急促的呼吸聲。

「這時我想起了一件事。那就是進入第二學期後，我好幾次差點有生命危險。在月台上差點被推倒、差點觸電、頭上突然掉落花盆……每一次我都在緊要關頭逃過一劫，還以爲是幸運。但其實那也是妳們的安排，目的是要製造出我被凶手盯上的假象，跟竹井毫不相干。爲什麼要製造出那種假象？簡單說來就是爲了混淆警方的調查方向。但若只是那樣的理由，妳們的作法未免也太謹慎了。事實上這裡隱藏了這一連串事件最大的重點。妳們爲了犯案想出各式各樣的詭計，其中最傷腦筋的就是這一點。也就是將目標的村橋和竹井，設計成讓人以爲是村橋和我，對不對？」

小惠跟剛才一樣從箭袋抽出箭，準備架在弦上，或許是沒拿穩，箭滑落在腳邊。她試圖拾起，但撿到一半時膝蓋彎曲，整個人跪倒在發射線上，然後她慢慢地轉過來，抬頭看著我。

「不愧是機器呀。」

看見小惠臉上浮現淡淡的笑容，我感覺全身被一種難以形容的無力感包圍。同時心虛地伸出了手，小惠抓著我的手站起來。

「今天老師找我來這裡時，我就做好了心理準備，因爲老師最近一直都躲著我。但老實說，我沒想到老師居然看穿到這種程度。」

我握著她的手，看著她的眼睛繼續說：

「妳們的目標是村橋和竹井他們兩人，可是卻不能單純讓他們一死。因爲警方一旦追查兩人的共通點，妳們就會有嫌疑。至於他們兩人的共通點是什麼？數學老師、個性陰沉的村橋，體育老師、活潑開朗的竹井。這兩個人怎麼看都沒有共通點，也因此更突顯出那個唯一的共通點，就是今年夏天的集訓時，兩人搭檔負責夜晚的巡房工作。應該……就是那個晚上吧，小惠？」

小惠點頭回答，「就是那個晚上。」

「那天晚上發生什麼事了？爲了調查，我翻閱當時的社團日誌，發現隔天宮坂沒有參加練習。理由是生理期，但事後才知道其實是手扭傷。因爲她纏著繃帶的時間也太久了，我注意到了這一點，心想會不會是跟她的手傷有關？我甚至也懷疑那眞是單純的扭傷嗎？於是我去保健室質問志賀老師。我想既然是她治療的，她應該知道些什麼吧。果然我想的沒錯……不，應該說結果出乎我的意料。」

志賀保健老師跟我說的內容如下：

「那天晚上，大概是十一點左右，杉田惠子小心翼翼地偷偷跑來房間找我，說是同寢室的宮坂同學身體不舒服，請我過去看看。我立刻趕過去，走進她們寢室嚇了一跳，因爲整個房裡都是沾了血跡的布片、紙張，宮坂則是握住手腕蹲坐其中。杉田同學說『剛剛不小心打破牛奶瓶，碎片割傷了手腕。因爲不想把事情鬧大，所以沒有跟老師說實話。』於是我只是幫她做了緊急處理，然後兩人要我對這件事保密。因爲傷口不是很大，事情鬧大了對誰都沒有好處，我也就沒有跟任何人提起。」

志賀說出接下來的內容時，神情有些猶豫。

「可是根據我的直覺，應該是宮坂同學鬧自殺吧，那傷口是被刀片割的。照理說我不應該放下不管，但因爲有杉田同學在，而且也需要讓她安靜休息一晚，之後我仍繼續觀察她的情況，因爲沒有什麼異樣，也就安心了……」

想到那天晚上在我不知道的地方居然發生了自殺未遂事件——讓我受到超乎想像的衝擊。同時也因爲這個事實正是這些事件的開端，更讓我確信小惠的共犯（或許應該說是主犯）是宮坂惠美。

「假如凶手的目標是村橋和竹井，警方立刻就會發現集訓時兩人都擔任夜間巡房的工作，肯定會徹底查出在集訓期間發生的所有事，到時候也會從志賀老師口中問出宮坂自殺未遂的事實。妳和宮坂很快就會被盯上。妳們害怕會發生那種事，於是想出把目標轉移到我而非竹井的手法。布下重重詭計後，接下來就是小丑案。連我也受騙了，而且到今天爲止還很成功。」

小惠睜著黑色大眼，靜靜我聽我敘述。等我說完後，她移開視線，自言自語般地說，「爲了讓惠美活下去，那兩個人必須死，所以我幫她下手。」

「……」

「在那個更衣室殺死村橋的手法，一如老師的推理。爲了製造不在場證明，以及混淆警方的調查方向，我是從之前讀過的推理小說找到靈感的，可是我有信心不會被拆穿。那一天惠美將找村橋出來的紙條塞在他的上衣口袋裡。見面的時間是五點，爲了配合她的行動，我調整了社團的練習流程，將休息時間定在五點。」

男性教職員在天氣熱的時候，習慣將上衣掛在置物櫃裡。置物櫃室就在教職員辦公室隔壁，進出很自由。爲了避人耳目傳遞紙條，算是很高明的方法。

「可是我不知道村橋會不會來，因爲叫他出來的紙條上沒有署名，他可能會起疑也說不定。」

如果只有宮坂的紙條，村橋或許不會去。但是同一天在那之前，高原陽子也約了村橋見面，時間也是「五點」。他看了紙條可能誤會高原陽子變更了見面地點。

小惠繼續說，「所以老實說，當惠美鐵青著臉回來時，我的腳也跟著顫抖。因爲我們已經沒有退路了。關於密室，老師的推理是正確的，我不需要再說明了吧。」

「氰酸鉀是怎麼來的？」我問。

小惠猶豫了一下後才說，「惠美之前就有那東西。她的朋友家開照相館，東西是從那裡拿的。老師知道氰酸鉀可以用來讓照片上色嗎？她拿到那東西是在今年春天，之後就沒有再去過照相館，所以我想應該不會被查到。」

「今年春天？」我反問，「爲什麼那個時候就需要氰酸鉀？」

「老師你還眞不懂！」小惠不屑地露出雪白牙齒笑著說，「假如有簡單讓人致死的毒藥，連我都想要，誰想得到什麼時候派得上用場，搞不好可以用在自己身上。」

然後小惠壓低聲音說，「我們就是這樣的年紀。」

她的聲音冰冷地宛如泡過冰水，讓我不寒而慄。

「村橋發現找他出來的人是惠美，好像很吃驚。但因爲惠美是資優生，人又很乖，也就放下戒心，因爲他毫不懷疑地喝下惠美請他的果汁。」

還以爲對方是問題學生高原，結果是一年級的宮坂——我可以了解村橋爲什麼失去戒心。

「就這樣第一個計畫成功了，卻也得到了意外的副產品。惠美想要從村橋的西裝口袋拿回自己寫的紙條時，偶然發現一張照片。你知道是什麼嗎？那是一張麻生老師躺在床上睡覺的立可拍照片，可是她的樣子，我實在是說不出口。我們立刻就知道是什麼情形。村橋和她有親密關係，那張照片是村橋趁她睡著的時候拍的。」

原來如此，我總算了解了，村橋用那張照片威脅麻生恭子繼續保持關係。

「我們就想怎麼可以不好好利用這一點？因爲第二計畫中，剩下一個很大的賭注，就是掉包酒瓶。在魔術箱從社辦運到教室後面之前，因爲有其他社員在無法掉包，因此只能利用下午的比賽期間進行。畢竟那麼大的酒瓶拿在手裡實在太顯眼，萬一被人看到就功虧一簣了，才會決定讓麻生老師代替我們進行這項危險的差事。老師應該知道威脅信的事吧？運動會前一天，惠美她們班剛好輪到打掃辦公室，所以她趁著空檔將信放進麻生老師的書桌抽屜裡。這就是我們策畫的小丑殺人計畫，結果很成功。只是沒想到麻生老師那麼快就被逮捕了。既然警方認爲凶手的目標是你，我們也沒有受到懷疑，一切就到此結束。我還以爲從此惠美能過著幸福的人生，我也能安心畢業。」

小惠試圖保持冷靜說到這裡時，心情似乎有些激動，她轉過身去，手忙腳亂地架起了箭。她試圖瞄準箭靶，肩膀卻開始顫動，看來已經無法控制住自己的身體。

我將手放在她顫動的肩膀上，在她耳邊詢問，「動機是什麼？應該可以告訴我吧。」

小惠深呼吸兩、三次後，又恢復剛才平靜的語氣回答，「那天晚上，我不是和老師在餐廳嗎？當時惠美應該已經睡了。根據她的說法，她覺得好像有人偷窺寢室，門開了一個細縫，她可以感覺到外面有人。就在她連忙準備把門關好時，看見了村橋和竹井兩人在走廊上。」

「偷窺……」我茫然地將手從她的肩膀移開，「那就是妳們的……動機嗎？」

「以老師的眼光來看，或許覺得沒什麼大不了。因爲你們甚至認爲現在的高中女生連賣春都無所謂了，但那是兩碼子事。即使是我，也曾經有段時期考慮過賣春，可是我們絕對沒辦法接受毫無戒備地被人偷窺，那就像是有人打赤腳踩進了我們的心裡一樣。」

「可是……也犯不著殺人吧？」

「是嗎？萬一被偷窺的時候，正好是惠美自慰的時候，又該怎麼說？」

這句話直接在我腦海中發出轟然巨響，我不禁反問，「妳說什麼？」

「惠美又羞又憤，甚至鬧到自殺，我無法責備她，換做是我，我也可能那麼做。當我回房間時，她渾身是血，拜託我讓她去死。她說只要那兩個老師還活在世上，她就沒有生存的勇氣……我甚至不知道該如何鼓勵惠美，說什麼都很空洞。我只能抱著她的肩膀苦苦哀求她不要死。只要她不哭，等幾個小時我都願意，終於我才讓她回心轉意了。」

我作夢也沒想到那天晚上發生了這種事。隔天和小惠碰面時，她居然可以不動聲色一如以往。

「可是她的不幸還沒有停止，不，應該說才剛要開始。」小惠低吼般地訴說，「第二學期開始後的有一天惠美打電話給我。她說，『我現在眼前就有氰酸鉀，我可以喝下它嗎？』我吃驚地反問爲什麼，她邊哭邊說『我已經受不了了。』受不了什麼？老師知道嗎？惠美說她受不了那兩個老師看她的眼光。他們看自己的目光顯然跟看別人不一樣，他們的眼裡會浮現那一晚自己荒唐的模樣。想到自己在他們腦海中被怎樣玩弄蹂躪，就幾乎要發瘋了——她說這種心境就像是每天遭受到他們的視線強暴一樣。」

「視線強暴……嗎？」

「那也是一種性侵犯，因此我明白了她再度求死的決心。事實上，當時在電話那頭的惠美該我覺得她隨時都會喝下毒藥。於是我說了，既然這樣，該死的人不是惠美，應該是他們兩人吧？雖然那是我爲了制止她自殺脫口而出的話，但有一半是眞心的。她重新考慮了，同時也下定了決心。」

可是又如何確定他們兩人眞的「視線強暴」？我正要反駁時，又閉上了嘴。重點是惠美已經那麼認爲了，對她而言，那就是事實。

小惠拉弓，射出了第五枝箭，那是目前爲止最好的射擊動作，近乎直線的抛物線，使得箭頭幾乎命中靶心，因為碰觸到先前已經射中的其他箭頭，發出尖銳的金屬聲。

「計畫的人是我，但是我跟惠美說，要不要下手看妳自己。我能幫忙的就是打破更衣室門進入時，收回用來頂門的幸運箭。但是她做到了，也成熟了許多。」

這麼說來，這些日子宮坂惠美的確是變了一個人。還以為只是射箭技術……原來如此，也難怪她能夠到達那種境地。

「我可以問兩個問題嗎？」

「請說。」

「首先，運動會之後，有人開車攻擊我，也是妳們設計的嗎？我可以感覺到那簡直是玩真的。」

小惠一時之間顯得有些困惑，但馬上又笑了出來。

「我不知道，但我想應該是惠美做的。因為她說過小丑案件之後，至少還得假裝目標是前島老師，做些假動作才行。可是用到車子，未免也太大膽了，到底是請誰幫忙開車的？」

希望不要因此招來破綻，小惠不安地說。

「最後一個問題是，」我吞了一下口水，改口問，「我知道妳們的動機了，也試圖理解，可是妳們不害怕殺人嗎？看到別人因為妳們設計的詭計而死去，難道毫無感覺嗎？」

小惠側著頭思考，起先有些猶豫，卻也很明確地回答，「我也問過惠美，她不害怕嗎？她回答說，閉上眼睛回想十六年來快樂的往事，然後再仔細咀嚼那一次集訓發生的事，奇妙的是心中自然湧現平靜的殺意。我可以理解她的心情，因爲有些東西是我們拚上性命也要守住的。」

接著她回過頭，臉上不見任何愧疚，她又恢復成昔日活潑的小惠了。

「沒有其他問題要問了吧？」

我被她的氣勢震懾，挺直了背才說，「沒有。」

「是嗎？那就到此爲止。接下來就按照約定，當我的教練吧，只剩下一枝箭了。」

說完小惠慢慢拿起弓，看著她拉弓，我轉身離去。

「我已經沒辦法再教導妳們了。」

當我如此低喃時，聽見背後放箭的聲音。因爲是她，肯定又命中靶心吧。但我沒有回頭，她也沒有叫住我。

就這樣，事情結束了。

4

「喂，啊……裕美子嗎？是我……是啊，我喝了一點酒，在M車站附近……就我一個人，剛好有那個心情嘛……刑警嗎？沒有呀，路上我讓他回去了，現在嗎？H公園呀。對，很近，從這裡可以看到我們家的公寓。我休息一下再回去……妳不用擔心，已經沒事了……什麼爲什麼？唉，有什麼好問的，總之以後不必擔心了。那就掛電話了……」

我幾乎是用整個身體推開電話亭的門走出來的，冰冷的風拂過火燙的臉頰，腳步搖搖晃晃地往附近的長椅上靠。頭昏眼花、噁心想吐，一個人喝悶酒眞不是味道。

我躺在長椅上，眺望著公園裡的風光。平日夜晚的公園裡沒有人影，更何況這只是個中間有尊尿尿小童雕像的小公園而已。

話又說回來，今天還眞是喝多了。

爲了想忘記一切，拚命將酒精往肚子裡灌。不只是這次的案件，還有當了老師所發生的事情，都是讓我想忘掉的不愉快回憶。

「不值一提！」我試著這麼說，這是我對自己人生的評語。

突然間睡魔來襲，可是一閉上眼睛，卻又頭昏腦脹胸口發悶，難受得不得了。我試著保持平衡站起來，沒想到感覺還舒服些，踏著東倒西歪的步伐，不禁自嘲這就是喝醉酒的德行呀。

我看著自己家的方向走出公園時，巷子裡開進一輛車子，明亮的車燈好刺眼，不，我覺得胃不太對勁，趕緊蹣跚地扶住公園的鐵欄杆。

那輛車在我眼前停下，可是卻沒有熄掉車燈。正當我覺得奇怪時，車門開了，走出一個男人。因爲車燈在後，我看不清他的長相，而且對方好像還戴著墨鏡。

看到男人走過來，我感受到一股莫名其妙的恐懼，於是扶著欄杆想從旁邊繞過去。然而就在那個瞬間，男人開始攻擊我，他比我高壯太多了。

男人一拳打中我的腹部，當時我只感到肚子上有一股麻痺般的熱度，同時喉嚨也發出一聲低吟，之後就是幾乎無法呼吸的猛烈痛楚。

男人用力推開我，手上還握著刀子之類的武器。就在我以爲自己被刺了之後，雙腿一陣無力令我倒在路上。我抱著肚子，手上有溼滑的感覺，一股血腥味衝鼻而來。

「芹澤先生，快回來！」

我倒臥在路邊掙扎時，聽見車中傳來女人的聲音。聽見那聲音，受到的衝擊讓我幾乎忘了疼痛。雖然聲音刻意壓低，但毫無疑問地那是裕美子的聲音。裕美子，爲什麼……？

男人上了車，我聽見關門的聲音，接下來是引擎聲沿著柏油路傳過來。還以爲是車頭燈交錯，其實是車子轉換方向，開回剛才來的路。看著車子的後部我才想起來，就是上次那輛車，CELICA……

車子開走後，我仍像隻蟲子一樣地在地上蠕動。我試著出聲，但連喘息的力氣都沒有，手腳麻痺，又在血泊中不斷滑倒。

意識斷斷續續地遠去，但是在清醒的空檔，我試著冷靜思考。

剛剛聽到男人的名字好像是芹澤，假如我沒記錯，那是裕美子打工的超市店長名字。身材高大，四十出頭……所以說裕美子竟然跟那個男人……

之前被汽車攻擊，是在我跟裕美子說完自己生命遭受威脅後才發生的。這對他們而言，正是除掉我的好機會，因爲警方會認爲凶手跟其他案件是同一人，原來只有汽車事件跟小惠她們毫無關係。

我一直以爲自己的生命有危險，其實我只是被利用了。就在發現這個事實的當天，卻以這種方式，而且是被自己的妻子給奪去生命，眞是太諷刺了。

是裕美子想要殺我嗎——痛苦中我思索著。也許是我害她殺人的——這就是我想出來的答案。

我什麼都沒給過她，一直以來都是我在剝奪她的所有。自由、樂趣，還有小孩，數不清的一切。一旦有個能給她想要的男人出現，或許她會開始認爲我是多餘的存在。

意識像是被吸走般地漸漸消失。

可是我不能死。我就這樣子死去，什麼都沒能留下來，只會讓裕美子成爲殺人犯。

我躺在柏油路上，靜靜地等待有人經過，我唯一能做的就是等待。

看來今天的放學後時間會變得很長——我如此想著。

解說

本格推理的課外授業

陳國偉

※本文涉及謎底，請讀完正文後再行閱讀。

八〇年代日本推理的必修課

《放學後》這本東野圭吾一九八五年的出道作，曾經兩度在台灣出版，從一九九一年的林白版，到二〇〇九年的臉譜版，再到如今二〇一七年的獨步文化版，在不同時期出版這本書，其實對台灣讀者來說有著截然不同的意義。

一九九〇年代的台灣推理場域，經歷了一九八〇年代開始林白、志文等出版社共同打造的推理復興階段，開始大量翻譯日本推理小說，讀者也透過一九八四年創辦的《推理》雜誌，接觸到更多日本推理史脈絡。進入二十一世紀後，日本推理在小知堂、獨步文化的系統化經營下，帶入更完整的「偵探小說─推理小說─Mystery」日本推理史認識，讀者也更深入了解文學獎所扮演的角色。但由於前兩次出版，《放學後》都是放在「江戶川亂步獎」這樣的書系概念中出版，賦予重要文學獎桂冠的象徵意義，遠大於傳遞日本推理文學典律角力與轉換的歷史，也因此《放學後》究竟在何種推理概念重構中脫穎而出、與後來的新本格之間有著何種關連，還有對於東野圭吾自身的創作，有著何種影響，在當時顯然較少獲得特別的注意。

一九八〇年代的日本推理文壇，松本清張的影響雖逐漸淡去，但他對於寫實性與犯罪動機的重視，在後來的小說家創作中留下了深刻的烙印，甚至籠罩著文學獎徵選等典律的運作。而本格推理在一九七五年創刊的《幻影城》雜誌提倡的「浪漫的復活」風潮下，孕育出泡坂妻夫、栗本薰、連城三紀彥、岡嶋二人等名家，並啓發了島田莊司創作出影響後世深刻的《占星術殺人事件》。另外，隨著出版市場的成熟，推理小說也成爲高度迎合讀者需求的商品，其中最成功的要屬赤川次郎，他透過幽默輕鬆的文風，以及兼具特色與趣味性的角色設定，爲推理小說大幅擴展了女性讀者群；其中「三姊妹偵探團」系列、《死者的學園祭》、《水手服與機關槍》都是以中學女生爲主角的作品，而「杉原爽香」系列更是知名的青春推理代表。

而東野圭吾以《放學後》作爲起點，至今仍戮力經營的「寫實本格」，就是在這樣的推理文學歷史背景下誕生。

東野同學的自由研究

「純粹」可以說是貫穿《放學後》故事內、外層的主要命題，也是整個東野圭吾試圖創造出來的推理世界最核心的隱喻。

雖然小說開始於前島老師接二連三與死神擦身而過，但眞正死亡事件的登場，卻是村橋老師陳屍於密室之中，大谷刑警因此展開一連串關於密室是否成立、關係人不在場證明的偵察過程。這樣的故事結構與犯罪謎團安排，其實是向推理小說最古典純粹的型態致敬，也就是一八四一年愛倫坡在〈莫爾格街凶殺案〉中奠定下來的敘事秩序。而且即使是後來發生了毒殺與汽車追殺的案件，密室仍然是位居整本《放學後》謎團的核心，偵探仍然必須回到最初的犯罪現場，重新檢視密室成立的物理證據與心理基礎，梳理關係人供述中眞實與謊言交錯遮蔽的暗影，重新敞開眞相顯影的空間，最終指向那關鍵的工具物件，前島老師贈與的箭，唯一性的，與凶手眞身之間無法撼動的絕對性連結。

那些期待被前島老師祝福，自願被箭編號的，射箭社的女學生。她們的犯罪動機起於絕對的純粹，因爲青春所以有著探索自我身體的慾望，那出於純潔的主體想望，認識與理解自身，同時兼具認識論層次與情感的需求，必須通過這樣的儀式才能成長。然而這樣的純粹動機、純潔的探索過程被骯髒的大人偷窺而受到侵犯感到屈辱，甚至可以危害她們賴以生存的密閉倫理關係：家庭、學校、社團中的人際，純潔之愛的可能。因此她們殺人，相較於犯罪的染污，那因爲青春所以珍視身體純潔的喪失，才是更大的傷害，這才是她們的純粹。

但在此同時，她們的失敗也來自於這份純粹，要不是因爲她們仍懷抱著在大賽中取勝的夢，希望箭術高超的前島老師成爲支持她們的力量，因而珍藏老師贈與的箭，甚至大膽地將其置放入密室詭計的一環，最終才被唯一的知情者前島老師識破，成爲犯行敗露的關鍵。因爲純粹，她們獲得了前行的動力（無論是復仇、逐夢或是回歸正常生活），但也因爲純粹，她們終將無法自青春的罪愆中逃逸。

如今回過頭來看，在一九八〇年代日本那樣的推理環境中，不但不利於純粹追求解謎樂趣的「正統本格」，甚至在泡沫經濟的前景幻想不斷向上攀升的過程中，華麗浮誇的社會氛圍當道，《放學後》所創造出的「寫實本格」，不論是密室詭計、犯罪手法、動機、解謎過程，老實說都有點「太過樸素」了。當赤川次郎讓中學女生的水手服配上機關槍之際，東野圭吾卻讓她們把武裝卸下，爲了單純的目標日復一日地練習，即便犯下滔天大罪，但仍然要回到校園最眞實的日常秩序之中。雖然是時代的「異聲」，但東野圭吾仍是展現了初生之犢的勇氣，寫出了他追求本格純粹性的「初心之作」，而這其實就是《放學後》所展現的不凡魅力，相信也正是它可以獲得一九八五年「週刊文春Mystery Best 10」第一名的原因。

放學後，他將往何處去？

在《放學後》小說中，不論是故事的發端，或是最終眞相的揭露，都是在放學後才開始，漫長的正規時間反而是去意義的空白沈默，必須在鐘聲響起之後，在秩序的延長線上，一切才能正式啓動，所有的憤怒與悲傷，才有眞正喊停的機會。然而對東野圭吾而言，《放學後》所迎來的，卻是創作生涯漫長的奮鬥與等待，直到十四年後，他才以《秘密》獲得第五十二屆（一九九九）日本推理作家協會獎，二十一年後再以《嫌疑犯X的獻身》榮獲一百三十四屆（二〇〇六）直木獎和本格推理大獎，蛻變爲在市場大獲成功的傳奇。

然而，若仔細分析《放學後》在密室詭計與犯罪手法之外的諸多安排，其實會看到許多東野圭吾的巧思，以及多年來他一直延續的創作理念。小說整體來看其實存在著內外層結構，內層的密室犯罪與連續殺人是核心謎團，眞凶是杉田惠子與宮坂惠美；外層是小說開頭前島被眞凶設計成目標，以及最後妻子外遇對象利用前島這個生命受到威脅的假象，實施眞實的突襲並加以殺害。也因此造成本書奇特的閱讀效果，作爲一本推理小說，基於不洩漏謎底的基本倫理，我們可以指稱這個故事是從前島老師有著生命危險開始，而它最終的眞相，也眞的是前島發現妻子外遇的事實，以及殺害自己的眞凶，彷彿是同時完滿了謎團與解謎兩個本格推理最重要的條件。但實質上，有一個被隱藏在這個表面外層結構之下的密室犯罪，才是東野圭吾苦心經營的純粹本格謎團與詭計，本書眞正要被解決的核心事件，而它卻是難以在介紹《放學後》的故事大要時被輕易宣說的。

此外，小說所安排的開放式結局，從今日東野圭吾的文學成就來看，似乎是他創作生涯的隱喻。對於寫實本格的執著，讓東野即使是創作《變身》、《分身》、《白金數據》這類科幻推理，也都仍要遵守著小說中給定的秩序與邏輯。但其背後關鍵的動機，仍然是東野極爲重視的，卻常常帶來故事最後的意外性。而且只要動機牽涉到女性角色，不論是犯罪者或關係人，她們總是扮演謎樣的生命體，不論是在《秘密》、《白夜行》、《幻夜》、《單戀》、《嫌疑犯X的獻身》、《聖女的救贖》等作，男性角色（特別是偵探）常常無法體會女性的犯罪動機與行爲驅力，彷彿是東野在藉由這些男性角色之口，宣洩自己的焦慮似的。

最後也是最重要的，是後來形成東野圭吾「人間本格」的創作觀核心，一如《信》、《徬徨之刃》、《流星之絆》、《解憂雜貨店》等作，推理小說的故事並不一定是以解開犯罪的謎團而結束，在眞實世界裡，往往有更重要的眞相，隱藏在角色（個人）的生命軌跡之中，眞正的謎底不再只是犯罪者是誰的問題，而是故事的受害者、關係人、遺族，在人生這個更大的謎團面前，要如何一步步地走到終點，去揭開那個專屬於每個人的，生命意義的謎底。

本文作者介紹

陳國偉，曾出版過小說集，得過幾個文學獎，現爲國立中興大學台灣文學與跨國文化研究所副教授、亞洲大眾文化與新興媒介研究室主持人，著有研究專書《越境與譯徑：當代台灣推理小說的身體翻譯與跨國生成》（聯合文學）、《類型風景：戰後台灣大眾文學》（國立台灣文學館），並執行多個有關台灣與亞洲推理小說與大眾文學發展的學術研究計畫。

家圖書館出版品預行編目資料

學後／東野圭吾著；張秋明譯. -- 初版. -
台北市：獨步文化，城邦文化出版：家庭傳
城邦分公司發行，民 106.01
面； 公分. --（東野圭吾作品集；
）
譯自：放課後
ISBN 978-986-5651-85-5（平裝）

1.57 105023159

東野圭吾作品集40 放學後

原著書名／放課後
作者／東野圭吾
原出版社／講談社
翻譯／張秋明
責任編輯／張麗嫺
編輯總監／劉麗真
總經理／陳逸瑛
榮譽社長／詹宏志
發行人／涂玉雲
出版／獨步文化
城邦文化事業股份有限公司
104 台北市中山區民生東路二段 141 號 5 樓
電話：(02) 2500-7696 傳真：(02) 2500-1967
發行／英屬蓋曼群島商家庭傳媒股份有限公司
城邦分公司
104 台北市中山區民生東路二段 141 號 2 樓
網址：www.cite.com.tw
讀者服務專線：(02) 2500-7718; 2500-7719
24 小時傳真服務：(02) 2500-1990; 2500-1991
服務時間：週一至週五上午 09：30-12：00；下午 13：30-17：00
讀者服務信箱 E-mail：service@readingclub.com.tw
劃撥帳號／19863813
戶名／書虫股份有限公司
香港發行所／城邦（香港）出版集團有限公司
香港灣仔駱克道 193 號東超商業中心 1 樓
電話：(852) 25086231 傳真：(852) 25789337
E-mail: hkcite@biznetvigator.com
馬新發行所／城邦（馬新）出版集團【Cite (M)Sdn. Bhd. (458372 U)】
41, Jalan Radin Anum, Bandar Baru Sri Petaling,
57000 Kuala Lumpur, Malaysia.
電話：(603) 90578822 傳真：(603) 90578822
E-mail: cite@cite.com.my
美術設計／蕭旭芳
印刷／前進彩藝有限公司
排版／陳瑜安
□2017 年 1 月初版
□2024 年 8 月 20 日初版 20 刷
售價／320 元